얀스크 산　소사막

테이칸 왕국

아르카스 해

켈튼 연방

레스틴

마탈 산

타이백 산맥

아린이야기
Arin's Story

아린 이야기 13
박신애 판타지 장편 소설

초판 1쇄 찍은 날 § 2002년 6월 25일
초판 1쇄 펴낸 날 § 2001년 6월 30일

지은이 § 박신애
펴낸이 § 서경석

편집장 § 문혜영
편집책임 § 권민정
편집 § 장상수 · 박영주 · 김희정 · 이종민
마케팅 § 정필 · 강양원 · 김규진 · 안진원

펴낸곳 § 도서출판 청어람
등록번호 § 제1081-1-89호
등록일자 § 1999. 5. 31
어람번호 § 제1-0254호

주소 § 경기도 부천시 원미구 심곡1동 350-1 남성B/D 3F ㈜420-011
전화 § 032-656-4452 팩스 § 032-656-4453
E-mail § eoram99@chollian.net

ⓒ 박신애, 2000

값 7,500원

ISBN 89-5505-022-4 (SET)
ISBN 89-5505-403-3 04810

※ 파본은 본사나 구입하신 서점에서 교환하여 드립니다.
※ 저자와 협의하여 인지를 붙이지 않습니다.

박신애 판타지 장편 소설

아린이야기
Arin's Story

절정

목 차

제32화 청명이의 검은 청명검(2) / 7

제33화 소림사에서… / 71

제34화 갑자기 나타난 숙모 / 113

제35화 꼬리가 길면 발각된다 / 143

제36화 은씨 세가 습격 사건 / 185

제37화 제갈준희를 보호하라 / 227

제38화 뜻밖의 장소 / 269

제32화
청명이의 검은 청명검(2)

청명이의 검은 청명검(2)

그런데 그때였다.
갑자기 아까 청명검에서 느껴졌던 그 기분 나쁜 마나의 기색이 다시 느껴진다 싶어
내가 시선을 청룡단원들이 있는 곳으로 돌리는 찰나…

다음날, 평소 같으면 막 일어나 식사를 하기 위하여 어기적어기적 세수를 할 시간에 나는 벌써부터 식사를 끝내고 싸늘한 이른 아침의 공기를 느끼면서 무림맹 낙양 지부의 앞뜰에 나와 있었다. 뭐가 그리도 급한지 낙양 지부장은 수색 팀을 아침 일찍 출발시키려 했기 때문이었다.

'에혀… 뭐가 이리도 급해 가지고 이른 아침부터 출발한다는 거야?'

간간이 나오려는 하품을 간신히 억누르며 수색 팀의 앞에서 간단한 연설을 하고 있는 지부장을 힐끔 바라보았다.

이번 수색 팀은 그가 직접 지휘를 맡았기에 그도 간편한 경장에 외출복으로 자주 애용되는 소매가 짧은 장포를 걸치고 있었다.

'그래, 원래 저렇게 입어야 정상 아냐? 울 할아버지도 저렇게 입었는데… 그에 비하면 저 인간은 지금 유람하러 가려는 것인지,

수색하러 가려는 것인지 헷갈린다니까?'

나는 속으로 중얼거리며 따분하다는 표정을 노골적으로 드러내며 낙양 지부 소속 무인들과 떨어져서 옹기종기 모여 있는 다섯 인물 중 한 명을 바라보았다.

상린공자 목우령.

이 인간은 지금 마치 선보러 가려는 듯 입고 있는 옷이 휘황찬란했다. 아까 이곳에 집합하러 나올 때 저 남자의 옷차림을 보고 얼마나 황당했는지 모른다.

그가 입고 있는 옷은 마치 잔치, 혹은 진짜 선보러 가거나 아니면 황제를 배알하러 가려는 듯한 아주 화려한 옷차림이었던 것이다. 비싸 보이는 비단으로 된 듯한 옷자락은 땅에 거의 끌리다시피 했고, 소매 또한 무지 길어서 팔을 밑으로 늘어뜨리면 땅에 닿을 듯 말 듯했다. 거기에 손에 들고 있는 건 커다란 부채……

그런 옷차림으로 어떻게 산을 올라간다고 하는 건지…

아무리 높지 않은 산이라 해도 불편할 것임에 틀림없는데 저 인간은 상식이 없는지, 아니면 알면서도 무시하는 건지 아주 당당히 그런 옷차림을 하고 나왔던 것이다.

그의 일행인 나머지 청룡단원들은 그가 항상 그래 왔었던지 그러려니 하는 표정이었다.

'정말 저 사람이 어떻게 그 이름 높은 청룡단이 되었는지 의아하다니까. 아니, 노숙할 때 어쩌려고 저래?'

나중에 가서 불편하다고 투덜투덜거리면 신나게 비웃어주리라 결심하면서 나는 지부장이 연설을 끝내자 얼른 준비된 말에 올라탔다.

도시를 벗어나 야산에 도착할 때까지 말을 타고 간 뒤 산에 오를 때부터는 도보로 간다는 계획이었다. 어차피 산 밑에는 산에 오르지 못하도록 지키고 있는 낙양 지부 소속 무사들이 있었으므로 수색을 끝내고 내려올 때까지 말은 그들이 맡아줄 터였다.

하늘은 구름 한 점 없이 맑았고 봄날의 따뜻한 햇살이 내리쬐는 날이었다. 이런 날에 봄꽃들이 막 피어나기 시작해 아름답게 치장된 산을 소풍이 아닌 수색을 위하여 올라간다는 사실이 참으로 안타깝기 그지없었다.

하지만 솔직히 이런 일이 아니더라도 애인도 없는 주제에 소풍은 무슨 소풍이겠는가? 애도 아니니 가족 야유회를 기대할 수도 없고, 근처에 친구도 없는 상태이니 같이 가줄 사람이라고는 민이뿐이지 않은가?

'쩝… 평소 인맥을 못 넓힌 게 한이로구나. 어떻게 그동안 같이 놀러 갈 친구 하나 못 만들 수가 있지? 아아… 류미르랑 세이몬이 그립구나……'

주위 사람들은 잔뜩 긴장하고 있는데도 불구하고 나는 전혀 긴장감을 느끼지도 못한 채 오히려 딴생각까지 해가면서, 그와 더불어 좌우의 경치도 느긋하게 감상하며 천천히 산을 올라갔다. 아, 정확히 말하면 긴장하고 있는 건 낙양 지부 사람들하고 유와 덕이밖에 없었다. 아마 유와 덕이는 이곳에서 벌어지는 상황 때문에 긴장한 것이 아니라 내가 어디로 튈지 모르기 때문에 잔뜩 긴장하고 있는 것일 테지만. 나머지 사람들은 내색하지 않는 건지 모르겠지만 모두들 태연하게 나처럼 주위 풍경도 감상하면서 산을 오르고 있었다.

우리가 주위 환경과 전혀 어울리지 않는 첫 시체를 발견한 건

점심을 먹기 위해 잠시 쉬었다가 다시 오르기 시작한 지 2, 3시간이 지난 후였다.

정말 보기 안 좋게도 상체는 앞가슴 부분을 나무 둥치에 기댄 채 이제는 허옇게 뒤집어진 눈으로 막 산을 올라오는 우리를 쏘아보고 있는데, 하체는 그와 조금 떨어진 곳에서 얌전히 뻗어 있었다. 한마디로 허리가 싹둑 잘려 죽어 있었단 소리다. 죽은 지 꽤 된 시신인지 주위의 피는 검게 굳어 있었고 파리가 시신 주위에 왱왱 날아다니고 있었다.

"으윽… 보기 좋은 건 아니네."

그 모습에 유와 덕순은 나를 슬쩍 뒤로 밀어내며 가까이 가지 못하게 했다. 어차피 그들이 등을 떠밀어도 시체에 가까이 다가갈 생각이 없었던 나는 순순히 그들이 의도하는 대로 뒤로 물러났다.

그런데 할아버지와 배 숙부, 그리고 지부장은 아무렇지도 않은 표정으로, 마치 고깃덩어리 감정하듯 그 파리 날리는 시체에 다가가 자세히 살펴보는 거였다. 게다가 청룡단원들도 인상을 미미하게 찌푸리면서도 가까이 다가가 기웃거리기 시작했고 나머지 무사들은 주변을 살펴보기 시작했다.

하지만 그 주위에는 그 말고는 다른 이들의 시체는 없는 것으로 보아 아마도 뿔뿔이 흩어져 도망치다가 혼자 적을 만나 죽은 것 같았다.

"음… 한칼에 잘렸군. 허리를 한 번에 두 동강 낼 수 있을 정도면… 내력이 일 갑자 이상을 가진 자겠군. 이거, 실력이 상당한 인물이겠는걸?"

사람을 두 동강 낸다는 것은 쉬운 일이 아니라고 한다. 고기를 써는 것도 아니고 뼈까지 단 한 번에 잘라내려면 힘도 힘이거니와 물렁물렁한 피부와 근육을 단번에 베어낼 수 있는 빠르기가 적절히 조화되어야 한다. 그걸로 보아 순수한 근육의 힘으로는 이 일을 해낼 수 없을 테니, 분명히 검기를 사용했다는 결론이 나온다. 단지 공포에 질려 도망가는 사람을 등 뒤에서—시신이 앞으로 넘어진 듯한 모습이었기에 할아버지는 등 뒤에서 당했다고 보고 있었다—죽이는 데에 검기까지 사용했을 이런 무식한 짓을 하는 걸 보면 많은 내력을 가진 자일 것이라는 결론이었다. 내력이 적은 자였다면 그냥 등 뒤에서 심장이나 쿡 찔러 버리는 방법을 택했을 테니까.

할아버지의 중얼거림을 뒤이어 배 숙부도 자신의 의견을 말했다.

"취미 또한 좋지 못한 자로군요. 이 정도의 실력자가 관련되어 있다면 이번 일이 쉽게 끝나지는 않을 것 같습니다. 부디 이 정도의 실력자가 단 한 사람이었으면 좋겠는데요."

"흐음… 그러길 바래야지."

배 숙부의 말에 할아버지는 수긍하면서 자리에서 일어나자 지부장도 자리에서 일어나며 말했다.

"신분을 나타낼 만한 별다른 소지품을 지니고 있지 않은 것으로 보아, 아무래도 소문을 듣고 몰려든 무사들 중 한 사람인 듯합니다."

그는 할아버지와 배 숙부가 상처(?)를 살펴보고 있는 동안 시신의 소지품을 살펴본 모양이다. 그런데 그렇게 말하는 지부장의 표정은 착잡함과 안도감이 교차되고 있었다. 하긴, 그도 그럴 것이 그가 자신보다 먼저 앞서서 산으로 보내져 연락이 끊겨 버린 수하들 또한 이와 같은 꼴을 하고 있을 것이 뻔했으니, 그 시신이 남의 일 같지 않았을 것이다. 그래도 시신이 자신의 수하가 아닌 이상 한 가닥 희망을 걸고 있는지도 모르겠다.

그들의 조사가 끝나자 대기하고 있었던 듯한 낙양 지부 소속 무사 둘이 근처에 있던 햇볕이 잘 드는 공지에 그 시신을 정성스레 묻어주었다. 비록 이름은 몰라서 위패는 세우지 못했지만, 그래도 무덤이라도 만들어준 것이 어디인가?

첫 시신을 발견해서 그런지 다시 발걸음을 옮기는 일행들 사이에서는 아까 전보다 좀 더 심각해진 긴장감이 감돌고 있었다. 이번에는 낙양 지부장은 물론 청룡단원 다섯 명 또한 긴장감으로 인해 얼굴이 약간 굳어져 있었다.

그 긴장감에 보답하기 위함인지 우리는 채 한 시간도 가지 못해 또 다른 시신을 발견할 수 있었다. 이번에는 두 구였는데, 둘 사이가 좀 멀리 떨어져 있었다.

할아버지와 배 숙부가 살펴본 바로는 단 일 격에 사망한 것이라고 했다. 거기다가 얼굴에 극도의 공포와 당혹감이 서려 있는 것으로 보아 도망치다가 당한 것으로 보여진다고 했다.

"흐음… 시체가 점점 늘어가는군요. 이거 참 흥미로워지는데요?"

마치 야유회 나온 것마냥 여유로운 표정으로 살랑살랑 부치고 있던 부채를 탁 손바닥에 쳐서 접은 상린공자 목우령이 미소를 띠며 말했다.

이 남자는 저렇게 치렁치렁한 옷을 입고 나왔음에도 불구하고 전혀 불편한 기색이 아니었다. 오히려 너무나 편안한 듯이 아주 사뿐사뿐 잘만 걸어다녀 처음 본 이들을 놀라게 하고 있었다.

"아무래도 같은 사람의 소행 같아. 단 한 번에 두 동강을 낸 것

하며, 잘린 면이 매끄러운 것 하며……."

이곳에 온 청룡단원의 조장인 철마협 상관초가 시체를 바라보며 중얼거리자 화예검 혁진아가 그의 말을 받았다.

"적이 한 사람인 것이 오히려 저희들로서는 다행한 일 아니겠습니까?"

"글쎄… 적이 단 한 사람이라고 단정할 수만은 없지. 같은 사람의 소행이라 해도 그 사람이 홀홀단신으로 일을 벌이고 다닌다고 단정할 수 없듯이 그를 도와주고 있는 일행이 있을 수도 있는 거 아니겠는가?"

그렇게 대꾸한 상관초는 뭔가 생각났는지 주위에 있던 자신의 동료들을 돌아보며 물었다.

"나는 검을 다루지 않기 때문에 잘 모르겠는데, 자네들은 단 한 칼에 사람의 허리를 이 등분할 수 있나?"

그러자 검유 엽곡이 잠시 생각하다 진지한 어조로 대꾸했다.

"글쎄요… 한 번도 해본 적은 없지만, 아마도 제 생각에는 가능하긴 하더라도 베기 직전에 호흡을 가다듬고 제 기력과 정신을 집중해야 할 듯합니다."

"그렇다면 싸우는 도중에 그러기는 불가능하겠군?"

"예, 그럴 마음도 없지만요."

엽곡의 말에 알았다는 듯 살짝 고개를 끄덕인 상관초가 다른 이들을 둘러보자 사예란과 목우령, 혁진아는 마찬가지라는 듯한 몸짓을 해 보였다.

"그렇단 말이지? 흐음… 역시 우리보다 훨씬 실력이 뛰어난 자란 말인가……."

그의 어조에는 걱정스러움이 깃들어 있었다. 그걸 느낀 화예검 혁진아가 얼른 그를 위로하려는 듯 입을 열었다.

"그렇다 하더라도 우리의 합공을 받아내기는 어려울 것입니다. 게다가 이곳에는 은씨 세가의 가주님도 함께 계시지 않습니까? 너무 걱정하실 필요는 없을 거라 생각합니다."

그 뒤를 이어 사예란이 살짝 미소 지으며 입을 열었다.

"훗, 이렇게 생각할 수도 있지 않을까요? 그동안 우리가 전력을 다해 상대한 사람은 거의 없었지요. 각 문파의 어른들을 제외하고는. 하지만 이번에는 우리가 합공을 해야만 상대할 수 있을지 모르는 적입니다. 흥분되지 않으세요? 이번에 우리는 우리의 기량을 마음껏 펼칠 수가 있지요."

그러자 엽곡도 싱긋 웃으며 말을 받았다.

"적이 죽을까 애써 힘 조절을 할 필요도 없고 말이야."

마지막은 목우령이었다.

"훗훗, 그동안 펼치지 못했던 내 실력을 마음껏 보여주도록 하지. 훗훗, 자네들도 기대해 보겠어."

그 말을 끝으로 그들은 모두 흥분과 자신감이 어우러진 미소를 교환하였다.

비록 처음부터 맘에 안 든 그들이었지만, 그러한 모습에서 가슴 한쪽이 든든해져 옴을 부인할 수 없었다. 그건 낙양 지부 무사들도 마찬가지인 모양이었다. 그 뒤로 그들을 바라보는 시선이 많이 누그러져 있었으니 말이다.

'쳇… 처음부터 저들에게 기댈 생각은 조금도 없었는데 말야.'

다섯 명의 청룡단원의 자신만만한 대화로 인하여 일행을 감싸고 있던 알지 못하는 적에 대한 두려움과 긴장감이 약간이나마 해소되어 사람들은 좀 전보다 가볍게 발걸음을 옮기기 시작했다.

그러한 분위기는 해질녘까지 계속 지속되었다. 비록 그동안 몇몇의 시체를 더 발견하고 그 시체들 또한 동일한 자에 의하여 죽임을 당한 것 같다고 판명되기는 했지만 일행 모두 시체가 꽤 있으리라는 것쯤은 짐작하고 있었던 터였다. 시체들 모두 소문을 듣고 몰려든 듯한 떠돌이 무사들인 것같이 보였기에 모두들 '쯧쯧, 운이 나빴군'이란 표정 외엔 아무런 감정 없이 그 시체들을 대했다.

그러나 그러한 조금은 여유있는 표정들은 해가 뉘엿뉘엿 서산으로 넘어가고 슬슬 오늘 밤을 보내기 위해 야영할 장소를 찾는 동안 새파랗게 질린 얼굴로 바뀌고 말았다.

"헉헉, 지, 지부장님! 지부장니임~!"

낙양 지부 소속의 무사들이 몇몇씩 짝을 이루어 흩어져 적당한 장소를 찾는 동안 나머지 일행들─이라고 해봐야 청룡단원 5명이지만─은 여기저기 흩어져 자리를 잡고 휴식을 취하고 있었고, 나와 민이는 할아버지와 배 숙부, 그리고 낙양 지부장이 열심히 적에 대하여 이런저런 논의하는 걸 그들 근처에 앉아 듣고 있던 중이었다.

무사들이 임무(?)를 띠고 출발한 지 대충 15분이나 되었을까 하는 무렵, 새파랗게 질린 무사 둘이 다급히 뛰어오며 지부장을 불러댔다. 뭔가 심상치 않은 일이 있다는 것을 금방 눈치 챈 모든 일행들은 재빨리 자리에서 일어났고 지부장이 대표로 그들을 향해 물었다.

"무슨 일이냐?"

그들 또한 어느 정도 무공을 수련한 사람들이었음에도 불구하고 마치 마라톤이라도 한 듯이 거친 숨을 몰아쉬고 있었고, 온몸은 부들부들 떨리고 있었다. 아마도 평생 겪어보지 못한 충격이라도 받은 모양이었다.

"지, 지부장님… 헉헉, 그들이… 그들이……."

낙양 지부장의 물음에도 불구하고 무사는 거친 숨을 몰아쉬느라 제대로 대답하지 못했다. 지부장은 그 모습이 무지 답답한지 얼굴을 찡그리며 다시 한 번 되물었다.

"그들이라니? 도대체 누굴 말하는 거냐?"

그러자 대답도 하지 못하고 연신 숨 고르기에 몰두해 있던 다른 무사가 이번에는 좀 진정된 목소리로 대답했다.

"첫 번째 수색 팀을 발견했습니다. 이 앞쪽의 공터에 있는데… 모두 몰살당해 있습니다."

침중한 그의 음성이 채 끝나기도 전에 지부장은 자신과 같이 있던 수하에게 손짓을 하는 한편 그들이 온 쪽으로 빠르게 달려 나갔다. 그리고 그런 그의 뒤를 할아버지를 위시한 우리들과 청룡단원이 뒤따랐고 곧 이어 지부장의 지시를 받은 그의 수하의 흩어진 무사들을 불러 모으려는 날카로운 피리 소리가 들려왔다.

"처참하더군요……."

희여송이 한 말이었다. 물론 나와 민이는 보지도 못했다. 나와 민이가 그곳에 도착하기도 전에 유와 덕이 우리의 앞을 가로막은 채 가까이 가지 못하게 했기 때문이다. 덕분에 우리는 그곳이 보일 듯 말 듯할 정도로 멀리 뒤로 물러나서 그쪽 방향만 힐끔힐끔 보고 있다가 그곳을 다 살펴보고 우리에게 다가오는 희여송에게 물을 수밖에 없었고, 우리의 질문에 희여송의 맨 처음 해준 말이 바로 그것이었다.

"처참할 것 같네요. 이렇게 멀리 떨어진 이곳까지도 냄새가 진동을 하는 걸요. 얼마나 많은 사람들이 피를 흘렸으면 이렇게 심할까요?"

민이가 낙양 지부 소속 무사들이 모두 생을 달리한 채 쓰러져 있을 그 장소 쪽으로 시선을 돌리며 누구에게 묻는 것인지 모를 질문을 던졌다. 그러자 희여송이 자신이 본 모습을 간단하게 설명해 줬다.

"야영하다 습격을 당한 것 같습니다. 그나마 저 자리에 있는 무사들이 먼저 출발한 수색 팀의 전부가 아니라는 것이 다행이랄까요? 아마도 범인이 수색 팀의 무사들 모두를 상대하기 버거웠기에 몇 명만 처리하고 자리를 피한 것 같습니다. 게다가 습격당한 모습 그대로 있는 걸 보아하니 나머지 무사들도 범인을 쫓다가 당한 듯싶군요. 무사한 사람이 있었다면 저들을 이대로 내버려 두지는 않았을 테니까요."

"아따 그랑께, 한마디로 다 당했다~ 이 말 아니다요?"

희여송의 말을 다 듣고 난 덕이 그의 말을 간추리자 희여송의 고개가 무겁게 끄덕여졌다.

"그렇지. 비록 고수는 아니지만 명색이 무림맹 지부 소속 무사들인데 한 명도 살아남지 못했다는 건… 아무래도 범인은 자신을 본 이들을 모두 죽이려고 작정했던 모양입니다."

마지막에 가서 무지 진지한 어조로 말하며 우리를 바라보는 시선에는 이제라도 늦지 않았으니 돌아가자는 뜻이 강력히 담겨 있었다. 그러나 범인이 누구든 내 한 몸 건사할 수 있다는 자신감이 있는 데다가 그 범인이 누구인지와 그가 정말 청명검을 가지고 있는지 궁금했기에 나는 그의 필사적인 시선을 싸악 무시해 버렸다. 민이도 나와 같은 행동을 취했는지 한참 우리를 바라보던 희여송은 결국 시선을 거둔 채 깊은 한숨만 내쉴 뿐이었다.

'훗훗훗… 미안, 희 사형. 하지만 궁금한 건 어쩔 수가 없다구요.'

일행 모두가 자리를 잡고 야영 준비를 할 수 있었던 건 날이 완연히 저물어 별이 하나둘 보이기 시작할 즈음이었다. 원래 산에서는 해가 빨리 지는 편이라 우리가 자리를 잡은 시기는 무지 늦은 감이 있었지만, 명을 달리한 동료들의 유품을 갈무리하고 시신을 수습하는 것만 해도 조사가 다 끝난 뒤에 했기에 시간이 좀 걸렸던 데다 안 좋은 일을 당한 곳에서 밤을 지새우고 싶은 마음은 어느 누구에게도 없었던 터라 그곳에서 좀 떨어진 곳에다 야영하기 좋은 새로운 장소를 찾아내느라 더욱더 시간이 걸렸던 것이다.

모닥불을 피우고 늦은 저녁 식사를 위하여 무사들이 분주히 움직이기 시작했지만 분위기가 너무 무겁게 가라앉은 탓인지 무사들이 빠르게 움직임에도 불구하고 그 모습이 왠지 천근만근의 추가 달린 채 움직이는 것처럼 보였다.

낙양 지부장 또한 마찬가지였다.

원래 이런 임무를 띠고 나오는 무사들은 어떠한 일을 겪게 될지 모르는 일이었기에 먹을 수 있을 때 잔뜩, 그리고 세 끼는 꼬박꼬박 챙겨 먹어야 하는 것이 정석이었다. 하지만 불안 속에서도 작은 희망을 버리지 못했던 그가 결국 수하들의 시신을 보자 '결국은…'이라는 착잡함과 함께 은근한 죄책감도 얼굴에 비추며 수하가 건네준 따끈한 국물을 몇 술 뜨지 못하고 숟가락을 내려놓고 말았다.

　이건 순전히 내 생각이지만, 그는 이런 일을 처음 겪어보는 듯했다. 그는 아까 그 참담한 광경을 본 뒤로 의기소침해져서 수색 팀의 지위를 제대로 하지 못하고 거의 배 숙부에게 맡겨놓다시피 한 채 자신은 뒤로 물러나 있는 거였다. 이럴 때일수록 지휘자가 강한 모습을 보여 불안한 부하들의 마음을 진정시켜야 함에도 불구하고 자기 자신까지 축 늘어져 있었으니, 만약 청룡단원과 울은씨 세가 사람들이 없었더라면 이 수색 팀은 범인을 만나기도 전에 산을 그냥 내려왔을지도 모를 일이었다.

　그런 걸 보면 지부장에게는 리더십이라는 게 쬐께 모자라는 듯했다. 하긴, 그랬으니 청룡단이 아무리 위세가 드높다 하더라도 자신보다 훨씬 나이도 어린데다 지위도 한 단계 낮은 녀석들을 휘어잡지 못해 할아버지를 이 일에 끌어들인 거겠지만.

　덕분에 배 숙부는 난데없이 수색 팀을 이끌어 나가게 되었지만 그래도 은씨 세가에서 제자들을 다스리던 경력이 꽤 있었던 터라 그리 어렵지 않게 지휘를 해 나가고 있었다. 그래 봤자 배 숙부가 낙양 지부장에게 '이러이러해야 하지 않겠소?'라고 건의하는 식으로 하면, 지부장은 그 말에 고개를 끄덕이며 수하에게 '배 대협 말씀대로 하라!'라고 하는 식이었지만.

　'혹시… 저 지부장… 낙하산 아냐? 그래, 어쩌면 정말 그럴지도 모르겠다. 무림맹 본부의 고위층에 인척이 있다던가… 뭐, 그런 거 아닐까? 음음, 여기라고 그런 부정부패가 없으라는 법도 없으니까.'

　잠이 안 오는 밤에는 생각도 많아지는 법인지, 잠을 자려고 누웠건만 오라는 잠 녀석은 안 오고 자꾸만 저쪽에 힘없이 앉아 있는 지부장 쪽으로 시선이 가며 생각까지 지부장을 격하시키는 쪽으로 한창 진행되면서 내 스스로가 나의 생각에 만족스러워 고개를 끄덕이는데 옆에 누워 있던 민이가 몸을 굴려 내 옆에 바짝 붙으며 툭 쳤다.

"왜 자꾸 저 사람은 훔쳐보는데?"

"잉?"

갑작스런 녀석의 메시지에 나는 놀라 둥그레진 눈으로 녀석을 바라보았다.

"아니, 아까부터 계속 바라보데? 지부장한테 관심있어?"

또다시 들려오는 민이의 메시지에 나는 몸을 반 바퀴 굴려 민이를 마주 대한 채 그를 아주 한심하다는 눈초리로 바라보며 메시지를 보냈다.

"도대체 네 머리 속에는 뭐가 들어 있길래 생각이 그쪽으로 빠지는 거냐? 저번에는 도서관에 계시는 사숙조님(사서 할아버지)에게 관심있는 게 아니냐고 하더니만……."

그러자 민이는 의아하다는 눈으로 나를 바라보았다.

"아냐? 그럼 왜 바라보고 있었는데? 호감이 있어서 그러는 거 아냐?"

아무것도 모른다는 듯한 순진무구한 그의 메시지에 나는 속으로 깊은 한숨을 내쉴 수밖에 없었다.

'후우… 뭘 어떻게 말해야 하는 건지… 얘가 산다는 용계는 도대체 어떤 환경이길래 이런 황당무계한 생각을 할 수가 있는 거지? 아니, 그건 둘째 치고 왜 만날 생각하는 것이 이런 쪽이냐고?'

민이도 날 도저히 이해할 수 없다는 표정으로 뭔가 골똘히 생각하더니만 결국 자신도 가벼이 한숨을 내쉬고는 중얼중얼거렸다.

"아아… 원래는 이런 이야기나 하려던 건 아닌데… 하지만 겨우 몇

백 살밖에 차이가 안 나는데 관심 가진다는 것이 그렇게 이상한 건가?"

'하,하,하······.'

"이눔아, 당연히 이상하지이이이~!! 우리 종족은 사람의 수명에 비해 백 배라구, 백 배!! 사람에게 100년은 일생이라고도 할 수 있단 말야! 사숙조님은 우리 종족에 비한다면 거의 생을 다 산 용이나 마찬가지라구!!"

이 정도의 설명에도 불구하고 민이 녀석은 정말 이해 못하겠다는 표정으로 날 바라보았다.

"그게 뭐 어때서? 우리 용계의 역사에 보면 8천 살이나 9천 살에도 재혼하는 용은 많은걸?"

그의 메시지에 나는 녀석을 이해시키려는 시도를 완전히 포기해 버렸다.

'허허, 그곳에서는 용끼리 결혼까지 해? 하기야 인간들처럼 사회를 이루고 산다니··· 하지만 생각하는 거 하곤······.'

"하아아아~ 관두자, 관둬. 그려그려, 네가 사는 곳에는 정력(?)이 아주아주 넘치는 분들이 많으시구나아아~"

물론 민이가 말한 일이 드래곤 쪽에서도 불가능한 일은 아니었다. 드래곤이란 수명이 다 하기 직전까지는 나이를 먹으면 먹을수록 노쇠해지는 것이 아니라 점점 강대해지는 종족이었기 때문이다.

'으음··· 하긴 울 할아버지만 해도 지금 딴 드래곤이랑 여차저차해서 충분히 2세를 다시 생산하실 수도··· 아아, 왜 나까지 이런 쪽으로 생각이 빠진 거야? 이게 다 저 녀석이 쓸데없는 말을 해서 그래. 으음··· 근데 민이 녀석 때문에 할아버지랑 아빠가 생각나네. 부디 내가 돌아갈 때까지 큰 사고는 치지 마셔야 하는데··· 에휴~

세이몬이랑 류미르가 할아버지랑 아빠를 잘 막아야 할 텐데 말야. 설마 자기들도 날뛰는 건 아니겠지? 음… 세이몬이라면 충분히 그럴 수도 있겠지만… 훗, 류미르, 난 너를 믿는다. 부디 힘들겠지만 잘 좀 막아다오.'

오랜만에 떠오른 저쪽 세계에서 내가 갑작스레 실종—이라고 말할 수 있으려나…—되어 걱정하실 할아버지와 아빠, 그리고 류미르와 세이몬의 생각에 잠긴 나는 나도 모르게 입가에 잔잔한 미소를 그리고 있었다.

'분명히 할아버지는 그 자리에서 게이트를 다시 열려고 난리 치실 테고 세이몬은 당황해서 어쩔 줄 몰라 하겠지? 류미르는 그런 세이몬을 달래면서 어떻게 해서든 날 찾으려고 할 테고… 흐음, 그럼 할아버지는 누가 말리려나? 아, 마이터(소르드 왕실의 수석 마법사)가 있었지? 으음, 그가 부디 할아버지를 잘 말려야 할 텐데. 훗훗… 하지만 소식 듣고 달려온 아빠가 마이터의 멱살을 잡고 흔들어대지 않을까? 할아버지한테는 뭐라 할 수 없었을 테니까 말야. 헷, 아빠는 죠슈아가 말리려 들겠지? 설마 하니 인간이 막는다고 다 휩쓸어 버리진 않으실 거야. 날 이곳으로 보내 버린 마법진을 그들이 할아버지와 함께 만든 거니까 날 찾기 위해서라도 큰 위해는 가하지 않으실 테지?'

"뭐야!? 뭔 생각을 하길래 그렇게 해실해실 웃어?"

그런 내 상념을 뚫고 민이의 메시지가 들려왔다.

"응? 아아… 그냥 내가 살던 곳에 있을 가족이랑 친구들 생각. 아, 정말 오랜만에 생각났네. 그동안은 이래저래 사건들이 많아서 까맣게 잊고 있었지 뭐야. 근데 왜 부른 겨?"

"아니, 가만 생각해 보니까 말야… 우리 여기 와 있으면 안 되는 거 아냐?"

 갑자기 웬 뚱딴지 같은 소리인가 싶어 나는 황당하다는 눈으로 민이를 바라보았다.

 "그게 무슨 자다가 봉창 두들기는 소리냐?"

 하지만 민이는 내 시선에도 불구하고 진지하게 말했다.

 "생각해 봐, 누나. 우리가 왜 소림에 가는 건데? 할아버지가 단목세가 가주의 부탁을 받고 마공 비급의 조각을 가져다 주려는 거잖아. 그거 아주 중요한 일 아니었어?"

 "아, 맞다……!"

 그제야 생각나는 사실이었다. 청명검에 대한 이야기 때문에 정말 까맣게 잊고 있었던 것이다.

 "아… 나 정말 왜 이러니? 왜 코앞의 일 때문에 이런 중요한 걸 잊어버리냐?"

 나 스스로가 너무나 한심스럽다는 생각에 침울해하고 있는데 민이 또한 침울한 메시지를 보내왔다.

 "누나만 그런 거 아니야… 나도 방금 생각난 거야……."

 "그랬냐? 아아… 우리는 정말 멍청한 남매구나."

 "그런 말 들어도 싼 거 같아."

 "그렇지?"

 '아… 우울하다…….'

 그렇게 자기 비하에 빠져 있는데 민이의 의아하다는 메시지가 들려왔다.

 "근데… 우리는 그렇다고 해도 할아버지도 잊고 계시는 걸까?"

 "에이, 설마……."

 하지만 정말 '설마…' 하는 생각이 들었기에 민이의 메시지를 자신있게 부정할 수가 없었다. 민이도 내 메시지에 자신감이 없음을 알아챘음인지 자신의 주장을 한 번 더 펼쳤다.

"하지만 그 비급을 전달하는 건 아주 중요한 일이잖아. 한시라도 빨리 가져다 줘야 하는 거 아니? 하지만 여기 있으면 며칠을 허비해야 할지 모르는 거잖아."

"에에… 그건 그렇지."

"그러니까 할아버지도 우리처럼 청명검 때문에 깜빡 잊고 계시는 걸 거야."

민이는 자신의 생각이 만족스러웠던지 아주 자신있는 표정이었다.

"설마……."

그러나 민이의 말에 완전히 찬성할 수 없었던 나는 재빨리 머리를 굴려 할아버지를 변호할 수 있는 말을 찾았다.

"에… 혹시 딴 사람들의 이목 때문에 그러는 게 아닐까? 솔직히 그 소림사의 스님 생신은 아직 많이 남았잖아. 그런데도 불구하고 우리가 서두르면 이상하게 생각할 테니까… 아, 그래. 그러니까 할아버지는 지부장이 이런 부탁을 할 줄은 몰랐겠지. 게다가 갑작스런 지부장의 부탁을 받고 거절할 명분이 없었던 거야. 그래서 어쩔 수 없이 받아들이신 게 아닐까? 게다가 우리처럼 청명검이 정말 있는지 없는지도 궁금했고 말아."

말하다 보니 스스로 생각하기에도 정말 그럴듯했다. 덕분에 끝에 가서는 자신에 차서 민이를 바라볼 수 있었다. 민이 또한 내 논리에 수긍이 가는 듯한 표정이었다.

"에… 그런 건가?"

"그런 걸 거야, 분명히! 설마 할아버지가 그런 중요한 일을 잊어버릴 거라고 생각하는 건 아니겠지? 저번에 마공의 비급을 보관하고 있던 5대 세가 가주들하고 9대 문파 장문인들하고 회담을 가질 때도 남들 눈에 이상하게 보이지 않도록 화산파 장문인 생일 잔치 때 모인 거잖아. 이번에도 같은 맥락이 아닐까?"

그렇게까지 말하자 민이는 완전히 납득한 표정이었다.

"으음… 정말 그럴지도 모르겠다. 생각해 보니까 정말 할아버지가 지부장의 부탁을 거절할 명분이 없네. 호광 지방은 우리 은씨 세가의 영향권이라고 할 수 있는데, 그 안에 있는 무림맹 지부와 괜찮은 관계를 유지해야 할 테니까 평소 때였다면 지부장의 부탁을 거절하지 못했겠지."

"헤에… 너, 어떻게 그런 것도 알고 있냐?"

내가 놀랍다는 표정으로 민이를 바라보자 민이가 씨익 웃었다.

"누나, 난 이래 봬도 은씨 세가의 소가주란 신분을 가지고 있다고."

자부심이 담긴 민이의 메시지에 나는 정말 놀라 버렸다.

"뭐? 소가주? 니가 왜 소가주냐?"

그러자 민이의 표정이 미미하게 찌푸려지며 불만스럽다는 감정이 드러나 있는 메시지가 전해져 왔다.

"뭐야? 내가 소가주인 게 불만이야?"

"그런 게 네가 원한다고 해서 되는 것도 아니잖아?"

당황스러움을 진정시킨 채 상투적인 말로 반박하자 민이가 은밀하게 씨익 웃어 보였다.

"할아버지가 이번 여행을 떠나시기 전에 살짝 말씀해 주셨어. 소림에서 돌아오면 얼마 후에 우리 생일이잖아? 그때 정식으로 내가 소가주임을 발표해 주신댔어."

"정말?"

"응!"

민이 녀석은 아무래도 소가주로 발표된다는 것이 무지 좋은 모양이었다. 하기사 할아버지의 직계손은 민이밖에 없으니 어차피 나중에라도 민이가 소가주가 되는 건 기정사실이겠지만, 문제는 민이와 할아버지 사이에 있는 숙부인 은재영이었다.

일반 문파라면 문주, 혹은 장문인의 후계자는 미리 정해지는 것이 아니라 후계자가 될 이가 어느 정도 지지 세력도 갖고 능력도 인정받을 즈음에 적당한 기회를 잡아 공표되는 게 일반적인 관례였다. 물론 보통 장문인의 제자들 중 한 명이 후계자가 되긴 했지만, 장문인의 제자들을 훨씬 뛰어넘는 능력을 가진 다른 제자가 되는 경우도 드물지는 않았다. 뭐라 해도 강호는 능력 위주의 사회였기 때문에 가능한 일이었다. 그러나 핏줄로 이어진 무가는 미리 정해져 있었다. 그렇게 크게 능력이 달리지만 않는다면 장손이 후계자가 되는 것이 정석이었던 것이다.

그러나 은씨 세가처럼 장자가 뭔 일을 당하거나 엄청난 바보라면 가주의 자리는 차남에게로 넘어간다(그럼 나중에 장자의 자식과 차남의 자식 사이 간의 가주 자리 다툼이 생긴다). 그래서 나는 비록 아직까지는 소가주라는 호칭을 얻지 못했지만—태어나자마자 소가주라 불리는 장자와는 달리 차남이 소가주라 불려지려면 가주가 직접 그를 소가주라고 불러줘야만 다른 사람들도 그를 그제야 그렇게 불러주기 시작한다—은재영이 할아버지의 뒤를 이을 것이라 생각하고 있고 다른 사람들 또한 그렇게 생각하고 있었다.

뭐, 어차피 그는 독신주의였기에 나중에는 민이가 그 뒤를 이어 가주가 되기야 하겠지만 아마 은재영도 그것이 당연하리라 생각하고 있었을 거였다. 그런데 이제 와서 은재영을 제치고 민이를 소가주라 공표한다니…….

'문제네. 은재영이라는 사람이 가주 자리에 아무런 욕심이 없다면 그나마 다행이지만, 아무래도 그는 그런 사람이 아닌 것 같은데… 더구나 충분히 가주 자리를 물려받을 수 있는 위치에 있었는데 민이가 소가주라 불린다면 가주 자리를 빼앗긴 것처럼 보일 수도 있을 거 아냐? 그럼 주변에서도 말들이 많을 테고, 비록 가주 자리에 욕심이 없다 하더라도 본인도 기분 안 좋을 텐데 할아버지는 왜 그런 결정을 하신 거지? 은재영이 딴 맘 품어도 민이를 지킬 수 있을 거라 자신하시는 건가? 하긴 민이도 이제 17세이고 할아버지도 금방 돌아가실 것 같지 않으니 괜찮을 테지만… 뭐, 민이가 그런 녀석에게 당할 애도 아니고… 후우~ 결국 문젠 민이 녀석인가? 언젠가는 용계로 갈 녀석이 소가주가 되는 것에 뭘 그리 좋아하는 건지… 몇십 년 동안 이곳에 있는다면 괜찮겠지만 그전에 돌아가게 된다면 어쩌려구…….'

생각이 꼬리에 꼬리를 물고 계속 이어지면서 점점 어두운 쪽으로만 가는 까닭에 내 얼굴은 조금씩 조금씩 찌푸려졌다. 그런 내가 의아했던지 민이가 내 생각을 가르며 질문을 던져 왔다.

"왜 그래? 뭐 밟은 사람처럼 찜찜한 얼굴로."

남은 자기 걱정에 끙끙거리고 있는데 정작 나이에 맞지 않게 나보다 현명하고 침착하다고 소문이 돈 당사자 녀석은 천하태평한 얼굴로 날 바라보고 있는 걸 보니 괜히 혼자 쓸데없는 고민하고 있는 것 같기도 해서 열받았다. 덕분에 민이에게 전해져 가는 메시지는 곱지 못했다.

"네놈이 과연 가줏감이 되는가 생각하고 있었다."

내가 톡 쏘아붙였음에도 불구하고 민이는 싱글벙글이었다. 그 모습을 보자니 도대체 할아버지가 뭐라 하면서 소가주라 발표한다 했는지 궁금해질 지경이었다.

"훗훗훗… 누나, 난 이래 봬도 용계의 왕족으로서 교육받은 몸이라고. 이깟 인간계의 세가 하나쯤 못 다스릴 것 같아? 할아버지도 그걸 인정해 주셨으니까 날 소가주 자리에 앉히시려는 것 아니겠어?"

이놈이 이렇게 잘난 체하는 모습 정말 오랜만에 봤기에 나는 순간 황당했다.

'하긴… 이놈, 첨에 만났을 때 엄청 잘난 체하던 놈이었지? 나한테 깨지고 난 뒤 다시는 그러지 않았지만. 그래, 원래 이런 놈이었어.'

민이 녀석이 할아버지에게 인정받아서 무지 기분이 좋은 모양이었다.

"그래서 가주가 되려고?"

"응. 한번 해보고 싶어."

내 질문에 민이의 답은 망설임도 없이 금방 나왔다.

'허어, 지금 폼을 보아하니 몇십 년은 이곳에 눌러앉을 모양이군. 하긴, 할아버지로서는 잘된 일이려나?'

잠을 자려고 누웠건만 생각지도 못한 민이의 말에 오라는 잠은 안 오고 이런저런 생각만 자꾸 꼬리에 꼬리를 물고 이어지는 바람에 밤늦도록 이리 뒤척 저리 뒤척거리다가 새벽녘에야 깜빡 잠이 들었다. 퍼뜩 정신을 차려보니 평소 새벽 수련하는 시간보다도 훨씬 지나 있어 해가 뜬 지 한참이나 된 시간이었다.

'어라? 어라라?'

생각보다 너무 늦게까지 자버린 걸 깨닫고는 놀라 벌떡 일어나 주변을 살펴보니 무림맹 낙양 지부 무사들이 아침을 준비하느라 분주히 움직이고 있었다.

내 빽이 든든하다 보니 차마 불침번은 세우지 못하고 아침 식사 당번조차 시키지 못한 채 일어날 때까지 가만 내버려 둔 모양이었다.

"누나, 이제야 일어난 거야?"

머리 위에서 들려온 익숙한 목소리에 고개를 들어보니 민이가 젖은 얼굴을 수건으로 닦으면서 날 바라보고 있었다.

"어제 피곤했나 봐? 평소보다 늦게 일어났네?"

부스스한 머리를 긁적거리며 하품을 하는 나에게 수건을 건네주며 옆에 주저앉았다.

'우쒸… 내가 누구 때문에 잠을 못 잤는데…….'

내가 자리에서 일어나자 기다리고 있었다는 듯 덕이 다가와서 내가 잔 자리를 정리했다.

"아따, 오늘따라 늦게 일어나셨네요잉~"

"후아아아암~ 몰라, 너무 자서 머리가 띵~해."

기지개를 한번 쭉 켜며 세수할 곳을 찾아가려는데 웬 시선들이 느껴졌다. 그쪽을 돌아보니 거기에는 일어난 지 좀 되었는지 벌써 말끔한 차림을 하고 있는 청룡단원들이 서 있었다. 그들 중 예의 그 치렁치렁한 옷차림을 하고 왔던 목우령은 여전히 그 치렁치렁한 옷차림이었는데, 옷이 다른 걸로 바뀌어 있었고 집에서 막 나온 듯한 어디 한 군데 흐트러짐없는 차림을 하고 있었다.

'휘유~ 저 남자도 대단하단 말야. 갈아입을 옷까지 챙겨오는 것도 힘들었을 텐데 되게 깔끔 떠네. 저러면 피곤하지 않을까?'

아직 잠에 취한 기운이 덜 풀려서 그 정도만 생각하고 지나치려고 했는데 그들의 시선이 집요하게 날 따라오는 거였다.

'뭐야?'

몇 걸음 더 가지 못하고 나는 다시 시선을 돌려 그들을 바라보았다. 그랬더니 이번에는 아주 분명하게 그 녀석들의 얼굴에 떠오른 표정을 볼 수 있었다. 그건 분명히 한심스럽다는 표정이었다. 그리고 거기에 한술 더 떠 검옥 사예란은 입꼬리만 살짝 올리는 아주 기분 나쁜 미소를 지어 보이더니 피식~ 하는 바람 빠지는 웃음소리를 내는 거였다.

'뭐, 뭐야, 저것들은?!'

그렇지 않아도 너무 많이 자서 머리가 띵해 기분이 가라앉은 판에 아침부터 저런 기분 나쁜 표정들을 보자니 더 더욱 기분이 안 좋아졌다.

'아침부터 기분 나쁘게시리……'

아침부터 기분이 안 좋으면 하루 종일 안 좋은 법이다. 그걸 알고 있는 나로서는 더 더욱 기분이 안 좋았지만 뭐라 할 수도 없는데다 아침부터 저 인간들하고 실랑이를 벌이고 싶지 않았기에 그냥 무시하구 가려는데, 목우령의 느끼하고도 느글느글한 목소리가 바람결에 실려 내 귓가에 도착했다.

"흐음… 무림화라고 해서 기대하고 있었는데 제가 상상하고 있었던 것과는 전혀 다르군요. 이거 실망인데요?"

그리고 그 뒤를 잇는 목소리… 아마도 저 목소리가 화예검 혁진아였지?

"무림화 나름이겠지."

'으윽~!'

아무리 얼굴이 두꺼운 나라도 저런 말을 듣고도 태연할 수는 없었다. 하지만 지금 저 녀석들을 상대해 봤자 웃음거리가 되는 건 나뿐이라는 걸 아주 자알~ 인식하고 있던 터라 이가 뿌드득 갈리지만 그냥 지나칠 수밖에 없었다.
'그래, 네놈들… 딱 걸렸어. 두고 봐!!'
이번 일을 나중에 두고두고 갚아주기로 결심하며…….

그런데 정말 어찌 된 영문인지 녀석들의 시비라고 생각되는 일들은 그걸로 끝이 아니었다.
"이런, 어떻게 된 것이 정상까지 올라왔는데도 범인은 코빼기도 보이지 않는군."
"호호호, 그거야 당연한 거 아니겠어요? 우리 일행 중에 행운아로 그 이름이 드높은 천.상.행.운.녀. 은진 소저가 있는데 범인을 만나는 불운이 우리에게 임하는 게 오히려 이상한 거죠."
"하하, 그런가? 하지만 우리에게는 범인을 금방 만나는 게 행운인데 말야."
"에이, 행운아의 실력에 따라 행운, 불행이 결정되는 거 아닙니까?"
"것도 그러네."
'저, 저것들이이이~!!'
내가 정말 싫어하는 그 별호를 들먹이며 저희들끼리 쑥덕이는데 정말정말정말 얄미웠다. 게다가 말을 가만 들어보면, 내 실력이 저희들보다 아래라고 얕잡아보는 게 아닌가?
'허, 허, 허, 허…….'
하는 짓거리들이 정말 유치했지만 내 분노를 극으로 끌어올리기에는 부족함이 조금도 없었다. 하지만 옆에서 내가 폭발할까 봐

안절부절못하는 민이를 비롯한 유와 덕이 때문에 어쩌지는 못하고 속으로만 곱씹었다.

'그래, 잘들 놀아라. 그게 얼마나 갈지는 나중에 두고 봐야겠지만.'

뿌드득~!

내가 이렇게 속으로 복수의 칼날을 가는 동안 할아버지를 비롯한 일행을 이끄는 수뇌부(?)들은 난색을 표한 채 의논에 들어갔다. 아침을 먹은 뒤 다시 시작한 산행에 정상까지는 도착했지만 몇몇의 무사 시체만 발견했을 뿐, 청룡단원의 말대로 범인은 코빼기도 찾을 수가 없었기에 이대로 수색을 계속해야 할지 다른 방도를 찾아야 할지 의논하려 한 것이다.

이 산은 이름도 없는 것을 보면 알다시피 그렇게 높은 산은 아니었다. 솔직히 정상에 오르고자 마음만 먹었으면 반나절도 채 안되는 시간 안에 정상에 오를 수 있을 정도였다. 그러나 우리 일행은 수색이라는 임무를 띠었기 때문에 주변을 찬찬히 살펴보면서, 또한 시체를 발견하면 그 시체의 조사와 함께 수습을 같이 해주느라 정상에 도착하는 데에 하루가 더 걸렸던 것이다.

하지만 정상까지 오르면서 범인을 찾지 못한 이상 산을 샅샅이 훑어야 하겠는데, 아무리 높지 않더라 해도 괜히 '산'이라고 불리는 것이 아닌 터라 이렇게 일행이 다 뭉쳐서 산 전체를 수색하기에는 무리가 있었던 것이다.

그러나 문제는 범인이 높은 실력을 가지고 있다고—청룡단원 5명이 한꺼번에 같이 상대해야 할 정도—추정되었기 때문에 인원을 나누기가 쉽지 않다는 거였다. 청룡단원들이야 제압은 못하더라도 그를 상대할 수 있을 만한 실력을 가지고 있었으니 괜찮았지만, 문제는 낙양 지부 소속 무인들이었다. 우리보다 앞서 보내진 수색 팀이 전멸—그렇게 예측하고 있다—된 것으로 보아 지부 소속 무인들이 십 단위로 모여 있어도 상대하기 벅찰 것이 분명한데 이곳에 같이 온 지부 소속 무인들은 20명이었기 때문이다. 이들을 나누어서 수색해 봤자 범인을 발견했다 하더라도 범인에게 죽기 전에 범인이 나타났다는 신호를 보낼 수 있으면 다행 정도를 넘어 천운이라 여겨질 정도였다.

그러니 수색 팀을 몇몇 조로 나누어봤자 청룡단원이나 우리 은씨 세가 사람들에게 발견되지 않는 이상 무사들의 죽음만 늘어날 뿐이었기에 나누는 것은 무의미하게 여겨졌다. 그렇다고 이렇게 뭉쳐서 다닌다면 산 전체를 수색하는 데 오랜 시일이 걸릴 테고, 또한 우리가 이렇게 몰려다니면 우리가 범인을 발견하는 것보다는 범인이 우리를 발견하고 피할 확률이 더 높았기에 좋은 방법이 아니었다. 게다가 우리가 그를 찾느라 산을 뒤지고 다니는 동안 그가 산 밑으로 내려간다면 산으로 올라오지 못하게 막고 있는 낙양 지부 무사들이 그를 당해낼 턱이 없었기에 그를 영영 놓칠 확률은 더욱 높았다.

수색 인원을 더 데려올까도 생각해 봤지만 범인을 상대할 수 있는 이들은 일 갑자에 가까운 내공을 가지고 있어야 하는데, 그런 일류급 무사들을 모아오는 것이 쉽지 않은 일인데다 그렇지 않은 이들을 데려와 봐야 그들만 위험에 빠뜨릴 수 있는 일이었다.

그래서 결국 우리는 팀을 두 개로 나누기로 했다. 모두 다 같이 뭉쳐서 다니는 것보다는 그나마 그게 나을 것 같아서였다. 기준이 되는 것은, 당연하겠지만 청룡단원 5명과 우리 은씨 세가의 사람들이었다. 그리고 우리 쪽 실력이 더 우월하다는 근거를 들어 이번에 친히 참석(?)한 무림맹 낙양 지부장은 청룡단원 쪽으로 붙게 되었다.

그쪽으로 가라는 말에 반박은 하지 못하고 마지못해 그쪽으로 발걸음을 옮기는 낙양 지부장의 표정이란… 너무 불쌍했다.

사실 그가 할아버지를 이쪽으로 오게 한 이유가 바로 청룡단원들을 휘어잡지 못해 그 일을 할아버지께 부탁하기 위함이 아니었던가? 그런데 할아버지 없이 청룡단원과 함께 행동하게 되었으니 절망했을 것이다.

범인을 발견하면 다른 팀을 부르는 신호는 낙양 지부 무사들이 맡기로 했다. 그들은 그들 사이에 서로를 부르는 신호가 있었던 것이다. 우리는 단지 다른 팀이 도착할 때까지 범인을 잡아두면 되는 거였다. 뭐, 우리 쪽이 범인을 먼저 발견한다면 제압까지 가능하겠지만.

"그럼, 무운을 빌겠습니다."

"그쪽 또한……"

그러한 잠시간의—어차피 또 만날 것이니까—작별 인사를 마친 양쪽 대표(?)를 선두로 양 팀은 좌우로 갈라져서 산을 수색하기 위해 출발했다. 우리는 서쪽을 훑어보기로 했고 저쪽은 동쪽을 훑기로 했던 것이다.

할아버지는 약 10분쯤은 천천히 주변을 살피면서, 그러니까 지금까지 우리가 산을 올라왔던 것처럼 걸어가더니만 갑자기 경공을 써서 빠르게 달려가기 시작했다. 덩달아 뒤따르던 우리도 경공을 써서 달리기 시작했지만 갑작스레 이렇게 빨리 달리는 이유를 몰라 어리둥절하기만 했다.

할아버지가 멈춰 선 것은 청룡단원을 위시한 낙양 지부장 등과 헤어진 뒤 처음으로 시신을 발견했을 때였다.

민이와 나는 지금껏 그래 왔던 것처럼 시신 근처에는 못 가게끔 제지당할 줄 알고 미리 알아서 안 가고 멀찍이 떨어져 왜 할아버지가 갑자기 경공을 사용하여 빠르게 달리신 것인지 그 이유에 대하여 추측하느라 심도(?)있는 대화를 나누고 있는데, 할아버지 곁에 있던 희여송이 다가와 우리 둘을 불렀다.

"은 사제, 은 사매, 가주님께서 부르세요."

'뭔 일로 우리를?' 하는 어리둥절한 표정을 민이와 주고받고는 주춤주춤 할아버지가 있는 곳으로 다가갔다. 사실 내가 아무리 오랜 세월을 살아왔어도 사람의 시신을 무감정하게 쳐다볼 만큼 단련(?)되지 않았던 터라 쉽게 다가갈 수가 없었던 것이다. 게다가 그 시신이 머리부터 사타구니까지 일직선으로 갈라져서 두 쪽이 되어 있는 시신이라면 더욱더 가까이 가고 싶지가 않았다. 그런데도 그런 시신을 아무렇지도 않게 살펴보는 할아버지와 배 숙부가 참으로 존경스러웠다.

할아버지는 별로 가까이 다가가고 싶지 않다는 표정으로 조금 멀찍이 떨어진 곳까지 와서 멈춰 선 나와 민이를 바라보더니 가까이 오라고 손짓했다. 그에 세 발자국까지 더 가긴 했지만 그 뒤로는 더 이상은 절대로 가까이 가고 싶지 않았던 터라 할아버지가 손짓을 하더라도 가까이 가지 않으리라 결심을 하고는 멈춰 섰고 민이 또한 나와 같이 멈춰 섰다.

이러한 내 결심을 알아챈 것일까? 할아버지는 더 이상 가까이 오라고 말하지는 못하고 대신 입을 열었다.

"내가 너희를 부른 이유는, 조금 이른 감이 있긴 하다만 얼마

안 있으면 너희들 또한 어엿한 무림인이 될 터, 앞으로 또 이런 일을 겪을지 모르니 미리 경험을 시키게 하려는 거다. 그러니 적응이 안 되더라도 꾹 참고 이 시신을 한번 살펴보거라."

그럴 거면 이전에는 왜 안 그랬는지 이유를 묻고 싶었지만 어차피 이런 일을 빨리 겪는 것이 달가운 일도 아니고 이전에는 많은 인물이 같이 동행하느라 그렇지 않아도 속도가 느린데 우리에게 이것저것 가르쳐 주느라 시간을 낭비하게 할 수는 없었을 테니 그럴 것이라 지레 이해하고는 할아버지 앞에 놓인 시신 가까이 다가갔다.

하지만 할아버지처럼 근처까지 가지는 못하고 몇 발자국 떨어진 곳에 멈춰 서서는 이쪽에서 보기도 하고 저쪽에서 보기도 하면서 내 나름대로 열심히 살펴보기 시작했다. 민이는 나보다 한 발 앞쪽까지 다가가긴 했지만 그 또한 팔을 벌려도 시신에 닿지 않을 정도로 떨어져서 고개만 삐쭉 내밀어 기웃대고 있었다.

한 10분 정도 말없이 우리가 살펴보는 걸 바라보고 있던 할아버지는 이 정도 시간이면 되었다 생각했는지 입을 열었다.

"그래, 무엇을 알아냈느냐?"

그러자 민이가 먼저 입을 열었다.

"우선 범인은 내력이 높다는 것입니다. 제가 알기로 근육과 뼈를 한꺼번에 잘라내는 건 단순한 힘만으로는 하기 어렵다고 알고 있습니다. 그런데 이렇게 사람을 세로로 쪼개놓았으니 그는 아마도 검기를 자유자재로 다룰 수 있는 사람인 듯싶습니다."

"그래, 맞다. 그리고?"

이번에는 내가 대답했다.

"이자는 범인을 정면에 두고 당한 것 같습니다. 그러니까 이렇게 뒤로 누워 있을 테지요."

 할아버지는 내 말도 맞다는 듯 고개를 살짝 끄덕여 줬다. 그러자 기다렸다는 듯 민이가 내 뒤를 이어 입을 열었다.

 "그리고 이자는 별다른 반응을 해보지 못한 듯합니다. 손에 검이 쥐어져 있기는 한데 뽑혀 있지 않은 걸 보아 검을 뽑을 새도 없이 당한 듯합니다."

 "그래그래, 잘 알아냈구나. 또 알아낸 것이 있느냐?"

 하지만 아무리 보아도 다른 건 알아낼 수 없었기에 나는 고개를 옆으로 저었다. 민이 또한 나와 마찬가지로 고개를 저어 보였다.

 "더는… 모르겠습니다."

 "하기야 처음에 그 정도 알아낸 것만 해도 대단한 거다. 하지만 몇 가지 더 알아낼 수 있는 게 있다면, 범인은 이 남자의 소지품을 노리고 이런 짓을 저지른 게 아니라는 것이다. 보렴, 옷 속을 뒤진 흔적이 없지 않니? 게다가 돈 또한 전혀 건들지 않았구나. 아마도 이자를 죽인 뒤로 그대로 뒤돌아서서 가버린 것 같구나. 또 한 가지는 시신에 난 상흔을 살펴보자면 어떠한 초식도 사용한 흔적이 없구나. 그냥 일검에 내려친 것뿐이야. 그렇다는 건 범인이 초식을 사용할 필요도 없을 정도로 이 남자의 실력이 형편없었거나, 아니면 초식이 필요없을 정도의 상승 경지에 있는 사람이거나 둘 중 하나라는 뜻이지."

 보통 처음 무공을 배울 때는 신체를 어느 정도 단련시킨 뒤에 기초적인 초식부터 착실히 배운 뒤 확실하게 습득했다 여기면 고난위의 초식을 배운다. 그러나 그것마저도 모조리 마스터하여 자유자재로 쓸 수 있게 된다면 그 다음에는 깨달음의 경지라고 해서 일반 무인들로서는 꿈도 못 꿀 무공을 사용할 수 있게 된다고 한다. 예를 든다면 이기어검술이라든가—울 아빠가 하는 건 단지 흉내 내기에 불과할 뿐 진정한 이기어검술이라 할 수 없다고 한다—검강의 단계인 기만으로 검 대신 사용한다든가 등등… 이때쯤 되면 진짜 산을 부수고 바다를 가른다는 경지가 된다고나 할까? 그리고 이 정도의 경지에 오르면 초식 따위가 필요없게 된다고 한다. 몸짓 하나하나, 손짓 하나하나가 상승 무공과 비견할 수 있다고 한다.

아마도 마법사로 말한다면 고위 마법사는 주문이나 시동어 없이 의지만으로도 마법을 구현할 수 있다는 것과 비슷하다고나 할까? 그래서 이 경지에 다다른 사람들은 몸에서 대단한 기도를 뿜어내는 대신 오히려 내력이 하나도 없는 것처럼 보인다고 한다.

그러고 보면 울 할아버지는 아직 거기까진 닿지 못한 모양이지만… 어쩌면 범인은 할아버지와 비슷한 경지이든가, 아니면 조금 더 높은 경지에 있는 무인인지도 모르겠다.

그래서인지 할아버지는 범인에게 점점 더 호기심을 느끼는 모양이었다. 게다가 할아버지와 비슷한 경지에 이른 사람과 겨룰 기회가 별로 없었으니 이번 기회에 한번 겨루어보고 싶다고 생각할지도 모를 일이었다.

그렇게 내가 민이와 함께 할아버지에게 이런저런 설명을 듣고 있는데 어째 안 보인다 싶었던—평소에는 항상 할아버지와 함께 있었으니까—배 숙부가 어디론가 갔다가 오는 듯한 모습으로 나타났다.

"스승님!"
"그래, 알아보았느냐?"

마치 기다리고 있었다는 듯한 할아버지의 말투로 보아 배 숙부는 할아버지의 어떤 명을 받고 어딘가 갔다 온 모양이었다.

"예, 스승님 말씀대로였습니다. 지금 제 제자와 유가 흔적을 쫓고 있습니다."

"그래? 좋다. 우리도 빨리 출발하자꾸나."

할아버지의 말에 배 숙부는 주변에 흩어져 잠시 휴식 겸 시신 수습을 하고 있던 낙양 지부 소속 무사들을 불러 모았다.

그들이 모이는 동안 나는 배 숙부의 말에 유의 이름이 거론되는 것을 의아하게 여겨 뒤를 돌아보니 항상 내 뒤에 시립해 있던 유는 사라져 있고 덕이 혼자 서 있는 거였다.

"어? 유는?"

그러자 덕이가 황당하다는 눈으로 날 바라보았다.

"아따, 주군, 행님이 없어진 걸 지금 아셨다요잉? 무심하시구만이라… 행님은 아까 저그 저분이 데리고 가시지 않았다요?"

덕이 가리킨 것은 배 숙부였다.

"배 숙부가?"

배 숙부에게 물어보기 위해 시선을 돌리려는데 그걸 할아버지가 알아챘는지 내가 미처 입을 열기도 전에 설명해 주셨다.

"유와 여송이는 지금 흔적을 쫓고 있을 게다. 그 애들은 이런 일에 경험이 많거든."

'하기야 유는 전직이 살수였고 희여송은 전직이 용병이었으니 이런 일을 맡는 거야 십분 이해하지만… 갑자기 웬 흔적?'

"할아버지, 흔적이라뇨?"

"가면서 말해 주마."

지금 희여송과 유만 따로 떨어져서 할아버지가 말한 그 흔적이라는 것을 찾고 있었기 때문에 빨리 그 둘을 쫓아가야만 했는지 할아버지와 배 숙부는 무사들이 모이자마자 서둘러 출발했다.

"우리가 그동안 발견한 시체들 주위에는 범인인 듯한 사람의 흔적이 남아 있었단다. 하지만 우리는 그 흔적이 범인의 것이라 단정할 수 없었지."

"예? 보통 그런 흔적이 남아 있다면 범인의 것이든 아니든 쫓아가 봐야 하는 거 아닌가요?"

의아하다는 내 말에 할아버지의 고개가 끄덕여졌다.

"물론 진이 네 말이 옳단다. 하지만 우리는 그 흔적을 따라가는 건 시간 낭비라 여긴 거지. 왜냐하면 이 산에는 그 범인 말고도 많은 무사들이 왔었지 않니? 시신 주위에 너무나 뚜렷하게 남은, 마치 누군가에게 자신이 간 걸 들켜도 상관없다는 식의 그 흔적을 범인이 남겼다고 하기보다는 우연히 그 시신을 발견한 다른 무사가 남긴 흔적이라 생각한 거지. 우리는 범인의 실력이 뛰어날 것이라 추측하잖니. 그런 실력자라면 충분히 자신의 흔적이 안 남게 이동할 수 있을 테니까."

"범인이 흔적이 남든 안 남든 상관 안 할 수도 있잖아요?"

이번에는 민이가 반론을 제기했다.

"그래, 그럴 수도 있겠지. 하지만 만약 나라면 그렇게 하지는 않을 거다."

"어째서요?"

"민아, 이 산에 무사들이 왜 모인 건지 잊은 거냐? 사람들은 이곳에 청명검이 있다는 소문을 듣고 몰려든 거란다. 그러니 이 산에서 살인 사건이 있다면 그건 반드시 청명검과 관련있으리라 여겨지지 않겠니? 아마 추적술에 능한 자였다면 분명히 시신 주변의 흔적을 따라갔겠지."

"그러니까 범인은 자신이 남긴 흔적을 보고 사람들이 몰려드는 걸 원하지 않았을 거란 말이죠?"

내가 할아버지의 말에 보충 설명을 하자 할아버지가 시선은 그대로 가는 방향 쪽을 향한 채 고개를 끄덕였다.

"그래, 범인은 사람을 죽이고는 그들 소지품을 뒤지지 않았어. 그것으로 보아 범인이 그 사람들을 죽인 이유는 범인이 숨기고 싶어하는 것을 알았기 때문이라 여겨지는구나."

"예를 든다면 범인이 청명검을 가지고 있다는 것… 같은 거요?"

"아니면 청명검이 있다는 것이 거짓말이라는 증거라든지."

민이와 내가 번갈아가며 추측하자 할아버지가 기특하단 표정으로 우리를 바라보았다.

"그래, 똑똑하구나. 나 또한 그렇게 생각한단다. 그러니 그러한 범인이 자신의 흔적을 남길 리가 없다고 생각해서 전에는 쫓아가지 않은 거란다."

"그런데 왜 이제 와서는 흔적을 쫓아가는 건가요?"

나도 그 점은 이상하다 생각하고 있었다. 뭐, 어차피 할아버지도 그 이야기를 하려고 이렇게 긴 서두를 끄집어낸 것이겠지만.

"그래그래, 그 이야기를 하려고 했단다. 처음에는 내가 지금까지 설명한 이유로 인하여 그냥 넘어갔었단다. 우리가 발견한 모든 시신에 흔적이 있었지만 그럴 수도 있다고 했었지. 그 시신들을 우리만 발견했다고는 할 수 없을 테니까. 그런데 우리보다 앞서 파견되었던 낙양 지부 소속 수색 팀 알지? 그들이 야영하다 변을 당한 장소에는 흔적이 모조리 지워져 있더구나. 이상한 일이 아니더냐? 한 명씩 죽였을 때는 흔적을 신경 쓰지 않다가 한꺼번에 여러 명을 죽이니까 그제야 신경 쓴 것도 아닐 텐데 말이다. 게다가 이상한 점은 더 있단다."

아주 중요한 이야기를 하려는 듯 할아버지의 목소리가 은밀해지자 민이와 나는 저도 모르게 침을 꿀꺽 삼키면서 할아버지의 말에 더욱더 집중했다.

"우리가 첨에 출발할 때 낙양 지부장이 나에게 말하기를 이 산에 오른 무사들은 적게 잡아도 수백 명이라고 했단다. 그런데 우리가 정상에 올라갔다 내려오는 동안 살아 있는 사람은 한 명도 만나지 못했다. 비록 산이긴 하지만 그렇게 큰 산도 아닌데 우연이라고 해도 한 명도 만나지 못할 수가 있을까? 게다가 이렇게 시신은 만나는데도 싸움한 흔적은 한 번도 보지 못했지. 설마 그럴 리는 없겠지만, 산에 오른 이들이 모조리 전멸했다 하더라도 만난 시신들은 너무나 적은 숫자야. 다 합해봐야 한꺼번에 변을 당한 낙양 지부 무사들까지 더해도 채 20명이 되지 못하는 숫자다. 그리고 한 가지 더, 나는 솔직히 낙양 지부 무사들이 한꺼번에 변을 당하기는 했어도 처음 출발한 인원 중 일부분만 있는 걸 보고 나머지 무사들 또한 그들과 별다르지 않은 모습으로 멀리 떨어지지 않은 곳에 있을 거라 생각했지. 하지만 그 나머지 수색 팀들은 어디서도 보이지 않았단다. 흔적 또한 없었지. 이상하지 않니? 분명 그 자리에서 살아남은 사람들의 흔적이 남아 있는 게 당연할 텐데 아무도 지나가지 않은 것처럼 흔적이 조금도 없었단다. 그 다음 발견된 시신 근처에는 또다시 뚜렷한 흔적이 있었지. 그걸 보고 나는 혹시나 내가 뭔가 중요한 걸 놓치고 있는 건 아닐까 의심했단다. 그리고 어쩌면 이 흔적들은 누군가가 무사들을 유인하기 위해 일부러 남겨놓은 것일 수도 있다고 생각이 바뀌었지."

할아버지의 긴 설명을 들은 민이와 나는 할아버지의 결론에 동감하여 고개를 끄덕였다.

"그래서 지금 이렇게 흔적을 따라가는 것이군요."

"그래, 혹시 내가 착각한 것일 수도 있을 테지만 지금으로썬 다른 좋은 방법도 없으니까. 산 주변을 그냥 훑어보는 것보다는 더 낫지 않겠니?"

"것도 그렇네요."

할아버지의 설명을 들으면서 희여송과 유가 남긴 표식을 따라—물론 그건 배 숙부가 찾아서 따라간 거고 나는 그 뒤를 쫓은 것뿐이지만—빠르게 달리다 보니 얼마 지나지 않아 그 둘을 만날 수 있었다.

그 둘은 흔적을 잃어버렸는지 바닥에 거의 밀착하다시피 앉아서 주변을 샅샅이 훑어보고 있다가 우리가 다가오는 기척을 느끼고 자리에서 일어났다.

"어떻게 된 것이냐?"

배 숙부가 묻자 희여송이 난처한 표정으로 대답했다.

"그게 이상합니다. 지금까지 뚜렷하게 남아 있던 흔적이 여기에서 갑자기 지워져 있습니다. 다시 찾으려면 좀 시간이 걸릴 것 같습니다."

그러자 배 숙부가 할아버지를 돌아보며 지시를 기다리는 표정을 지어 보였다. 할아버지는 배 숙부의 기대를 저버리지 않고 간단하게 지시를 내렸다.

"그럼, 흔적을 찾을 때까지 우리는 휴식을 취하기로 하지."

'진짜 간단하군.'

희여송과 유가 끊어진 흔적을 다시 발견한 것은 그로부터 대충 30분은 지났을 무렵이었다. 그 흔적은 우리가 있던 곳으로부터 약 500m쯤 떨어진 곳에서 다시 이어졌고 방향이 완전 엉뚱한 곳으로 이어져 있어 찾는 데 좀 애를 먹은 것 같았다.
　그 뒤로 우리는 또 흔적을 따라 이동했고, 얼마 지나지 않아 또 흔적은 끊어져 그걸 유와 희여송이 다시 찾아냈고… 그런 일은 날이 저물 때까지 계속되었다.
　흔적이 진행되는 방향은 일정하지 않았다. 산을 내려가는가 싶으면 다시 올라왔고, 남으로 간다 싶으면 몇 발자국 가지 않아 다시 동쪽으로 꺾어지는 일은 다반사였다. 마치 누가 정신없이 산을 헤매는 것만 같이 보여 이 흔적을 낸 사람이 도대체 뭔 생각으로 이리 헤매고 다녔는지 어리둥절하기만 했다. 그리고 가다가 흔적이 사라지는데 그 흔적이 끊어진 거리가 맨 처음 우리가 흔적을 잃어버렸을 때처럼 지워진 장소의 넓이가 거의 엇비슷하다는 거였다. 마치 누가 일부러 일정 공간만을 꼼꼼히 지운 것처럼 말이다.
　"이상하구나, 정말 이상해. 마치 누군가가 만들어놓은 거대한 함정에 빠져나갈 구멍을 찾지 못해 허우적거리는 기분이야."
　이게 과연 무슨 일을 나타내는 건지 궁리를 해봐도 결국 아무런 해답도 얻지 못한 할아버지가 답답하다는 듯 중얼거렸다. 어쩌면 아무것도 아닌 일을 가지고 우리가 심각하게 여기는 것일지도 모르지만, 그러기에는 상황이 정말 심상치 않았다. 우리가 이곳에 들어와 벌써 이틀째 밤을 지내고 있는 것인데도 불구하고 할아버지 말대로 지금까지 살아 있는 사람을 한 명도 만나지 못했던 것도 그랬다. 이 산에 올라온 사람들은 정말 어디로 모두 사라진 것일까?

　서산에 걸린 해가 완전히 뒤로 넘어가고 사방이 깜깜해지자 낙양 지부 소속 무사 하나가 검은 하늘에다 대고 신호탄을 쏘아 올렸다. 밤마다 양쪽이 무사하다면 이러한 신호를 주고받기로 했던 것이다. 어느 쪽에서 먼저 쏘아 올리든 그 뒤로 곧바로 다른 쪽도 이에 응답하듯 신호탄을 쏘아 올리게 되어 있었다. 오늘 밤은 우리 쪽이 먼저 쏘아 올린 거지만.
　곧 저쪽에서도 신호탄이 하나 하늘로 올라왔다. 생각 외로 무척 가까운 거리였다. 내가 경공을 써서 달린다면 한 15분이면 도착할 거리쯤? 양쪽 다 산을 수색하다가 우연치 않게 거리가 가까워진 모양이었다.
　우리는 양쪽 모두 무사하다는 것을 알고 잠들 준비를 했다. 오늘 하루 종일 청명단원에게 시달렸을 낙양 지부장에게 심심한 애도의 마음을 보내며.
　그러나 우리 일행 모두는 자리에 누운 지 채 10분도 되지 않아 자리를 박차고 일어나야 했다. 하늘에 다급하게 두 번 연달아 쏘아 올려진 신호탄이 보였기 때문이다. 그리고 그와 함께 도움을 요청하는 날카로운 피리 소리가 청룡단원을 위시한 다른 팀이 있는 쪽에서 들려왔다.
　삐이익~
　밤이라서 그런지 되게 선명하게 들려왔다. 그걸 듣자마자 우리는 누구랄 것도 없이 야영 준비한 것들을 내팽개치고 그들이 있는 쪽으로 경공을 전개해서 달렸다(아마 뒷정리는 낙양 지부 소속 무사들이 해줄 것이다).

　열심히 달리는 동안 피리 소리는 지속적으로 들려왔다. 아마 어두운 산속을 달려올 우리가 방향을 잃지 않도록 배려해 주는 듯했다. 뭐, 그쪽에는 청룡단원도 5명이나 있고 낙양 지부장도 있으니까 쉽게 당하지는 않겠지만, 그래도 우리는 만약의 경우를 대비하여 최대한 빨리 달려갔다.

　우리가 다른 쪽 수색 팀이 있는 곳에 도착하고 나서 본 것은 역시나 범인인 듯한 웬 남자를 청룡단원 5명이 맞서고 있는 모습이었다. 그 뒤쪽으로 낙양 지부 무사들과 지부장은 그들의 싸움을 열심히 관전(?)하고 있었다.

　"아, 오셨군요!"

　우리를 제일 먼저 발견한 것은 낙양 지부장이었다. 할아버지는 그에게 다가서며 물었다.

　"이게 어찌 된 일인가? 저자가 바로 그 범인이란 말인가?"

　"아무래도 그런 것 같습니다. 저희들을 보자마자 다짜고짜로 공격해 들어왔습니다. 한데 남자의 상태가 조금 이상한 듯합니다."

　조금이 아니라 많이 이상해 보였다. 남자는 꽤 돈이 있는 사람이었는지 비단으로 된 장포까지 걸치고 있었는데, 며칠 동안 산속을 헤매고 다녔는지 그 장포가 여기저기 찢어진 것은 물론 먼지 투성이였다. 게다가 머리는 마치 처녀귀신처럼 풀어헤쳐 바람에 나풀거렸고, 그가 신고 있는 신은 가죽신인 것 같은데 무지 지저분해져서 확신하지 못할 지경이었다.

　그러나 그것만으로는 길 잃고 헤매서 그렇다고 할 수도 있지만, 문제는 칼 들고 설치는 그의 눈이었다. 그의 눈은 완전 동공이 돌아가서 마치 죽은 사람처럼 흰자위만 번뜩이는데, 그 눈에서 강력한 살기가 줄기줄기 뻗어 나오는 모습은 완전 공포 영화를 보는 듯했다. 게다가 며칠 동안 물 한 모금 먹지 못한 사람처럼 얼굴은 핼쑥하고 창백한 게 정말 귀신을 보는 것만 같았다.

"와아~ 누나, 저 남자 눈 좀 봐. 완전 맛이 갔어."

"그러게. 정신이 아예 나간 것 같은데?"

그는 한이 서리서리 맺힌 사람처럼 자신을 둘러싸고 있는 청룡단원들을 향해 죽일 듯이 덤벼들고 있었다. 그의 내력이 얼마나 대단했던지 들고 있는 검은 검기로 둘러싸여 있었고, 그가 검을 휘두를 때마다 맺힌 검기가 뻗어 나가 청룡단원들은 감히 그와 검을 맞댈 생각은 못하고 이리저리 피하면서 행동을 제지하는 데 급급할 뿐이었다.

"오옷, 내력은 많은가 보네? 저렇게 검기를 마구마구 내뿜는 걸 보면."

감탄인지 놀라움인지 모를—아마도 둘이 섞인 거겠지만—민이의 말을 들으며 그 남자를 구경(?)하고 있던 나는 그 남자가 들고 있던 검에서 묘한 마나가 뻗어 나온다는 것을 알아차렸다.

그러고 보니 그 남자의 검은 약간 푸른빛이 도는 흰색이었는데, 보통 장검을 이루는 재료인 철이 아닌 것만은 분명해 보였다. 철이라기보다는 꼭 은 같다고나 할까?

'아냐, 미스릴 같기도 하고… 하지만 이곳에 미스릴이라는 게 있을 리가 없잖아.'

게다가 미스릴이라면 푸른빛을 띠지는 않을 것이었다.

'그럼… 저게 뭐다냐?'

하지만 그러한 생각만 하고 있을 수가 없었다. 왠지 그 검에서 뻗어 나오는 기운이 되게 기분 나빴기 때문에 검날의 재료가 뭐든 상관없이 저 검을 한 대 때려주고 싶은 기분이 들 정도였다.
 검에서 뻗어 나오는 기운은 뭐랄까… 아무것도 모르는 순진한 애를 이용해서 나쁜 짓을 시키며 즐거워하는 사악한 변태 놈을 보는 것만 같다고나 할까?
 그 검은 자신을 쥐고 있는 남자가 살기를 폴폴 풍기면서 자신을 휘두르는 것이 무지 즐거운 듯 웃고 있는 것 같았다. 아니면 그 남자를 멍청이라고 비웃고 있거나.
 '그러고 보니 저 남자… 검에 의해 조종되는 거 같은데? 에, 그럴 수도 있나? 검이 의지를 가지고 사람을 조종하는 일이 있을 리가… 아냐아냐, 있구나. 에고 소드. 그럼 저 검이 에고 소드일 수도 있다는 말이야?'
 에고 소드는 자아를 가지고 있는 검을 말한다. 보통 마법사들이 검에 의지를 부여해서 만들어낸다고 알고 있는데, 무생물에게 의지를 심어주는 것이 쉬운 일은 아닌 터라 내가 있던 세계에서도 존재하고 있던 에고 소드는 드래곤이나 마족이 만든 것이 대부분이었다. 가끔가다 천부적인 마법적 재능을 타고나 인간으로서는 이루기 힘들다는 8클래스나 9클래스에 이른 마법사들이 만든 것도 있었다.
 그런데 이 에고 소드는 보통 만든 이에 따라 명검―의지가 사악하지 않은―일 수도 있고 마검―의지가 사악한―일 수도 있다. 그리고 에고 소드는 검을 쥔 자와 대화하는 것이 가능한 것부터 대화는 못하더라도 의지는 전달할 수 있거나 아예 의지조차 전달 못할 수도 있는 등 기능(?)이 천차만별이다.
 그런데 보통 이런 에고 소드일 경우 대부분 자존심이 드세 가지고 자기 맘에 안 드는 사람은 절대 주인으로 안 모시려고 한다

(뭐, 어떤 의지를 가지고 있느냐에 따라 아무나 주인으로 섬기는 경우도 있을 수 있지만 그건 극히 드문 일이니 그냥 없는 걸로 치고). 에고 소드의 의지가 사악하지 않은 경우에는 주인으로 인정 못하겠으면 검을 사용하지 못하게 한다거나 아니면 아예 만지지 못하게 하는 경우가 대부분이지만—심하면 간단하게 죽이거나…—마검일 경우에는 자기보다 능력이 낮은 자는 무조건 지 밥으로 여긴다. 그래서 몸을 점령하여 자신의 인형으로 만든다거나, 아니면 기력을 다 빨아먹는다거나, 심하면 영혼을 빨아먹는 경우도 있다.

게다가 이 마검이란 놈은 한번 주인으로 인정했으면 끝까지 충성해야 하는 명검과는 달리 어떻게 해서든 주인을 자신의 손아귀에 넣으려고 집요하게 노린다. 그래서 마검을 가진 자들은 틈을 파고드는 마검에게 조금씩 조금씩 이성을 제압당해 결국에는 피에 굶주린 살인귀가 된다거나 하는 경우도 많다.

뭐, 이것들은 내가 직접 본 적은 한 번도 없고 단지 책이나 할아버지에게서 들은 이야기일 뿐이다.

솔직히 이런 에고 소드에 비하면 차라리 마법검이 더 안전할지도 모르겠다. 그 마법검들은 의지는 없고 단지 마법이 걸려 있어 시전자의 마나를 이용하여 마법을 행하는 건데, 마나를 빼앗길지언정 의지를 빼앗길 경우는 없으니 속 편하지 않을까 싶다.

아, 에고 소드들은 스스로 의지를 가지고 있어야 하므로 검 스스로가 마나를 지니고 있도록 제작되어 있다. 그래서 좋은 에고 소드들은 급하면 주인의 마나를 사용하지 않고 자신이 가지고 있는 스스로의 마나를 사용하여 마법을 사용하기도 한단다. 마검은 절대로 그런 일은 안 하지만서두.

'그럼… 저 검이 마검? 헤에, 마검은 처음 보는 건데 이곳에 마

검이 있을 줄이야……'

 내가 스스로의 결론에 놀라워하는데 그 옆에서 덩달아 놀람에 가득 찬 중얼거림이 들려왔다.

 "설마… 저건 청명검?"

 '에?'

 중얼거림의 근원지는 할아버지였다. 할아버지는 놀라움이 가득 담겨 휘둥그레진 눈으로 맞이 간 남자가 휘두르는 검을 뚫어져라 바라보고 있었다. 정확히 말한다면 그 남자의 왼손에 들린 은빛으로 빛나는 검집과 오른손에 들린 검을 번갈아 바라보는 거였지만.

 할아버지의 시선에 따라 그 남자의 왼쪽 손에 들린 검집을 바라보니 은색 바탕의 중앙에는 파란 물결이 흘러내리고 있었다.

 '헤에~ 예 총관에 들은 말대로잖아? 그럼 저게 진짜 청명검? 헤에~ 예쁘기는 진짜 예쁘다. 저 검에서 흘러나오는 마나는 진짜 기분 나쁘지만.'

 그런데 내가 이렇게 놀라는 동안에도 청룡단원들은 그 남자를 제압하지 못해 진땀을 흘리고 있었다. 그 남자를 막는 것까지는 할 수 있지만 제압할 실력까지는 안 되는 모양이었다.

 '안 되겠군. 저 싸가지없는 청룡단원들이 못 막으면 할아버지께서 나서실 텐데, 그럼 저 남자는 분명 끝장이겠지? 저 청룡단원들은 더 당해도 괜찮지만 저 남자는 청명검에 홀려(?)서 그런 거니 도와줘야지.'

 거기까지 생각한 나는 슬며시 할아버지 옆으로 한 걸음 더 다가가서 속삭였다.

 "할아버지, 저 검에서 이상한 기운이 흘러나와요."

 "음?"

의아하다는 표정이 아니라 놀랍다는 표정인 걸 보니 할아버지도 눈치 채고 있었나 보다. 그래도 이왕 시작한 말 나는 하고 싶은 말은 다 해버렸다.

"저 검에서 흘러나오는 기운이 저 남자를 감싸고 있는데요? 혹시 저 검이 저 남자를 조종하는 게 아닐까요?"

"호오, 그렇단 말이냐? 저 남자가 이지를 상실한 것이 저 검 때문이란 말이지?"

'아, 검에서 이상한 기운이 흘러나온다는 것을 알아챈 것이 아니라 저 남자가 이지를 상실한 채 무언가에 조종당하고 있다는 걸 눈치 챈 거야?'

하긴, 저 남자의 눈을 보면 누구라도 지금 이성을 잃고 있다는 걸 쉽게 알 수 있을 것이다. 할아버지는 무엇 때문에 저 남자가 이성을 잃은 건지 몰랐기 때문에 함부로 손을 쓰지 않았나 보다. 저 남자가 정말 악인인지 아닌지 모르는데 손을 쓴다는 건 할아버지로서도 주저되는 일일 테지.

내 말을 듣고도 한동안 사태를 주시하던 할아버지는 갑자기 번개같이 움직여 그 남자를 둘러싸고 있던 청룡단원들 틈을 교묘하게 뚫고 그 남자의 등 뒤로 다가갔다. 그리곤 검을 들고 있던 오른팔의 혈을 짚어 손에서 힘을 빼게 하는 동시에 오른 손목을 수도로 내려쳐 검을 떨어뜨리게 만들었다.

청룡단원들은 할아버지의 개입이 달갑지 않은 표정들이었으나 우리가 여기 도착하고 얼마간 기다려 주는 동안 그 남자를 제압하기는커녕 막기에 급급해하고 있었으므로 아무 말도 못한 채 각자 자신들의 무기를 집어넣고 그 남자와 할아버지를 주시했다.

그 남자는 손에서 칼이 떨어지자 흰자위만 치켜뜬 눈이 스르르 감기더니 그대로 정신을 잃었는지 앞으로 꼬꾸라졌다. 아마 할아버지가 재빨리 그의 몸을 잡아주지 않았더라면 그의 얼굴은 땅과 정면으로 부딪쳤을 것이다. 그와 함께 그 검에서 나오는 기분 나쁜 마나는 스르르 움직여서 다시 검으로 돌아갔고 그 검은 예쁘기만 한 그냥 보통 검처럼 되어버렸다.

"이게 뭐야? 생각보다 시시한 결말이잖아? 검을 놓으면 그냥 쓰러질 놈이었다니⋯⋯."

항상 튀는 상린공자 목우령이 그를 상대하느라 많이 흐트러진 옷자락을 추스르며 어이없다는 듯이 투덜댔다. 그런 그에게 이 정도에서 끝난 걸 다행으로 생각해야지 뭘 바라는 거냐고 쏘아주고 싶었지만, 솔직히 나도 그와 같은 생각을 하고 있었기에 가만히 있었다.

"싱겁게 끝났지? 나는 뭔 일이 더 일어날 줄 알았어."

민이도 같은 생각이었나 보다.

"그래도 모든 일이 무사히 해결되었으니 다행이지."

검유 엽곡이 교과서 같은 말을 하면서 땅에 떨어진 검으로 손을 가져갔다. 그 모습에 할아버지가 말리려는 듯 움찔거렸지만, 청룡단원들은 보통 무사들이 아니었으므로 괜찮을 거라 생각했는지 그냥 남자를 데리고 그들 틈을 빠져나와 낙양 지부 무사들에게 넘겼다.

"흐음, 이게 그 유명한 청명검인가? 소문대로 정말 신비한 검날이로군. 이런 금속은 처음 보는 것 같아."

검을 이리저리 돌려보며 살펴보던 그가 검날 표면에 손가락을 대보며 흥미롭다는 듯 중얼거렸다. 다른 청룡단원들 또한 그 검에 호기심이 동했는지 그 주위에 몰려들었다.

나도 그들 곁에 가서 그 검을 살펴보고 싶었지만 자존심이 상하는 관계로 검날 대신 할아버지가 들고 온 그 남자의 왼손에 쥐어져 있던 검집을 살펴보았다.

검집은 이미 그 남자의 손에서 떠나 할아버지의 손에 쥐어져 있었지만 내가 살펴보는 데에는 큰 지장이 없었던 것이다.

과연 검집의 표면은 백금으로 도금되어 있어서 하얗게 반짝거렸고 그 가운데에는 푸른 물결이 흘러내리고 있었으며 그 사이사이에는 청옥, 그러니까 사파이어가 박혀 있었다.

"와아, 예쁘네요."

내 옆에 와서 같이 구경하고 있던 민이가 감탄사를 흘리자 할아버지도 고개를 끄덕이셨다.

"그래, 정말 정교한 세공이구나. 이 파란 물결은 아마도 청옥 가루로 만든 것 같다."

"헤에… 이게 진짜 청명검일까요?"

내 질문에 할아버지는 천천히 고개를 끄덕였다.

"그럴지도 모르겠구나."

그런데 그때였다. 갑자기 아까 청명검에서 느껴졌던 그 기분 나쁜 마나의 낌새가 다시 느껴진다 싶어 내가 시선을 청룡단원들이 있는 곳으로 돌리는 찰나… 갑자기 그들 사이에서 살기가 뻗어나오며 피가 솟구쳤다.

"크아악~!!"

"맙소사! 상 형, 괜찮아요?"

"이럴 수가!!"

"엽 형, 정신 차리세요!!"

놀라움에 가득 찬 외침과 함께 청룡단원들이 빠르게 뒤로 물러났다. 그리고 보이는 건 크게 베였는지 피가 뚝뚝 떨어지는 팔뚝을 지혈하고 있는 상관초와 눈이 뒤집어져서 살기를 뿌리고 있는 엽곡의 모습이었다.

"이런, 검에게 당해 버렸네?"

엽곡의 옆에 아무런 긴장 없이 있다가 그가 불시에 휘두른 검에 맞은 모양이었다. 그래도 저렇게 살기 뿌리는 놈이 봐줄 리는 없었을 테고, 상관초가 그 와중에 재빠르게 행동을 취하여 급소는 피한 모양이었다.

"호오, 역시 이름만 높은 건 아닌 모양이지?"

다친 상관초를 얼른 뒤로 보내고 나머지 셋의 청룡단원이 무기를 뽑아 들었지만, 자신들의 동료였던 그에게 검을 휘두를 수 있을 리가 만무했다. 게다가 엽곡이 뿜어내는 살기는 전에 검을 들고 난리쳤던 그 남자와는 비교도 안 될 정도였다. 아마도 지배당하는 사람의 능력에 따라서 실력도 달라지는 모양이었다.

그렇게 그들이 머뭇대면서 다시 할아버지가 나서주기를 바라는 동안 맛이 간 엽곡이 먼저 선제공격을 해왔다. 그 첫 타자는 검옥 사예란. 가장 만만해 보였는지 다짜고짜로 검을 들고 달려든 것이었다.

양 옆에 있던 목우령과 혁진아가 그녀를 돕기 위해 달려갔지만 그들이 도착하기 전에 먼저 사예란과 맛이 간 엽곡이 부딪쳤고, 그 단 한 합에 사예란은 입에서 피를 뿜으며 뒤로 날려갔다.

"컥~!"

"와~ 장난이 아니네? 아까 저 남자가 난리칠 때완 비교도 안 되잖아?"

그 모습에 목우령과 혁진아는 재빨리 자신의 내력을 끌어올려 방어 자세를 취했고, 뒤로 날려간 사예란에게는 막 치료를 끝낸 상관초가 달려갔다.

"안 되겠군."

결국 할아버지는 자신이 빨리 나서야 한다는 것을 깨닫고 또다시 그쪽으로 달려가셨다. 목우령과 혁진아는 할아버지가 달려오는 걸 보고 재빨리 뒤로 물러섰다. 그러자 맛이 간 엽곡은 그것을 기회라 여겼는지 그 둘 틈을 빠져나와 오히려 할아버지에게 정면으로 달려드는 게 아닌가?

할아버지의 표정에는 잠깐 놀란 기색이 스쳐 지나갔지만, 그건 말 그대로 잠깐일 뿐 곧 침착하게 그 자리에 멈춰 선 채로 먹이를 노리는 뱀처럼 날카롭게 파고드는 청명검을 바라보며 양팔을 수평으로 내뻗었다. 그러한 할아버지의 손에서는 부드러운 마나가 뻗어 나와 맛이 간 엽곡을 향하기 시작했다. 그러나 그러한 마나의 속도는 빠르게 다가오는 청명검의 속도에 못 미쳐 채 얼마 나오기도 전에 청명검이 할아버지의 가슴을 찌를 것마냥 다가드는 거였다. 이대로 있다가는 할아버지의 가슴이 검에 꿰뚫릴 것만 같아 급한 마음에 내가 뛰쳐나가려는데 그러한 나를 막는 손길이 있었다.

"배 숙부?"

의아하게 바라보는 나에게 배 숙부는 조금도 흐트러짐이 없는 표정으로 할아버지 쪽을 바라보며 담담히 입을 열었다.

"스승님의 실력을 얕보지 마라. 저 정도의 검에 당하실 분이 아니다."

'그렇게 가만있다가 할아버지가 다치면 어쩌려고?'

라고 속으로 꿍시렁거리면서 시선을 돌리니 이게 웬걸? 청명검의 검끝이 할아버지의 심장으로부터 약 몇 센티 떨어지지 않은 곳에 딱 멈춰 있는 게 아닌가? 심장 바로 앞에 검을 두고 있는 할아버지는 태연한 표정인 데 비해 오히려 맛이 간 엽곡의 얼굴은 당황함과 경악으로 물들은 채 식은땀만 뻘뻘 흘리고 있었다.

할아버지의 손에서 뻗어 나왔던 그 느려 터진 부드러운 마나가 할아버지의 심장을 노리고 찔러 들어왔던 검을 완전히 감싼 채 꼼짝 못하게 붙들고 있는 거였다.

"헤에……"

저러한 절체절명의 순간에서도 놀라지 않고 침착하게 뛰어 제 임무를 다하는 강철 같은 할아버지의 심장에 경의를 표하는 마음으로 감탄사를 흘려냈다. 만약 할아버지의 내력, 즉 그 부드러운 마나의 힘이 조금만 모자랐더라면 저 검은 그대로 할아버지의 심장을 뚫어버렸을 터였다.

'자신의 능력에 자신이 있어서 저럴까? 과신하고 있는 거라면 그 자리에서 죽는데 말야. 흐음, 역시 자신의 능력은 물론 상대편의 능력까지 다 꿰뚫고 있어야 저럴 수 있는 거겠지?'

그렇게 할아버지에게 붙잡혀 꼼짝하지 못하게 된 맛이 간 엽곡이 안 되겠던지 발로 할아버지를 걷어차려고 했다. 하지만 그 발은 채 올라오기도 전에 할아버지의 발에 의해 발등이 찍혀 다시 땅으로 내려갔고, 그 움직임과 동시에 할아버지의 몸이 앞으로 스슥 전진한다 싶더니 엽곡의 검을 들고 있던 손목 아래를 왼손으로, 그리고 검을 쥐고 있는 손등을 오른손으로 한 번에 가격을 하셨다.

빠각~!

하는 경쾌한 소리와 함께 엽곡의 손목은 멋들어지게 부러져 버렸고 검은 엽곡의 손에서 떨어져 나갔다.

그리고 그와 함께 엽곡의 눈동자가 제대로 돌아오더니 그의 눈에서 힘이 빠지며 몸 또한 앞으로 스르르 넘어졌다. 청명검에게 정신을 제압당했던 사람들은 모두 저렇게 되는 모양이었다.

할아버지는 축 늘어지는 엽곡의 몸을 한 팔로 부축하는 동시에 땅으로 떨어지는 검을 발로 살짝 차올려 손으로 잡아챘다. 그러자 이 청명검 녀석이 옳다구나 하면서 할아버지를 자기 손아귀에 넣으려고 사악한 마나를 내뻗는 게 아닌가?

하지만 이번에는 임자 잘못 만난 듯 할아버지의 내력이 녀석의 뻗어 올라오는 마나를 막아서며 할아버지의 몸에는 발도 못 붙이게 하는 거였다. 한동안 할아버지의 손과 청명검 사이에서 할아버지의 내력과 청명검의 마나의 밀리고 밀리는 접전이 펼쳐지더니 결국 할아버지가 손에 내력을 좀 더 보태주자 결국 청명검의 마나는 다시 청명검 속으로 들어가 버렸다.

하지만 할아버지에게는 굴복한 게 아닌 듯 할아버지가 검에게서 내력을 조금만 거둘 낌새가 보이면 바로 청명검에서 마나가 흘러나와 할아버지를 호시탐탐 노리려고 했다.

"허어, 참으로 위험한 검이로구나. 하지만 그 위험을 감수하고 싶을 만큼 보검이로다."

그렇게 말은 했어도 할아버지는 계속 그 검을 잡고 싶지는 않은 모양이었다. 하긴 까딱 잘못 방심했다간 엽곡처럼 맛이 갈 텐데, 그걸 알면서 누가 계속 갖고 있겠는가? 뭐, 자신의 목숨이 간당간당할 것 같은 위험이 닥친다면 그 검을 잡아 휘두를지 몰라도.

그리하여 그 검은 검집에 넣어져—검집에 들어가자 청명검은 더 이상 그 요상한 마나가 뻗어 나오지 않았다. 아마 검집이 그 요상한 마나를 막아주는 듯했다—한쪽 구석에 조심스레 놓아졌지만, 어느 누구도 그 검에 손을 대려 하지 않았다.

그러나 모든 일에는 예외가 있는 법!

일행들이 애써 그 검에 시선을 주지 않으려 하는 틈을 타 나는 슬금슬금 그 검 가까이 가서 재빨리 집어 들었다.

"주군!!"

뒤늦게 그걸 본 유가 놀라서 외쳤지만 나는 그에게 생긋 웃어주고는 검을 뽑아 들었다. 그러자 주위 사람들이 새파랗게 질려서 긴장한 눈으로 나를 바라보았고, 할아버지도 여차 하면 달려들 태세를 취했다.

검은 그런 것을 아는지 모르는지 검집에서 해방되자마자 곧 나를 지배하기 위하여 나에게 그 요상한 마나를 뻗어왔다. 그걸 느낀 나는 속으로 인자하게(?) 웃어주며 내 마나를 뻗어 검에서 흘러나오는 마나를 막는 것에 그치지 않고 조금 더 힘을 주어 내 마나로 검 안을 구석구석 훑어주었다.

내 마나가 청명검의 마나를 뚫으면서 검의 구석구석을 헤집자 검이 두려운지 부르르 떨었다. 덕분에 내 마나가 청명검에서 나왔음에도 불구하고 청명검의 마나는 자신의 검 안에서 나올 생각을 하지 않았고, 내 손에 마나가 많이 있지 않게 했음에도 나를 얕보고 마나를 뻗는 짓을 하지 않았다.

"오호라……"

청명검의 고분고분함에 기분이 좋아진 나는 이리저리 휘둘러 보았다. 항상 소검만 사용하던 나에게 장검인 청명검은 약간 맞지 않은 감이 있긴 했지만, 검이 허공에서 휘둘러지며 내 손에 전달되는 감각이 내 소검에 비해 훨씬 좋았다.

"헤에… 이게 바로 명검이라는 건가?"

내가 가지고 있는 소검은 명검은커녕 좋은 검이라는 소리도 듣지 못하는 검이다. 이건 예전에 엄마와 아빠가 나와 민이에게 15세 생일 선물이라고 준 것으로 대장간에서 흔히 파는 보통 검들 중 하나였을 뿐이다. 민이도 아직 그 검을 가지고 있었다.

뭐, 우리가 좋은 검을 가질 여건이 되지 않았기에 이걸 지니고 있는 건 아니다. 우리가 은씨 세가에 들어왔을 때 할아버지는 우리에게 좋은 검을 주려 했었던 것이다. 하지만 지금 가지고 있는 검이 크게 나쁘다는 생각은 들지 않았고, 잘 관리한데다 사용한 일도 거의 없어 이 빠진 데도 없었다. 거기다 생일 선물로 받은 것이라 버리고 싶지 않았기에 아직까지 가지고 있는 거였다.

그래서 나나 민이는 소위 좋은 검, 명검이라는 걸 쥐어본 적이 없었다.

아, 물론 나는 전 세계에 있을 때 할아버지가 주신 검이 있었지만 솔직히 그때는 내 검술 경지가 현저히 낮아 그냥 휘두르는 수준이었기에 이런 감각을 알지 못했던 것이다.

그렇게 내가 검을 들고 논(?) 지 꽤 시간이 지났음에도 불구하고 아무런 조짐(?)이 보이지 않자 사람들은 의아한 표정이었다.

"서… 주군? 아무렇지도 않다요?"

아무래도 궁금함을 참지 못하겠는지 덕이가 조심스레 물어왔다.

"뭐가?"

"그 머시냐… 거시기… 그 검을 잡은 사람들은… 에, 그렁께… 쬐까… 좀… 이상해지지 않는감요? 그렁께, 주군도… 에, 거시기… 그렇게 되지 않을까……."

"별거없는데? 아, 말 나온 김에 잠깐만 이리 와봐."

"예? 왜, 왜 그런다요?"

내가 손짓으로 부르자 덕이가 얼어버렸다.

"아, 글쎄… 이리 와보라니까."

내가 재차 부르자 덕이는 어쩔 수 없다는 표정으로 주춤주춤 내게 다가왔다.

"고개 좀 숙여봐."

"예?"

긴장감과 어리둥절함이 뒤섞인 덕이의 표정은 정말 웃겼다.

"푸훗… 별거 아니니까 숙여봐."

키득키득 웃으면서 재차 손짓하자 덕이가 약간은 안심이 되었는지 순순히 고개를 숙였다. 나는 그런 그의 머리에서 머리카락 하나를 뽑아냈다.

"앗, 따거!!"

"호호호, 미안."

그런 일을 멍하니 보고 있던 민이가 황당함을 감추지 못한 채 물어왔다.

"누나, 도대체 뭐 하는 거야?"

"뭐긴. 당연한 걸 가지구. 내가 예전에 들었는데 보검은 검날 위에 머리카락을 올려놓고 입김을 불기만 해도 머리카락이 싹둑 잘린대. 내가 그 말이 진짜인지 아닌지 한번 해보려구."

내 말에 저도 호기심이 당기는지 슬금슬금 다가오며 민이가 괜히 툴툴거렸다.

"그럴 거면 누나 머리카락도 있는데 왜 남의 머리카락을 뽑는 거야?"

"시끄러워. 그렇게 툴툴거릴 거면 절루 가버리든가."

내가 살짝 눈을 흘기자 민이가 은근슬쩍 내 시선을 피하면서도 딴 곳으로 가지 않았다. 그리고 민이뿐만이 아니라 유랑 덕이도 궁금했는지 잔뜩 호기심 어린 시선으로 날 재촉하고 있었다. 그리고 그 뒤에서는 사람들도 힐끔힐끔 이쪽을 보고 있었다.

"자, 그럼 해본다."

머리카락이 떨어질 염려가 있기에 머리카락 한쪽 끝을 잡고 검날 위에 살짝 올려놓은 다음 숨을 들이쉬었다.

"후!"

그러자 정말 검날 위에 올려져 있던 머리카락이 두 동강이 나서 땅으로 떨어져 내리는 것이 아닌가?

"우와, 우와, 우와~ 그 말이 사실이었네? 그럼 이거 진짜 보검이란 말야? 헤에……."

내가 호들갑을 떨자 주위에 있던 사람들의 눈에 부러움과 탐욕이 어렸다. 하지만 감히 나에게 검을 보여달라는 사람은 아무도 없었다. 어찌 된 일인지 나와 할아버지 외의 다른 사람이 검을 쥐면 맛이 가버리니 욕심이 생기기는 했지만 달라는 말이 나오질 않는 거였다. 그리고 그러한 감정은 청룡단원들 또한 마찬가지였다. 그들은 다른 무사들보다 더욱더 아쉬움이 가득한 표정이었다.

그런 그들을 향해 비웃음을 날려주고 있는데 할아버지가 나에게 다가왔다.

"진아, 괜찮으냐?"

"에? 뭐가요?"

"그 검을 쥐고 있는데 아무렇지도 않단 말이냐?"

"에? 아하하하… 괜찮은데요?"

"허어… 그거참. 처음에 검을 쥘 때 아무 일도 안 생기더냐?"

"예? 별일없는데요? 도대체 이런 검 가지고 왜 그러는 건지… 그런 거 보면 청룡단도 별거 아닌가 봐요. 이런 검 하나 잡지 못해서 그 난리 치는 거 보면."

'홋홋홋, 예전의 복수다, 이것들아.'

저쪽에 있던 청룡단원들의 얼굴에는 분노의 빛이 떠올랐다. 하지만 누구 하나 감히 나에게 와서 이 검을 잡아보겠다고 하는 사람은 없었다. 자신의 일행 중 한 명이 눈앞에서 그렇게 되었는데 누가 도전하겠는가? 단지 저 멀리서 이만 빠드득 갈 뿐이었다.

"허허허, 그랬느냐?"

물론 내 말을 그대로 믿지는 않는 게 눈에 빤히 보였지만, 할아버지는 내가 마나를 다루는 능력이 뛰어나니 그걸로 어떻게 검을 컨트롤했을 거라 여기는 모양이었다.

"자, 그럼 어디 한번……"

나는 나를 둘러싼 사람들을 헤치고 주위를 둘러보다가 근처에 적당한 크기의 바위가 있는 것을 발견했다. 바위 하나만 딸랑 있는 건 아니고 산사태로 인함인지 붉은 속살이 드러나 있는 언덕이었는데 그 속살이 바위였던 것이다. 높이는 나보다도 작은 거 보니 약 1m쯤?

"좋아."

이왕 명검을 손에 쥐었으니 시범을 한번 해봐야 할 것 아닌가? 나는 호흡을 고른 뒤 자세를 잡고 검을 내질렀다.

"은하성붕!!"

그냥 검의 강도만 시험해 보고자 함이었으니 내력은 아주 조금만 넣었다. 그런데 이게 웬걸? 바위만 조금 뚫고 말리라 여겼던 위력이 바위를 뚫는 것을 지나 아예 그 언덕을 산산조각 내었던 것이다. 비록 높이가 1m도 안 되는 자그마한 언덕이라고 하나, 예상치 못한 효과에 내가 놀라 버렸다.

"허거걱!!"

그리고 유와 덕이, 민이가 놀라서 허겁지겁 달려왔다.

"주군!!"

"아따, 뭔 일이다요?"

"아니… 그게… 그러니까……."

나는 뭘 어찌 설명해야 할지 몰라 입만 벙긋벙긋대고 있었는데, 상황을 둘러본 세 사람은 검을 한번 시험해 보느라 힘을 쓴 걸로 착각한 모양이었다.

"주군, 살살 하셔야지요."

"아따, 주군… 팔팔하시네요잉~"

"누나, 이 산 없앨 일 있어?"

'이것들이……!'

괜한 오해를 받게 된 난 열받아서 그 검을 민이에게로 넘겼다.

"야, 그럼 니가 해봐라. 어떻게 하나."

내가 민이에게 검을 넘겨주자 유와 덕이는 화들짝 놀랐지만 그 검은 내 손에 있었던 것과 마찬가지로 민이의 손 안에서 아무런 조짐도 보이지 않았다. 얼결에 검을 넘겨받은 민이는 황당한 표정으로 날 바라보았지만 내가 째려보자 움찔거리며 주위를 두리번두리번거리다 적당한 나무를 발견하고는 그 나무를 겨냥했다.

이곳은 내가 전에 있던 세계처럼 울창한 나무들이 있는 것이 아니었다. 아주 굵은 나무라고 해봤자 둘레가 내 양 손가락을 최대한 넓혀 둥그렇게 만 것보다 조금 더 굵은 정도랄까? 가는 것은 내 팔목만한 것도 있었다. 그런 가느다란 나무들이 키만 멀대같이 큰 상태였다. 그리고 민이가 선택한 나무는 그들 중에서도 굵은 축에 속한 나무였다.

"그럼 어디 한번… 빙천열지!"

가볍게 자세를 취하고 휘둘렀음이 분명해 보이건만 그 검은 바로 앞에 있는 나무를 세로로 쪼개놓는 것도 모자라 그 뒤에 있는 나무도 쪼개놓고, 그 뒤에 있는 흙으로 된 듯한 언덕에도 커다란 상처를 남기는 위력을 선보였다.

"허거걱!!"

그 위력에 놀란 민이가 입을 쫘악 벌리고는 믿지 못하겠다는 눈으로 나를 바라보았다.

"이제 알았냐, 멍청아? 그 검은 예리한 것은 둘째 치고 아마도 검에 주입된 내력을 증폭시켜 줄 수 있는 모양이야. 그러니 보검이란 소리를 듣는 거겠지만."

"대단하네… 정말 대단한 검이야."

"그치?"

감탄 어린 어조로 검을 살펴보던 민이는 곧 나에게 넘겼다. 아마 맨 처음 검을 휘어잡은 게 나였기에 날 주인으로 은연중에 인정한 모양이었다. 하지만 난 그 검을 받지 않고 고개를 저었다.

"응? 왜 안 받아?"

"그거 너 가져."

"에? 정말?"

평소 이런 것이 손아귀에 들어오면 절대로 놓치지 않는 나였기에 이런 내가 정말 의외였는지 민이가 눈을 뚱그렇게 떴다.

"아, 뭘 그렇게 봐? 확 뺏아버린다?"

그러자 흠칫한 민이가 얼른 눈을 제대로 돌려놨다.

"그냥 너 쓰라구. 나는 장검이 손에 안 익으니까 별로 쓸모가 없잖아. 게다가……."

그리고는 녀석에게 메시지를 보냈다.

"청명검은 청명이가 가져야지."

솔직히 그 검이 탐이 나기는 했지만 이 세상에 와서 나는 홍옥 피리라는 보물을 얻었지만 민이는 그에 비하는 보물을 한 가지도 얻지 못했던 것이다. 물론 집에 가면 일반 패물이야 얼마든지 얻을 수 있겠지만, 이 검은 그에 비할 바가 못 되는 엄청난 보물이었던 것이다. 그래서 그냥 민이에게 양보한 것이었다. 게다가 나는 할아버지와 아빠가 있는 세계로 돌아가면 할아버지가 주신 검도 있을 테고, 정 이 검이 탐나면 할아버지께 이 검보다 훨씬 더 좋은 걸로 만들어달라고 해도 될 터였다.

민이의 눈이 다시 뚱그레졌지만 곧 그 눈이 부드럽게 휘어졌다.

"후후후, 고마워, 누나."

그 모습에 왠지 얼굴이 가려워진 나는 괜히 시선을 돌리며 투덜거렸다.

"야, 너 웃는 게 왜 그 모양이냐? 애늙은이 같게시리……."

그러자 민이가 조용히 중얼거리는 게 들려왔다.

"누나가 철이 없는 거야."

그 말을 한 직후 민이는 내가 십어 던진 청명검의 검집에 머리를 정통으로 얻어맞았다.

"저게 꼭 매를 벌어요."

민이가 청명검을 가진 것에 대해 어느 누구도 불만을 토로하지는 않았다. 이후에 민이가 청명검을 얻었다는 소문이 퍼지면 그 검을 노리는 녀석들이 꼬일까 봐 걱정이 좀 되기는 했지만, 그거야 할아버지가 알아서 잘 막아주실 거였다.

'하긴 뭐… 그래 봤자 민이가 귀찮아지지 내가 귀찮아지는 건 아니니까. 훗훗훗.'

그 뒤 할아버지와 낙양 지부장은 우리가 보아왔던 무사들의 시체는 이 검을 가진 자의 짓이라 잠정 결론을 내렸다. 덕분에 범인을 두려워할 필요가 없어진 낙양 지부장이 산 아래로 내려가 지부 소속 무사들을 왕창 이끌고 와서 산을 샅샅이 뒤졌다.

그러나 놀라운 건 그렇게 많은 수의 무사들이 산으로 들어간 것이 분명함에도 불구하고 산에서는 우리 외에 살아 있는 무사는 아무도 발견되지 않았고, 죽은 시신 또한 50구가 겨우 넘는 숫자만 발견되었다는 것이다.

도대체 그 많은 무사들은 어디로 감쪽같이 사라진 것인지…….

그리고 청명검에 조종을 당해 무차별적으로 검을 휘둘렀던 사람은 낙양 지부로 운송된 후에 하루쯤 지나 정신을 차렸다. 하지만 원래 내공도 그렇게 많지 않은 사람이 청명검에 이성을 제압당해 있는 동안 너무나 많은 내력을 무리하게 써버렸기에 오랜 시간 동안 휴식을 취해야 한다고 했다.

청룡단원 엽곡은 다행히도 청명검에 조종당한 시간이 그리 많지 않아서 하루쯤 자고 나자 다시 원상 회복되었다.

그들은 청명검에 조종되는 동안의 기억을 고스란히 할 수 있었는데, 엽곡 전에 청명검을 휘두르던 남자의 말에 의하면 자신은 한 이틀은 청명검에게 조종당하여 정처없이 헤매고 다니며 살아 있는 사람은 모조리 죽였다고 한다. 그런데 자신이 기억하는 것만으로도 자신이 죽인 자들은 도합 20이 넘었다고 한다. 그리고 자신이 청명검을 발견했을 때에도 같이 발견했던 사람들이 서로 차지하려고 치열하게 싸웠다고 했었다.

그의 말에 그 산에서 누군가가 무슨 음모를 꾸몄다는 것이 사실로 다가왔지만, 우리가 알고 있는 사실이 너무 단편적이다 보니 아무도 그것이 무슨 일인지 알 수가 없었다. 낙양 지부장이 앞으로 그 일을 자세히 조사한다고 했으니 그가 뭔가를 발견하기만을 기다릴 수밖에 없었다.

아, 그리고 청명검 같은 검이 또 있다고 한다. 물론 이 이야기를 해준 희여송도 말로만 들어봤고 실제로 본 적은 처음이지만 명검 중에는 주인이 죽었을 때 스스로 진동하면서 슬픔을 나타낸 검도 있었고, 스스로를 파괴해 같이 수명을 마친 검도 있다고 한다. 그래도 대화를 하거나 자신의 의지를 표시하는 정도의 능력이 있는 검은 없는 것 같고 단지 청명검 정도가 제일 뛰어난 성능(?)인 듯했다.

'하기야 마법이 발달하지 않았으니 당연한 건가?'

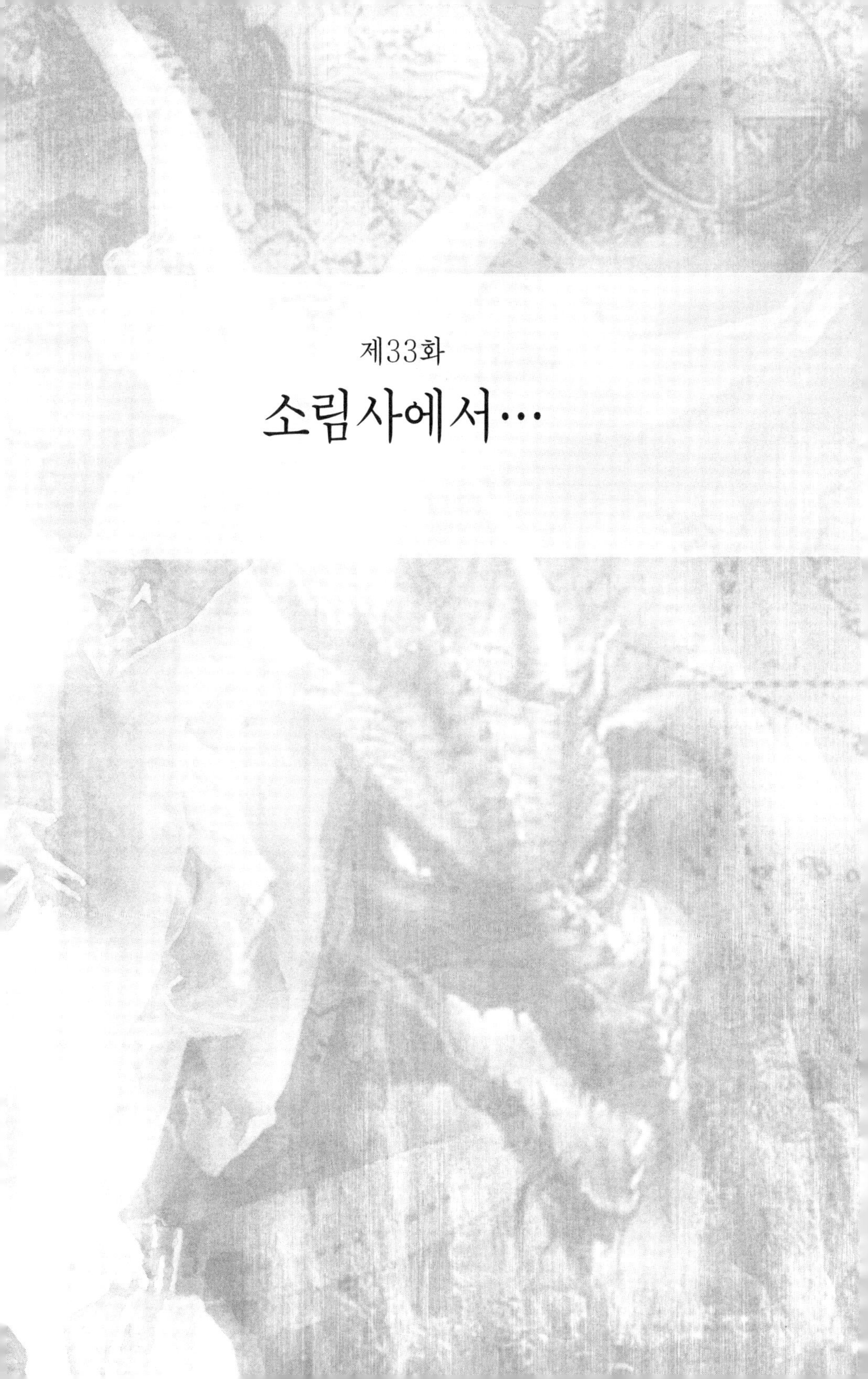

제33화
소림사에서…
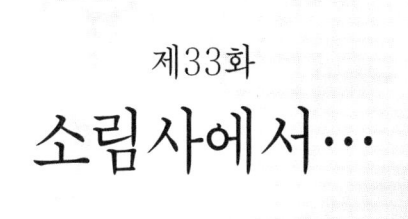

소림사에서…

그것은, 아까 분명히 제자라고 말한 그 지진 스님이

자신의 스승의 뺨을 툭, 툭, 치는 거였다!

낙양에서 낙양 지부장에게 붙잡힌(?) 덕에 5일 가까이 시일을 허비한 우리는 다시 서둘러 소림으로 향했다.

소림사가 무림정파의 9대 문파 중 하나인데다가 가장 큰 절이라고 하기에 어느 정도 클 것은 예상했었지만, 이건 내 상상 이상이었다. 순전히 내 생각이긴 하지만 여긴 아마도 무림맹과 비교하여 크면 컸지 절대로 작다고 할 수 없지 않을까 싶었다.

하긴, 이곳에서 생활하는 사람들이 거의 만 명에 가깝다고 하니 그들을 다 수용하려면 은씨 세가와는 비교도 안 될 정도로 어마어마하게 커야 할 것이다.

어디선가 들려오는 은은한 목탁 소리와 함께 한쪽에서는 수련을 하고 있는 것인지 힘찬 기합 소리도 들려왔다.

"여기서 기다려 주십시오. 곧 전갈을 올리겠습니다."

정각 대사를 만나러 왔다는 말에 한 무승이 우리를 안내해 준

곳은 '지객당'이라 팻말이 쓰여 있는 곳으로 소림사에서 방문객을 머물게 하는 곳이라 했다.

우리가 정각 대사의 생일을 축하해 주기 위하여 소림사에 오기는 했지만, 사실 스님이란 속세를 버리고 불교에 투신한 것이기에 속세의 생일이란 것을 그다지 중요하게 여기지 않는 모양이었다.

그래도 친분이 있는 사람들은 울 할아버지처럼 생일을 챙겨주기에 장로라는 지위에 있어도 잔치를 벌이지 않고 단지 찾아온 친인들만 맞이하는 모양이었다.

뭐, 그냥 일반 사람이었다면 방장까지 만날 일은 없었겠지만 아무래도 할아버지가 8대 세가 중 하나인 은씨 세가의 가주이다 보니 방장에게까지 인사를 하는 모양이었다. 하긴, 할아버지가 이곳에 온 다른 중요한 목적을 생각해 본다면 가주가 아니었어도 방장을 만나야 하긴 했을 것이다.

마침 점심 시간이라 그곳에서 마련해 준 푸른 초원뿐인 식사를 하고 있으려니 한 무승이 우리를 찾아왔다.

"아미타불, 오랜만에 뵙습니다, 여러 시주님들."

그는 몇 년 전에 민이와 내가 부모님과 호광성으로 나들이를 갔었을 때 정각 대사와 같이 있었던 무승들 중 한 사람이었다. 법명이 아마도… 지법이었을 것이다. 그는 정각 대사 제자의 제자였는데, 그때 당시 그와 그의 사형제들이 민이와 나를 호광성 시내를 구경시켜 준다고 데리고 다녔었다.

"그래, 자네가 정각 대사의 사손이었던가?"

할아버지의 질문에 그가 다시 공손히 고개를 숙였다.

"그렇습니다. 지법이라고 합니다."

할아버지와의 인사가 끝나자 민이가 먼저 반가운 표정으로 그에게 말을 건넸다. 민이 또한 그를 기억하고 있었나 보다.
"와아~ 정말 오랜만에 만났네요, 지법 스님!!"
"반가워요."
"아미타불, 그렇군요. 두 분 모두 이제는 어엿한 성인이시군요. 아, 방장 스님과 사조님께서 여러분을 모시고 오라고 하셨습니다."
 인사가 모두 끝나서야 그는 자신이 온 용건을 말했고 우리는 기다리고 있었던 참이라 지체없이 그를 따라 그곳을 나섰다.
 여러 건물들을 지나 우리가 도착한 곳은 방장실이었다. 여덟 개의 건물에 둘러싸여 삼엄한 경비를 받는, 소림사에서 가장 높은 사람이 기거하는 건물임에도 불구하고 민이와 내가 살고 있는 건물보다 작고 검소했다. 역시 속세를 떠난 스님이 살고 있는 곳답다고나 할까?
 우리가 안에 들어가자 두 노스님이 앉아서 담소를 나누다가 우리를 보고 자리에서 일어섰다. 한 명은 익히 잘 알고 있던 정각대사였고 다른 한 명은 화산파에서 화산 장문인 생일 때 본 적이 있었던 소림 방장이었다.
"아미타불, 어서 오십시오."
 두 노스님이 동시에 한 손을 가슴 앞으로 세우면서 고개를 살짝 숙였다. 다른 절에 가면 양손으로 합장하면서 인사를 하는데 유독 소림에서만 한 손을 세워서 인사를 한다. 이건 예전에 달마의 제자였던 혜가가 팔 한쪽이 없어서 항상 한 손으로 인사를 했던 것이 유례가 되었다고 한다. 어쨌든 그걸 보면 소림사의 스님인지 다른 절의 스님인지 쉽게 구분할 수 있어서 좋은 것 같다.
 할아버지 또한 두 노스님의 인사에 답하느라 포권을 취해 보였다.

"환영해 주셔서 감사합니다."

그리고 민이와 나도 덩달아 그들에게 인사를 했다.

"안녕하세요?"

그러자 안면이 있는 정각 대사가 빙그레 웃으며 아는 체를 해 왔다.

"오오~ 이게 누구이신가? 예전의 그 어린 시주들이 아니신가? 그래, 부모님들께선 안녕하신지?"

"예, 염려해 주신 덕분에 부모님께선 모두 건강하십니다. 정각 대사님께 대신 축하 인사를 전해드리라 하셨습니다."

민이가 나서서 정각 대사의 말에 답했다.

"아미타불, 고맙다고 전해드리게나. 그리고 은씨 세가의 양자가 되신 것, 다시 한 번 축하드린다 전해주게. 내 직접 만나서 축하해야겠으나 사정이 여의치 않으니 이해해 달라고도 전해주시게."

"기꺼이 그러겠습니다."

그리고 나서 우리는 모두 자리에 앉아 이것저것 대화를 나누었다. 뭐, 대부분 할아버지와 방장스님, 그리고 정각 대사, 이렇게 셋만 이야기하고 민이와 나는 가만히 앉아서 그들의 이야기를 듣고만 있었는데, 우리 연배가 낮다 보니 그건 어쩔 수가 없는 일이었다. 그러던 와중 할아버지가 정각 대사에게 생일 선물이라고 자그마한 보따리를 건네었다. 정각 대사가 무척 기뻐하며 펼치자 그 안에는 비단에 쌓인 자그마한 불상이 나왔다. 하얀색인 것을 보니 흰 옥을 깎아 만든 것 같은데 크기가 내 손바닥만했다. 그래도 아마 옥으로 만든 것이라 무지 비쌀 것이다.

그러고 보니 스님들은 생일 선물 받을 때 매년 비슷비슷한 것만 받을 것 같았다. 생각해 보면 스님들께 선물할 거라곤 염주나 불상밖에 없을 듯해 보였던 것이다. 가사야 절에서 다 지급되는 것일 테고, 따로 소지품 같은 것도 없을 테고, 불경이라고 해봐야 속세 사람들보다 절에 있는 분이 더 많이 가지고 계실 거고 말이다.

'으음… 그렇다면 저분은 그런 거 다 어찌 가지고 계실라나…….'

그런 쓸데없는 생각을 하고 앉아 있는데 할아버지의 말에 민이와 내가 거론되는 것을 듣고는 퍼뜩 정신을 차렸다.

"허허허, 방장스님께 부탁이 하나 있습니다만, 제 손주 녀석들이 이번에 소림사에 처음 오는 것이라 무척 궁금해해서 말입니다. 괜찮으시다면 소림사 내부를 구경시켜도 될런지요?"

방장스님은 그다지 어려운 부탁은 아니었는지 생각하고 자시고 할 것도 없이 선뜻 고개를 끄덕였다.

"물론입니다. 금지 구역만 가지 않는다면 상관없습니다."

그러자 그의 말에 의견을 내놓는 정각 대사.

"그렇다면 지금 구경시켜 주는 것이 어떠할런지요? 노인들의 대화에 아이들이 같이 있으면 지루하지 않겠습니까? 제자 하나를 붙여서 안내시키는 게 어떻겠습니까?"

"오오, 내가 어린 시주들 생각을 못하고 있었군요. 사제의 말이 옳습니다."

이번에도 방장이 쉽게 허락을 하자 할아버지가 빙그레 웃으며 감사의 말을 건넸다.

"두 분의 마음 써주심에 감사드립니다."

"아미타불, 천만의 말씀입니다. 밖에 아무도 없느냐!"

방장이 소리 높여 외치자 밖에서 대기하고 있었던 듯 아까 우리를 안내해 왔던 지법이라던 무승이 들어왔다.
"찾아계시옵니까?"
"지법이구나. 바쁘지 않으면 어린 시주들에게 사내 구경을 시켜주도록 하여라."

뜬금없이 사내 구경이라는 이유로 그 자리에서 쫓겨나다시피 나오게 된 민이와 나는 어리둥절해져서 서로를 바라보았다. 솔직히 처음 소림사에 오게 된 것이니만큼 그 이름 높은 소림사 안을 구경하고 싶은 마음이 아예 없었던 것도 아니지만, 민이와 나는 그보다는 할아버지가 이곳에서 남들의 이목을 끌지 않고 조용히 전개시킬 일에 모든 호기심이 쏠려 있었던 터라 우리가 이곳에 오는 동안 소림을 구경하고 싶다는 말을 한마디도 꺼내지 않았던 것이다.

'그런데도 할아버지가 구경을 핑계로 우리를 내보낸다고 하는 것은……'

"누나, 아무래도 할아버지가 지금 그것을 넘겨줄 건가 봐."
"역시 그렇지? 너도 그렇게 생각하고 있었구나."
"그럼 우리 숙소로 돌아가야 하지 않아?"
"글쎄다… 숙소로 돌아가기야 하면 얼마든지 엿볼 수가 있긴 하지만… 지금은 숙소로 돌아갈 수가 없을 것 같은데?"

그렇게 메시지를 보내면서 나는 눈짓으로 안내한다고 우리 앞에서 걸어가는 무승 지법을 가리켰다. 할아버지의 부탁으로 나선 건데 이렇게 금방 구경을 사양하고 숙소로 돌아갈 수도 없는 노릇이었다. 게다가 지법이라는 무승은 전에 우리와 같이 구경을 다녔던 적이 있어서 그런지 굉장히 친근감있게 대하는데 그런 그에게 '숙소로 돌아가면 안 될까요…'라고 말하기가 상당히 껄끄러웠다.

"민아, 어쩔 수 없다. 이번은 그냥 포기하자꾸나."

"에… 그렇지?"

"그래, 어차피 뻔하잖냐. 할아버지가 그걸 넘길 테고 두 노스님은 받겠지."

"하긴, 그럼 우린 내일쯤에나 돌아가려나?"

"그럴지도. 생일 잔치가 있는 것도 아니니 할아버지도 여기서 할 일이 없겠지. 설사 할아버지가 여기 며칠 머무신다 하더라도 빨리 가자고 내가 조를 거다. 여기서는 우리가 할 일이 없잖아."

"동감이야. 근데 누나?"

"왜?"

"그거 말야, 그거. 여기서는 어디다 보관하고 있을까?"

"낸들 알아? 아마 경비가 삼엄한 곳에 보관하고 있겠지. 보통 이런 대문파에는 소중히 보관하는 게 하나둘쯤은 있을 거 아냐? 그거랑 같이 보관하고 있겠지."

"흐음… 근데 혹시 여기서도 화산파에서처럼 서재에다 보관하고 있지 않을까?"

"바보야, 거기가 보통 서재였냐? 화산파 장문인의 개인 서재였잖아."

"그럼, 여기는 방장의 개인 서재?"

우리가 그렇게 남들 모르게 쓸데없는 메시지를 주고받는 동안 무승 지법은 착실하게 우리를 안내해 주고 있었다. 소림의 커다란 본당과 고루, 다수의 석비, 삼존불 등등을 보여주며 열심히 설명해 주는 그에게 우리는 한 귀로 듣고 한 귀로 흘려들으면서도 잘 듣고 있는 척 대충 대답을 해주는 걸 잊지 않았다.

하지만 이것들 외에 나한전이라든지 소림삼십육방 등등에는 가까이 가지 못하고 멀찍이서 구경만 했다. 이곳들은 소림을 지키는 무승들이 기거하며 훈련하는 곳이라 외부인인 우리는 구경하지 못하는 거였다. 하긴, 무림에서는 다른 문파 사람이 수련하는 것을 훔쳐보는 것이 큰 실례라는 것을 감안할 때 당연한 것이긴 했다.

그 대신이라고 하기는 뭣하지만 장경각의 건물 근처까지는 가 볼 수 있었다. 물론 들어가지는 못했다. 장경각이란 소림의 도서관이라고 할 수 있는 곳인데, 이곳 역시 외부인 출입은 금지되고 있었던 것이다. 소림의 사람이라고 해도 아무나 들어갈 수 없는 데다 삼엄한 경비가 항상 펼쳐져 있다고 한다.

"흐음… 혹시 여기다 보관하고 있는 것은 아닐까?"

은씨 세가의 서고와는 비교도 안 될 만큼 크고 장엄한 건물을 바라보며 민이가 메시지를 보냈다.

"어쩌면 그럴지도 모르겠다."

"자, 그럼 이만 다른 곳으로 가볼까요?"

지법 스님의 말에 우리가 발걸음을 돌릴 때였다. 우리 뒤에서 약간은 날카로운 목소리가 들려왔다.

"거기 누구냐?"

고개를 돌려보니 장경각의 입구에서 막 두 명의 스님이 나오고 있었다. 한 명은 대충 30대 정도로 보이는, 지법 스님보다 몇 살 더 많아 보이는 스님이었고, 다른 한 명은 50대 초반쯤으로 보이는 나이 지긋한 스님이었다.

우리 쪽으로 외친 사람은 젊은 쪽 스님인 듯 그는 우리를 경계하는 듯한 눈초리로 바라보면서 빠른 걸음으로 다가왔다. 그는 우리는 무시한 채 우리를 안내하고 있던 지법 스님을 바라보며 냉정하게 추궁했다.

"그대는 어디 소속의 무승인데 외부인을 데리고 이곳에 있는 것인가? 소속을 밝히시게!"

그러자 지법 스님이 얼른 한 손을 들어 올려 예를 취하며 입을 열었다.

"소승은 장로원 소속의 지법이라고 합니다. 지금 방장스님의 명을 받고 어린 시주님들께 사내를 안내하고 있었습니다."

"아무리 방장스님의 명을 받았다 하나 이곳은 외부인이 올 수 없는 곳이라는 것을 모르는가?"

그 스님은 지법의 말에도 조금도 누그러지지 않는 투로 계속 추궁했다. 그를 보며 되게 깐깐한 녀석이라고 속으로 쨍알쨍알대는데, 지법 스님이 우리 앞에서 이런 모습을 보이는 게 안 좋을 거라 생각했는지 얼른 사과했다.

"아미타불, 스님께서는 노여움을 푸시지요. 단지 곁에서 보면 괜찮을 것이라 생각한 제 생각이 짧았습니다."

그러자 뒤에서 천천히 다가왔던 그 나이 지긋한 스님도 지법 스님 편을 들어줬다.

"지진아, 안으로 들어온 것도 아니고 단지 밖에서 구경만 한 것이 아니더냐?"

'헐, 지진아래… 지진아… 쿠쿠쿠…….'

그러나 그 지진이라는 법명을 가진 깐깐한 스님은 물러나지 않았다.

"하오나 스승님, 이곳은……."

하지만 그가 말을 채 다 꺼내기도 전에 그 스승이라던 스님이 그의 말을 막았다.

"되었다. 저 무승 또한 나쁜 의도로 온 것도 아니고 이런 어린 시주들께서 단지 구경한 것뿐인데 무슨 일이 있겠느냐? 게다가 이 시주들은 방장스님의 손님이지 않더냐?"

그러자 얼른 지법 스님이 그의 말을 받았다.

"그렇습니다. 이분들은 은씨 세가의 시주님들이신데 이번에 정각 사조님의 생신 때문에 찾아오신 것입니다."

둘이 그렇게 나오자 그 지진이란 스님도 어쩔 수가 없었는지 뒤로 물러났다.

"알겠습니다. 스승님께서 그렇게 말씀하신다면야… 하나 이곳에 오래 머무르지는 않은 것이 좋을 것이오."

그러면서 그냥 몸을 돌려 가버리는 것이 성격이 깐깐한 것뿐만이 아니라 되게 고약하기까지 했다. 그의 모습에 오히려 그의 스승이라던 스님이 미안한 표정으로 우리에게 대신 사과했다.

"아미타불, 두 어린 시주님께 사과드리오. 하지만 이곳의 법도가 엄격한 데다 저 아이가 좀 고지식한 면이 있어 그러는 것이니 이해해 주시길 바라오."

비록 우리를 완전히 무시해 버리는 그 성깔 못된 스님 때문에 기분이 나쁘긴 했지만, 나이 많은 스님이 이렇게 정중히 사과하는데 뭐라 할 수가 없었다.

"아닙니다. 저희는 괜찮습니다."

"예, 그러니 너무 신경 쓰지 마세요."

"아미타불, 두 어린 시주님의 이해심에 감사드리오. 두 분께 부처님의 가호가 있으시길."

그렇게 인사를 한 그 스님은 몸을 돌려 저만치에서 자신을 기다리고 있는 듯한 제자에게 걸어갔다.

그분이 좀 멀리까지 가버리자 이번에는 지법 스님이 미안한 표정으로 우리에게 사과해 왔다.
 "아미타불, 정말 죄송합니다. 소승 때문에 두 분 시주님께서 마음이 상하셨겠군요."
 "아니에요. 정말 괜찮습니다."
 "그래요. 지법 스님이 잘못하신 것도 아니잖아요."
 그렇게 지법 스님의 미안함을 달래며 막 걸음을 옮기던 나는 마지막으로 그 성깔 나쁜 스님에게 속으로나마 엿 먹으라고 외쳐 주기 위하여 고개를 돌리는 순간 정말 놀랍고도 황당무계한 장면을 보고야 말았다.
 그 지진이란 법명을 가진 스님과 그 스승님은 막 장경각 건물 모퉁이를 돌려는 참이었기에 조금만 늦었더라면 보지 못할 뻔했다. 우리와 많이 떨어진 상태인데다 주위에는 아무도 없었던 터라 안심하고 있었나 본데 운 나쁘게도 내 눈에 포착된 거였다.
 그것은, 아까 분명히 제자라고 말한 그 지진 스님이 자신의 스승의 뺨을 툭툭 치는 거였다! 그것은 뺨을 갈기는 것이 아니라 건방지게 툭툭 건드리는 거였는데, 그러는 그 스님의 얼굴은 이죽거림이 가득했다.
 아마 그 지진 스님은 내가 그 먼 곳까지 뚜렷이 볼 수 있는 능력이 있을 거라곤 상상도 못했기에 그럴 수 있었을 터였다.
 '허, 허, 허… 저럴 수가……'
 하지만 아무리 그래도 이건 뭔가가 잘못돼도 대단히 잘못된 거였다. 어떻게 스승에게 그렇게 함부로 대할 수 있는 건지… 스승 알기를 하늘같이 아는 이 시대에 저런 장면은 세상의 이런 일이… 를 넘어 세계 7대 불가사의에 올라도 될 만한 장면이었다.
 '이상해, 뭔가 이상해……'

그러고 보니, 아까 그 스승 스님도 좀 이상한 것 같았다. 무지선한 인상이긴 했지만 어딘가 좀 묘한 분위기를 풍기고 있었다. 너무나 당황스러워서 그런 것이라 여기고 그냥 넘어갔지만 그 장면을 본 후로 자꾸만 맘에 걸렸다.

'뭐가 이상했더라… 뭐가 이상했지? 으음… 뭘까……'

잘 돌아가지도 않는 머리를 자꾸만 굴리려니 머리에서 쥐가 날 것만 같았다. 그래서 머리를 부여잡고 있는데 누가 나를 툭툭 건드리는 거였다.

"뭐야?"

가뜩이나 짜증이 나려고 하는데 누가 건드리자 내 입에서 튀어나온 말은 자연 무지 거칠었다. 하지만 정신을 차리고 보니 놀라서 뚱그레진 눈으로 나를 바라보는 민이와 지법 스님이 있었다.

"누, 누나……"

"아, 아하하하……"

하지만 그런 당황스러워하는 그들을 바라보니 아까 그 스님이 뭐가 이상했는지 번개같이 깨달을 수 있었다.

"아, 맞다!! 그랬구나!!"

눈이었다. 바로 눈이었던 것이다. 그 스님은 우리를 바라보고 있기는 했는데 시선이 우리를 향한 게 아니라 허공을 바라보고 있는 것처럼 공허했었다. 그 눈이 하는 행동과 묘한 부조화를 일으키고 있었던 것이다.

사람이 그런 눈을 하고 있는 경우는 딴생각을 한다든가, 아니면 시력이 없다든가, 아니면 또 하나의 이유로 그럴 수도 있었다.

'하지만 사과하는데 딴생각을 하느라 당사자에게 초점을 맞추지 못할 정도로 정신이 빠져 있다고 생각할 수는 없으니 첫 번째

이유를 제외시킨다면······.'

한번 뭉클뭉클 샘솟기 시작한 호기심을 멈출 수가 없었던 나는 더 기다릴 것도 없이 곧바로 입을 열었다.

"저, 지법 스님? 실례되는 질문이지만, 아까 우리에게 사과하신 스님 말이에요······."

당황스러워하던 지법 스님이 얼른 이 상황을 벗어나고자 함인지 내 말에 대답해 줬다.

"아아, 지성 스님 말씀이십니까? 그분은 현 방장스님의 제자로서 장경각에 계시지요."

"그러세요? 그런데 장경각에는 시력이 안 좋으신 분들도 일할 수 있으신가요?"

그러자 뭔 소리냐는 듯 지법이 말했다.

"설마요, 장경각에서의 일이란 책을 관리하는 것이 대부분인데 시력이 좋지 않으면 할 수 있겠습니까?"

'흐음··· 그렇다면 지금 저 스님은 누군가에 의해 이지를 제압당한 상태겠군. 그 누군가는 아마도··· 그 지진이라는 스님이겠지?'

하지만 확실한 건 아니었다. 그렇기에 나는 오늘 밤 그것이 진짜인지 아닌지 알아보기로 결심했다.

"에? 그럼 할아버지의 모습을 보는 것이 아니라 아까 낮의 그 스님을 살펴본다구?"

그날 저녁, 할아버지는 정각 대사와 오랜만에 만난 회포를 푼다는 명목 하에 숙소로 돌아오지 않았다. 아마 회포를 푸는 동시에 요 근래 일어난 사건들에 대하여 심각한 대화를 나눌 것이 분명했다. 민이는 그걸 엿보려고 일행 모두가 잠자리에 든 시각에 조용히 내 방에 찾아온 것이다. 하지만 내가 할아버지는 안 보고 웬 스님의 모습을 본다니 의아하게 여긴 것이다.

"응, 아까 말했다시피 그냥 내 생각이 맞는지 확인해 보려구."

그러자 민이가 마땅찮은 표정을 그대로 내보이며 투덜댔다.

"에이, 그런 걸 뭐 하러 봐. 그냥 할아버지나 살펴보자. 우리가 모르는 정보가 나올지도 모르잖아."

"잠깐만 살펴보면 돼. 그냥 내 짐작이 맞는지만 알아보면 되니까 조금만 참아. 그 다음에 네가 원하는 대로 할아버지의 모습을 비춰줄게."

"쳇."

민이는 더 이상 뭐라고 하지 못했다. 하기야 이 모든 일은 원래 내 맘대로 보는 거였고 민이는 그저 옆에서 같이 구경하게 된 것뿐이니 자신이 뭐라 할 수도 없는 일이라는 걸 잘 알고 있던 탓이었다. 아니, 그보다는 자꾸 자신이 우기면 열받은 내가 안 보여줄지도 모른다는 걸 더 잘 알고 있었기에 그랬던 것일지도 모르지만.

하지만 이제 17세가 다 된 모습으로 꽁알꽁알대며 자리에 앉는 민이의 모습에 나는 분노보다는 귀엽다는 생각이 들어 실실 웃음이 나오려고 했다. 그리고 그제야 왜 류미르가 여행을 다닐 때 내가 투덜투덜댈 때마다 화내지 않고 실실 웃으며 달랬었던지 그 이유를 알 것 같았다. 그때마다 솔직히 나는 속으로 꽤 의아해했지만 내가 드래곤이라서 그냥 져주는 것이려니… 라고 생각하고는 넘어갔었던 것이다. 하지만 이제 보니 그게 아니라 내 모습이 자기 딴에는 꽤나 귀여웠나 보다. 류미르는 항상 나와 세이몬의 보호자같이 굴었던 것이다.

"삐치지 마, 응? 그냥 확인만 하고 할아버지 모습 비춰줄게."
"알았어, 알았다고."

민이는 내 모습이 못마땅했는지 고개를 홱 돌리면서 메시지를 보냈다. 그런데 그 모습이 왜 그렇게 귀여운지… 그동안 민이와 같이 지내면서 나도 모르게 민이를 진짜 동생으로 여기고 있었나 보다.

'쿡쿡, 애같이 굴기는… 평소에는 나보다도 어른스레 보이는 녀석이 요즘 나랑 있을 땐 가끔 저런다니까? 으음… 근데 류미르도 이랬을까?'

거기까지 생각이 미치자 괜스레 기분 나빠져서 나는 얼른 화면을 켰다. 성년식도 못 치른 류미르에게 동생 취급받고 있었다는 것이 기분 좋을 리가 없었던 것이다.

화면에 나오는 장면은 어두컴컴한 곳이었다. 비록 지금이 밤이긴 하나 하늘에 반달이 떠 있어 밖은 그렇게 어둡지 않았기에 화면에 비추인 곳이 창문 하나 없거나 아니면 달빛이 제대로 들지 않는 실내라는 것을 알 수 있었다.

"으음… 깜깜해서 하나도 보이지 않는걸?"

아무리 내가 보통 사람보다 훨씬 시력이 좋아 밤에도 별 무리 없이 볼 수 있다고 하나 이처럼 빛이 하나도 없는 곳에서는 그 좋은 시력도 별 소용 없었던 것이다.

"에… 혹시 자는 거 아닐까?"

민이가 조심스레 메시지를 보냈다. 그의 어조에는 내 목적을 달성하지 못할 것 같으니까 빨랑 할아버지 쪽으로 채널(?)을 돌리라는 암시가 가득 들어 있었다.

"으음… 그래야 할라나? 자는 거라면 지켜보고 있어도 소용없으니까."

민이의 말이 맞다는 건 알지만 할아버지의 행동을 보아하니 아마도 내일, 늦으면 오후에는 집으로 돌아갈 것 같았기에 지금이 아니면 내 추리가 맞는지 틀린지 알 수 있는 기회가 없을 게 뻔했다. 그래서 나는 채널(?)을 돌리는 게 너무 아쉬웠다.

이런 내 아쉬움을 신께서 알아주셨는지 내가 채널(?)을 돌리려는 순간 갑자기 탁탁 소리가 나더니만 불이 켜졌다. 누군가가 부싯돌을 사용하여 등불을 켠 것이었다.

'앗, 다행이다.'

그리고 더욱 운이 좋게도 막 등불을 들어 올리는 사람은 바로 내가 스승을 조종하는 게 아닐까… 라고 의심하고 있는 지진 스님이었다.

그가 있는 곳은 아마도 서고 안인 듯 양 옆에는 책들이 빼곡하게 쌓여 있는 책장들이 주르륵 늘어서 있었고, 그의 뒤에는 더욱더 운이 좋게도 지진 스님의 스승인 지성 스님이 서 있었다.

그런데 놀랍게도 그 지성 스님은 아까 낮에 우리와 만났을 때보다 더욱더 시선에 초점이 없었다. 그때는 그래도 허공이라도 보고 있는 것처럼 초점이 약간이라도 남아 있었는데 지금 지진 스님이 들고 있는 등불에 의해 보여지고 있는 그의 눈동자는 약간 희멀건하게 보이는 것이 마치 눈동자에 허연 막이 한꺼풀 덮여 있는 것만 같았다.

"아, 아, 민아, 저것 좀 봐. 저 스님의 눈동자 이상하지 않냐? 아까 낮보다 상태가 좀 더 심각한 거 같다?"

내 말에 체념의 표정을 짓고 앉아 있던 민이가 그제야 관심을 보이며 화면을 바라보았다.

"어디?

"저기, 저기 말야. 등불 들고 있는 스님 뒤에 서 있는……."

"헤에… 정말? 누나 말대로 이지를 상실한 것 같은데?"

"그렇지? 그렇지?"

민이가 내 말에 동의를 표하자 든든한 아군을 얻은 것 같아서 나는 기분이 좋아졌다. 솔직히 아까 내가 그런 추리를 하긴 했지만 내가 잘못 본 건 아닐까 하는 생각에 자신감이 없었던 것이다. 게다가 솔직히 말해서 소림에서 스승의 이지를 없애고 자신의 맘대로 조종하려는 제자라니, 정말 있을 수 없는 일이 아닌가? 그런데 이제는 내 추리에 민이가 확신을 더해준 것이라서 내가 잘못 본 것이 아니라는 것이 증명되었던 것이다.

등에 불을 붙인 지진 스님은 주위를 둘러보더니 아무도 없음을 확인했는지 씨익 웃음을 지었다. 득의양양한 웃음이었는데 되게 비릿해 보여 기분이 나빴다. 그렇지 않아도 그 스님은 되게 깐깐하게 생긴 얼굴이었는데, 이제는 되게 사악한 사람처럼 보였다. 어쩌면 내가 나쁜 사람일지도 모른다라고 생각해서 그런 걸지도 모르지만.

그는 뒤에 자신의 스승을 대동한 채 어디론가 계속해서 걸어갔다. 그러다가 아마 그 방의 구석인 듯한 곳에 이르자 등을 자신의 스승에게로 넘기고 자신은 책장의 구석을 뒤지더니 뭔가를 꺼내 들었다.

"훗훗훗, 이거 참 운도 좋지. 내가 작전을 시행하는 날 또 다른 하나가 더 손에 들어올 줄이야. 나중에 은씨 세가의 가주께 감사 인사라도 해야겠는걸? 소림에 오랫동안 잠복하고 기다린 보람이 있었어. 훗훗, 여기까지 오느라 꽤 힘들긴 하지만 한꺼번에 두 개를 얻을 수 있다니… 이것만 있으면 한 단계 진급은 문제없겠군."

그렇게 비릿한 웃음을 흘리며 그는 꺼내 든 그 무언가를 얼른 품속에 집어넣는 것이었다. 그리고 그가 그러고 있는 동안 그의 스승이라는 지성 스님은 마치 인형처럼 가만히 서 있다가 지진 스님이 일어나 몸을 돌리자 등불을 건네주었다.

"호호호, 이것도 재미있단 말야. 고명하신 스님이 내 꼭두각시가 되어 움직일 줄이야 누가 상상이나 했을까? 자, 가자!"

그러자 지성 스님이 자연스레 몸을 돌려 앞장서는 것이 아닌가!

"누나, 이거 어디서 많이 본 듯한 광경인데?"

그 모습에 민이가 황당한 표정을 감추지 못하고 바라봤다.

"뭐긴 뭐야? 화산파에서 이런 거 봤었잖니! 저 남자 지금 마공 비급 훔치는 거야!"

내 메시지에 민이는 자리를 박차고 일어나 창문을 그대로 뚫고 밖으로 뛰어나갔다.

"야, 야!! 이 멍청한~ 같이 가야 할 거 아냐!"

민이 뒤에다 대고 애써 메시지를 날려봤지만 민이는 그대로 경공을 사용하여 달려가 버렸다. 하지만 나는 마법으로 만들어놓은 화면을 끄랴, 내가 마법을 쓰는 동안 마법에 의한 마나의 파동이 밖으로 나가지 못하게 방 안에 쳐놓은 결계를 해체하느라 금방 뒤쫓아가지 못했다.

'저런, 바보 같은!!'

나는 속으로 되게 초조해져서 얼른 손을 놀렸다. 민이가 비록 자신의 또래들 중에서 뛰어난 편이고, 무림대회에서도 좋은 성적을 거둘 만큼의 실력이 있다고는 하나 상대는 한 명이 아니라 둘이었고, 그 둘 모두가 민이보다 실력이 뛰어나면 뛰어났지 결코 뒤지지 않을 것이 분명했다. 게다가 '그들'이 스파이라는 건 민이와 나, 그리고 본인 외에는 아무도 모를 테니 장경각을 지키고 있던 무승들이 민이를 도와줄 리 만무했다. 오히려 그 지진 스님이나 지성 스님의 명을 받아 민에게 공격을 안 하면 다행이었다.

'큰일이야, 큰일이야!!'

내가 막 결계까지 거두고 민이의 뒤를 쫓아나가려는 찰나, 내 방문이 부서질 것처럼 거칠게 열리면서 유와 덕이, 그리고 배 숙부가 뛰어 들어왔다.

"진아, 도대체 무슨 일이냐!"

'어이구, 저 인간들도 있었지!'

나는 더욱더 머리가 아파짐을 느끼며 급하다고 무조건 뛰쳐나가 버린 민이를 원망했다. 아마도 그 애는 화산파에서 약간 늦는 바람에 마공을 영영 잃어버리고 범인 또한 결국 죽게 만든 사태를 이번에도 다시 일으킬까 봐 서두르는 것 같았다.

내 방에 쳐들어온(?) 사람들은 방 창문이 거의 부숴져 있는 것을 보고 놀라서 창가로 달려가고 나에게 다가와 날 살피는 등 부산을 떨어댔다.

"주군, 괜찮으십니까?"

"아따, 뭔 일이다요?"

'젠장, 바빠 죽겠는데!'

이들이 방에 뛰쳐 들어오는 바람에 놀라서 멈칫했던 내가 원망스러웠다. 그래서 그들의 말에 대답하는 대신 그들과 창문을 살펴보고 있는 배 숙부까지 밀쳐 버리고 나도 뛰어나갔다.

"주구우운~!"

"진아아아~!"

뒤에서 그들이 덩달아 쫓아 달려오는 소리가 들렸지만 무시해 버리고 내가 낼 수 있는 전속력으로 민이가 간 곳으로 달려갔다.

그러나 그렇게 전속력으로 달려갔건만 내가 민이가 있는 곳에 도착했을 때에는 지성 스님이 민이를 상대하고 있었고, 그 주위에는 무승들이 진을 치고 있었다. 벌써 장경각을 지키고 있던 무승들이 소란을 알아채고 나온 것이었다.

'하긴, 안 와보는 것이 이상한 거지… 그런데 그 자식은?'

민이를 도와주러 가고 싶었지만 내가 뛰어든다면 지금 주위에서 관망하고 있는 무승들까지 뛰어들어 복잡해질 것 같았다. 그리고 설사 민이가 제압된다 하더라도 그들이 민이의 목숨을 취하지는 않을 거라는 걸 잘 알고 있었기에 마공 비급을 가지고 있을 지진 스님을 찾았다. 아마 그는 이 소란을 틈타 이곳을 벗어나려 할 것이 틀림없었기 때문이다.

과연 내 생각대로 그는 무승들 틈에 있다가 막 슬금슬금 벗어나려 하고 있었다.

"게 섯거라!!"

내가 소리치며 달려들자 그가 흠칫 놀라며 얼른 무승들 사이로 숨어들었다. 그 모습을 보자 나는 나 또한 실수했다는 것을 깨달았다.

'젠장, 나도 성급했구나.'

그가 무승들과 좀 멀리 떨어질 때까지 기다렸다가 달려들었어야 했다. 그런데 그걸 미처 생각지 못하고 슬금슬금 도망치는 모습에 다급해져서 소리치며 달려들었던 것이다.

지진 스님, 아니, 스파이라 불려 마땅할 그 남자가 무승들 사이로 사라지는 대신 무승들이 자신들이 지니고 있던 봉을 들고 나를 막아섰다.

"여시주, 그만두시오. 왜 이곳에서 소란을……."

맨 앞에 나서서 나를 향해 뭐라 말하려 했던 무승은 채 말을 끝내지 못했다. 내가 다짜고짜로 그를 뛰어넘어 스파이를 쫓으려 했기 때문이다.

"젠장, 비켜욧!!"

하지만 소림의 무승들은 그대로 날 보내줄 만큼 호락호락하지 않았다. 내가 나에게 말을 한 그 무승을 뛰어넘자마자 양 옆에 있던 무승들이 날 제압하려고 내 다리 사이로 봉을 밀어 넣었기 때문이다.

"비키라니까욧!!"

하지만 그보다도 먼저 내가 내 발 밑에 있던 무승의 머리를 도약대 삼아 다시 훌쩍 뛰어오르며 그 봉들을 피하자 또 다른 두 명의 무승들이 도약하여 날 쫓아왔다.

"그만두시오! 그러지 않으면 어쩔 수 없이 무력을 행사하겠소!"

'으그그… 바빠 죽겠는데!'

나는 속으로 투덜대면서 눈으로는 연신 무승들 사이로 파고드는 그 스파이를 쫓았고 다리로는 그들의 공세를 피해내느라 바빴다.

"여시주!"

그런 나를 안 되겠다 싶었는지 무승들이 막는 대신 이제는 직접적으로 공격을 해왔다. 무승들은 나를 포위하기 위해 빠르게 흩어져 주위를 넓혔고, 몇몇의 무승들이 나를 자신들이 짠 포위망 안으로 유도하기 위해 공격해 들어왔지만 나는 그 스파이를 뒤쫓느라 그걸 눈치 채지 못한 채 그들이 유도하는 곳으로 자꾸만 밀려났다.

"게 서라!!"

하지만 그 와중에 다시 한 번 그 스파이의 뒷모습을 발견하고는 소리치며 그쪽으로 몸을 날리는데 무승 둘이 갑자기 나타나 내 앞을 막아서는 거였다. 그대로 돌파하고 싶었지만 그들의 봉을 들이대는 모습이 살벌하여 나는 어쩔 수 없이 뒤로 물러났다. 그들의 기세가 그렇게 흉흉하지만 않았어도 그대로 돌파했을 텐데, 그들의 기세에 찔끔 겁을 먹었던 것이다. 하지만 나는 얼마 지나지 않아 그대로 돌파하지 못한 내 실수를 또 한 번 자책했다. 뒤로 물러나 살펴보니 나는 그대로 무승들에게 포위되었던 것이다.

'젠장, 젠장, 젠장!'

속으로 수도 없이 자책했지만 그렇다고 그들이 물러서지는 않았다.

"아미타불, 여시주는 검을 버리고 우리의 말에 따라주시오."

"검을 뽑지도 않았는데요?"

그랬다. 나는 스파이 뒤를 쫓느라 검을 뽑지도 못한 채 계속 달려들기만 했던 것이다. 내 말에 앞으로 나선 무승이 잠깐 명한 표정을 지었지만 얼른 헛기침을 하며 표정을 고치고는 입을 열었다.

"그래도 검은 버려주시오."

나는 살짝 미간을 찡그렸지만 순순히 허리에 찬 검을 풀어서 앞으로 던졌다. 민이가 무지 걱정되기는 했지만 이대로 돌격하는 것보다 저들의 말에 따라주는 체하면서 틈을 보는 게 더 나을 것 같았기 때문이다.

'민아, 부디 조금만 참아라.'

지금 민이가 괜찮은지 메시지라도 날려보고 싶었지만 혹시나 내 메시지 때문에 주의가 흐트러져 실수라도 할까 봐 걱정되어서 메시지도 날리지 못하고 있었다. 그나마 민이가 다급하게 도움을 청하는 메시지를 날리지 않는 것으로 보아 아직은 무사한 모양이었다.

"그럼 이제 우리를 따라서……."

하지만 그 무승은 또 한 번 자신의 말이 끊기는 것을 경험해야 했다. 누군가가 그를 밀치고 앞으로 나섰기 때문이었다.

그는 아까 민이를 상대하고 있던 지성 스님이었다.

"어, 어떻게……."

내가 놀란 표정으로 입을 열었지만 그는 무표정한 얼굴로 아무 말도 하지 않고 앞으로 나와 다짜고짜 나에게 손을 휘둘렀다.

"꺄악~!"

재빨리 팔에 마나를 주입하여 얼굴 앞에서 X 자로 교차한 후 그가 쏘아보내는 장풍을 막아냈지만 그 큰 힘을 버티지 못하고 나는 몇 발자국 뒤로 물러나야 했다.

"스, 스님……."

무승들이 놀라 우왕좌왕하는 사이 나는 민이에게 변고가 생겼음을 깨닫고 그들의 포위망을 뚫고 밖으로 내달았다. 그들이 당황하느라 나에 대한 경계가 느슨해진 탓에 쉽게 밖으로 뛰쳐나올 수 있었다. 그런데 그곳에는 있어야 할 민이는 온데간데없고 내가 그에게 주었던 청명검만이 검집에서 뽑혀져 나와 땅에 꽂혀 있었다.

"민아!"

주위를 둘러보았지만 다시 내 주위에 포위망을 구축하고 있는 무승들 외에 그 스파이와 민이의 모습은 어디에도 없었다.

"민아아아~!!"

그들의 포위망을 다시 빠져나가려고 몸을 솟구쳤지만, 그런 내 앞을 지성 스님이 가로막고 나섰기에 나는 다시 땅으로 내려와야 했다.

"민이 어쨌어요!! 민이 어쨌냐구요!!"

한순간 지성 스님에 대한 분노가 솟구쳐 나는 앞뒤 안 가리고 청명검을 쥔 채 그에게 달려들었다. 그러자 지성 스님은 무표정한 얼굴 그대로 피하지 않고 오히려 내 쪽으로 달려들더니 넓은 소매를 휘둘러 청명검을 감싸 검을 휘두를 수 없도록 봉쇄한 직후 다른 쪽 손을 내 쪽으로 뻗었다.

"크윽~!!"

분노로 인하여 그냥 달려든 나에 비해 그는 미리 대비하고 있었던 듯 그의 오른 주먹은 정확히 내 배에 꽂혀 들어갔고, 그 인정사정없는 힘에 의하여 나는 신음을 토하며 뒤로 물러나야 했다. 청명검을 어떻게 휘둘러 볼 새도 없는 순식간에 일어난 일이었다.

"욱!"

배를 정통으로 맞은 탓에 속에서 뭔가 울컥 올라왔지만 입 밖으로 내뱉는 대신 그냥 참고 삼켰다.

"젠장할……"

하지만 검을 쥐고 자세를 잡을 틈도 안 주고 이번에는 다른 무승들이 달려들었다. 주위에 적을 두고 싸워본 경험이 한 번도 없었던 나는 제대로 초식 한번 펼쳐 보지 못한 채 몇 번 그들과 부딪치지도 못하고 검을 놓치곤 바닥에 무릎을 꿇어야만 했다.

'젠장, 젠장, 젠장! 그냥 마법을 쓸까? 그러면 이런 녀석들쯤이

야……'

여러 개의 봉들이 내가 움직이지 못하게 몸을 봉쇄하고 있어 나는 꼼짝없이 무릎 꿇고 앉아 이만 갈아야 했다. 그런 나에게 지성 스님이 천천히 걸어왔다. 초점없는 눈으로 무표정하게 바라보고 있는 그 모습에 나는 다시 한 번 속에서부터 열불이 솟아올랐다.

"젠장할, 이 자식아! 니가 그러고도 소림사 중이냐? 니보다도 나이 어린 녀석에게 당해서 조종당하는 주제에 소림사 중이냐고! 그 이름이 아깝다!! 너, 민이 어쨌어? 민이 몸에 상처라도 냈다간 봐라! 내 그날로 소림은 가만두지 않는다!! 스파이 녀석에게 당해서 죄없는 어린애에게 손을 대다니!! 니가 그러고도 불교에 몸을 담았다고 할 수 있냐?! 그게 자비를 베푸는 중이 할 일이냐고!!"

너무 억울하고 분하고 속상하고, 민이가 괘씸하고, 그 스파이가 너무너무 밉고, 이 앞에 있는 남자가 너무너무 멍청해서 얄미웠다. 그게 그 스님에 대한 분노로 합쳐져 터져 나왔던 것이다. 그러자 주위에 있던 무승들이 놀라워하며 화를 냈지만 상관하지 않았.

그런데 놀랍게도 나에게 다가오던 지성 스님이 내 말에 움찔거리더니 내게 다가오던 걸음이 천천히 늦춰지기 시작하면서 몸을 부들부들 떨기 시작하는 거였다.

그 모습을 분노한 것이라 착각한 나는 더욱더 소리를 높였다.

"야, 이 자식아! 열받냐? 난 더 열받는다!! 너, 민이 어쨌어? 어쨌냐고?! 민이 어디다 둔 거야?! 민이에게 해코지만 해봐라! 너, 가만 안 둘 거야!! 니가 그러고도 중이냐?! 이 땡초야!! 멍청한 땡초 같으니라고. 니가 멍청하니까 스파이가 너한테 꼬인 거 아냐? 넌 니 제자가 스파이인지도 몰랐냐? 그래 가지고 이지를 제압당했지? 멍청한 땡중!! 이 멍청이, 똥개, 해삼, 멍게, 말미잘, 해파리 같은 자식아!!"

그러자 주위에 있던 무승들이 안 되겠다 생각했는지 내 입을 봉하기 위해 혈을 짚으려고 했다. 하지만 그보다도 먼저 지성 스님이 일을 벌였다. 땅에 떨어진 청명검을 잡더니 다짜고짜로 자신의 허벅지를 찌른 거였다.

"푸욱!

듣기 섬뜩한 소리와 함께 모두의 시선이 경악으로 물들어 그를 향해 있는 동안, 그의 몸이 고통으로 인함인지 부들부들 떨리더니 힘겹게 내 쪽으로 시선을 돌렸다. 놀랍게도 그의 눈은 고통이 가득했지만 초점이 제대로 잡혀 있었다.

"그, 그… 어린 시주는… 크윽… 바, 밖으로……"

고통으로 인해 제정신으로 돌아온 듯했다. 하지만 그것도 잠시, 그의 눈꺼풀이 심하게 떨리더니 다시 초점을 잃으려고 했다. 그러자 그 스님은 온 힘을 쥐어 짜낸 듯한 동작으로 자신의 허벅지에 찔러 넣어진 청명검을 옆으로 비틀었다.

"크아아악~!"

'아프겠다……'

보는 나도 절로 눈살이 찌푸려지는 광경이었다. 하지만 덕분에 제정신을 차린 그는 다시 떠듬떠듬 말을 이었다.

"어, 어서… 쫓아가길… 느, 늦으면… 안 되는… 부, 부디… 그, 그 물건도……"

사태가 이상하게 돌아간다는 걸 느낀 탓인지 내 움직임을 봉하고 있던 무승들의 봉들이 풀려 있었다. 나는 그걸 느끼자마자 얼른 그 봉들을 떨치고 일어나 지성 스님의 손 안에 쥐어져 있던 청명검을 빼앗아 들고 몸을 날렸다.

"디멘션 도어!!"

텔레포트와 비슷하지만 거리가 한정되어 있는 이동 마법이다. 하지만 정확한 목표가 있으면 그 주위로 갈 수 있는 마법으로―동료를 잃어버렸을 때 자주 사용되는 마법으로―나는 너무 급한 나머지 무승들을 벗어나 얼마 달리지 않아 그 마법을 사용해 버렸다.

그러자 눈 깜빡할 사이에 내 주위의 광경은 소림사 안의 건물들이 보이는 곳에서 나무들이 주위에 들어차 있는 숲 속으로 바뀌어 버렸다. 그리고 허공에 떠 있던 내 몸은 중력의 힘에 의하여 땅으로 떨어지기 시작했지만 조심하고 있던 나는 사뿐히 땅에 안착할 수 있었다.

'이 주위에 민이가 있다는 소리인데……'

긴장을 풀지 않은 채로 주위를 둘러보며 민이의 기척을 찾고 있는데 갑자기 내 뒤쪽에서 부스럭부스럭 소리가 나더니만 한 인영이 막 달려나오다 날 발견하고는 놀라서 그 자리에 멈춰 섰다.

"너, 너는……!"

그자는 아까 내가 놓쳤던 그 스파이였다. 그는 어깨 위에다가 뭔가 커다란 짐을 들쳐 메고 있었는데 내가 그를 발견하고 검을 겨누자 얼른 그 짐을 내려놓고 그 짐을 향해 단검을 들이대었다. 그 짐이란 바로 민이였던 것이다.

"움직이지 마라!!"

"민아!!"

제압을 당한 것인지 꼼짝 하지도 못하고 눈만 말똥말똥 뜨고 있는 민이가 미안한 시선으로 눈알을 굴려댔다.

"야, 괜찮은 거야? 뭐라 메시지 좀 보내봐라!!"

"아, 응… 괜찮은 거 같아."

약간은 쑥스러운 듯한, 그러나 멀쩡한 민이의 메시지를 듣고 그제야 난 안도의 한숨을 내쉬었다.

'하아… 아직은 괜찮구나.'

"바보같이, 그러기에 왜 그냥 뛰쳐나가냐? 얼마든지 작전을 세우고 가도 됐었잖아! 으이그~ 얼마나 걱정했는 줄 알아?"

"미안… 누나……."

"잠깐만 기다려! 곧 구해줄게."

그 스파이는 민이의 목에 단검을 겨눈 채 천천히 내 주위를 빙 둘러 나를 지나치려 하고 있었다. 민이가 인질로 잡혀져 있는 이상 내가 못 움직일 거라 생각한 모양이었다. 하지만 나는 사람들이 몰려오기 전에 녀석을 마법으로 제압하려고 적당한 마법을 생각해 내느라 가만히 있었던 것이지, 결코 민이가 다칠까 봐 가만히 있었던 것은 아니었다. 솔직히 내가 실수해서 민이가 다치더라도 죽지만 않으면 얼마든지 치유할 수 있었기에 조금 다치는 건 상관없었던 것이다.

하지만 내가 미처 마법을 쓰기도 전에 민이의 단호한 메시지가 들려왔다.

"그만둬, 누나. 그냥 나둬줘!"

"뭐?"

너무나 어이없는 말에 나는 마법을 쓰려다 말고 민이를 바라보았다.

"너, 지금 그게 무슨 소리냐?"

그러자 민이의 단호한 결심이 서린 메시지가 다시 한 번 들려왔다.

"부탁이야, 누나, 그냥 가만히 있어주면 안 돼?"

점점 더 영문을 모를 말뿐이었다.

"얘가, 얘가 지금… 무슨 자다가 봉창 두들기는 소리냐? 그냥 가만히 있으라니, 그럼 넌 그 자식한테 끌려가잖아?"

"그렇게 놔둬줘. 부탁이야."

"아, 무슨 부탁이 그래? 동생이 잡혀가는 걸 그냥 보고 있으라니."

"내가 해결할 게 있어서 그래. 그러니까 그냥 놔둬줘. 내 몸은 내가 지킬 수 있다는 거 누나도 잘 알잖아."

"무슨 영문인지 이유나 알자. 네가 뭘 해결하려고? 설마 그동안 잃어버린 마공을 되찾으려고 그러는 거야?"

"그건 아니야. 그냥 이들에게 잡혀가서 갇혀 있는 동안 검술을 더 연마하려고 해."

"얘가 점점… 아, 그들에게 잡혀가서 검술 연마는 무슨 검술 연마야? 그런 건 집에서도 얼마든지 할 수 있잖아?"

"아냐, 나는 솔직히 그동안 내가 잘난 줄 착각하고 있었어. 하지만 오늘 내가 얼마나 형편없는지 뼈저리게 느꼈지. 내가 만족할 만큼 검술을 더 연마할 거야."

"이봐이봐, 그런 건 집에서도 할 수 있는 거잖아?"

"집에서는 안 돼. 집에서 하면 난 칭찬만 받을 거고 그럼 또다시 해이해질 거야. 살벌한 분위기에서 필사적으로 해보고 싶어."

"하아~ 그럼 폐관 수련인지 뭔지 하면 되잖아?"

"부모님이 그걸 허락해 주실 리가 없잖아? 그래서 그래. 내 힘으로 검술을 연마해서 잡혀 있는 곳에서부터 탈출해 보이겠어!"

"그래그래, 그 결심은 기특한데 말야, 이봐, 우리는 어차피 인간이 아니잖아. 넌 용왕족이라며? 용왕족의 특기는 검술이 아니라 신력이잖아?"

게다가 그곳에 잡혀가서 검술 수련이나 제대로 할 수 있을 것 같아? 막말로 너를 항상 꽁꽁 묶어두고 있으면 어쩌려고 그래?"

"내가 용족인 것과는 상관없어. 그리고 누나도 날 항상 꽁꽁 묶어두고 있지는 않을 거라는 걸 알고 있잖아? 난 알고 있는 정보도 얼마 없으니 고문당할 이유도 없고, 아마 지하 감옥 같은 데나 갇혀 있겠지. 나 이번 기회에 검술을 진지하게 해보려고 해. 그러니 날 설득할 생각은 말아줘."

"하아아……."

도대체 민이 녀석이 무슨 생각을 했길래 저런 이상한 짓을 하려는 건지 도저히 이해할 수가 없었지만, 어쨌든 녀석이 뭔가를 단단히 결심했다는 것만은 틀림없었다.

그렇게 민이와 메시지를 주고받는 동안 스파이는 나에게서 점점 더 멀어져 갔다. 하지만 나는 민이의 간절하고도 단호한 부탁에 그 뒤를 쫓을 수가 없었다. 게다가 속으로 약간 걱정이 되기도 했지만 민이 또한 그리 호락호락하게 당할 녀석은 아니었기에 그 걱정을 그냥 마음 한구석으로 치워둘 수 있었다.

'뭐, 죽지는 않을 테지. 에? 그럼 난 뭐 때문에 그 난리를 치면서 저 녀석을 구하려고 한 거지?'

그런 생각이 떠오르자 아까 내가 그 난리를 쳤던 것이 왠지 무지 허망하다는 느낌이 들면서 기운이 쫘악 빠졌다.

어느덧 그 스파이의 모습과 민이 모습이 보이지 않은지 약간의 시간이 지났을 때 민이에게 마지막 메시지가 날아왔다.

"누나, 뒤를 부탁해!"

'뒤는 무슨 얼어죽을 뒤.'

속으로는 그렇게 꽁알대었지만 이 다음에 어떻게 해야 할지 생각 안 할 수가 없었다. 아마 소림사 안은 지금 난리가 났을 거였다.

'이걸 어찌 처리한다… 쳇. 이럴 줄 알았으면 민이 녀석 혼자 뛰쳐나갈 때 나라도 그냥 가만있을걸. 덕분에 뒤처리는 내가 도맡아야 하잖아? 으음… 이걸로 소림에서도 마공 비급을 잃어버리게 된 건가? 에휴~ 큰일 났군. 아무리 할아버지가 8대 세가 중 한 세가의 가주라고 해도 소림에는 비할 바가 못 될 텐데… 혹시 할아버지께 난처한 일이 되는 건 아닐 테지? 으음… 그럼 곤란한데…….'

그렇다고 그곳에 서서 계속 고민하고 있을 수만은 없었기에 나는 터덜터덜 되돌아가기 시작했다.

얼마 걸어가지 않아 나와 민이를 찾는 수색대와 만나 소림으로 돌아가니 할아버지가 새하얗게 질려 안절부절못하고 있다가 날 보더니 반색을 하고 달려들었다.

"진아~! 진아, 괜찮으냐?"

"죄송해요, 할아버지. 많이 놀라셨죠?"

진심으로 미안한 표정으로 할아버지에게 사과를 하자 할아버지가 날 덥석 끌어안고 외쳤다.

"인석아, 그걸 말이라고 하냐? 너희가 없어져서 얼마나 놀랐다고! 그런데 민이는 어디 있는 거냐?"

그제야 민이가 내 곁에 없는 줄 알아챘나 보다. 하지만 나는 사실대로 말할 수가 없어 난처한 웃음만 흘렸다.

"그게 말이죠… 못 찾았어요."

"그게 무슨 소리냐? 못 찾았다니? 민이가 어디론가 사라졌다는 소리냐?"

할아버지의 얼굴이 다시 한 번 새하얗게 질리면서 날 다그쳤지만 내가 뭐라 대답하기도 전에 방장스님과 정각 대사가 우리에게 다가왔다.

"아미타불… 은 시주, 잠시만 실례하겠소."

할아버지는 내게 더 묻고 싶은 표정이 가득했지만 상황이 상황인지라 어쩔 수 없이 뒤로 물러났다.

"어린 여시주, 이게 어찌 된 일인지 설명해 줄 수 있겠는가?"

'나도 설명해 줄 수 있었으면 좋겠수.'

하지만 그렇다고 민이와 내가 마법을 사용하여 지진 스님을 엿보고 있다가 그가 마공을 훔치는 것을 알아챘고, 그걸 막으려고 민이가 달려갔지만 지진 스님에게 조종당하는 지성 스님이 민이를 막아서 제압한 뒤에 지진 스님에게 넘겨줬고, 다시 날 막는 동안 지진 스님이 마공 비급 조각과 민이를 데리고 어디론가 사라졌다고 어찌 말할 수가 있을까?

"저기요, 죄송하지만 지성 스님은 어찌 되셨나요?"

방장 스님은 난데없는 질문에 어리둥절한 표정이었지만 순순히 뒤쪽을 바라보았고, 그의 시선을 받은 정각 대사가 입을 열었다.

"그는 지금 치료를 받고 있네. 정신을 차리려면 시간이 좀 더 필요할 것 같네만, 그건 왜 물어보는 건가?"

"저기요, 그럼 정말 죄송하지만… 그분이 정신을 차리고 난 다음에 같이 대답하면 안 될까요? 저도 지금 너무 피곤하거든요."

정말 피곤해서 그런다기보다는 지성 스님의 상태를 알 수 없었기 때문에 그랬던 것이다. 그와 같이 심문을 받게 된다면 그의 상태를 살펴볼 수 있을 테고, 그렇다면 그가 제정신이 아니더라도 어떻게든 뭔가 조치를 취할 수 있을 거였다. 뭐, 그렇다고 완벽한 대비책이 있는 건 아니지만 어떻게든 될 거라 생각했다.

내 말에 방장스님의 얼굴이 살짝 굳어지기는 했지만 곧 얼굴을 풀고 순순히 고개를 끄덕여 줬다. 이곳이 소림이니만큼 빠져나지 못할 것이라 생각한 모양이었다.

뭐, 그래도 안심을 못한 모양인지 난 은씨 세가에 주어진 지객당으로 가지 못하고 계율원(잘못한 스님들이 벌받는 곳)의 한 독방에서 자야만 했다. 하지만 차가운 방바닥에서 자는 건 아니고 괜찮은 침대에서 편안하게 잘 수 있게 배려를 해주어 큰 불만은 없었다.

다음날, 운이 좋은 건지 정신을 잃어버렸던 지성 스님이 아침에 정신을 차렸다는 소식과 함께 나는 방장실로 불려 나갔다. 내가 은씨 세가의 여식이다 보니 배려를 해주는 모양이었다. 방장실에는 방장을 지킨다는 팔대호원과 방장, 정각 대사, 첨 보는 늙은 스님들—아마도 정각 대사와 같이 장로들인 듯했다—그리고 우리 은씨 세가의 사람들이 모여서 나를 기다리고 있었다.

은씨 세가의 사람들의 얼굴을 보니 밤새 잠 한숨도 못 잔 얼굴들이었다.

'에고… 괜히 미안해지잖아.'

그쪽을 향해 괜히 한번 히죽 웃어주는데 다시 방장실 문이 열리고 또 한 무리의 사람들이 들어왔다. 그들은 바로 지성 스님과 그를 부축해 주는 두 명의 다른 무승이었다. 아마도 어제 자신의 허벅지를 찌를 때 무지 깊게 찔렀었는지 그는 혼자 서지 못하여 다른 사람의 부축으로 겨우겨우 걸음을 떼고 있었다. 게다가 피도 많이 흘렸는지 얼굴이 무지 핼쑥했다. 그래도 다행한 점은 그의 눈에 초점이 또렷이 있다는 거였다. 아마도 어제 일로 정신을 제대로 찾은 모양이었다.

'으음… 그나마 다행이지? 여전히 제압당한 상태라면 어쩌나 걱정했었는데.'

"제자 지성이 인사드립니다."

그 몸이 안 좋은 가운데서도 그는 비척비척거리면서 바닥에 무릎을 꿇었다. 나는 아직 서 있는데 나이도 많은 어른이 옆에서 무릎을 꿇고 있자 되게 난처했다. 그러나 다른 사람들은 그에는 관심이 없는 듯 우선 그에게 시선이 쏠린 가운데 방장이 입을 열었다.

"아미타불… 지성아, 아직 몸이 다 낫지도 않았는데 불러서 미안하구나. 하지만 우린 너에게 묻지 않을 수가 없다. 도대체 어제 무슨 일이 있었던 거냐? 혹시 어제 일이 사라진 비급 두 개와 관련이 있더냐?"

그러고 보니 그 지성이란 스님은 방장스님의 제자이다. 그래서 그런지 방장스님의 얼굴은 지금 매우 긴장한 표정이었다.

방장스님의 질문에 지성 스님은 침울한 얼굴로 잠시 조용히 있더니 천천히 몸을 숙였다. 그리고 무릎을 꿇은 상태 그대로 이마를 바닥에 댄 채로 입을 열었다.

"죄인이 방장스님께 아룁니다. 이 모든 일은 이 못난 죄인 때문에 생겨난 일입니다. 죄인은 제자로 변장한 적의 침입자를 알아보지 못하고 방심하고 있다가 사술에 제압당해 본 문의 비급을 빼내는 것을 도왔습니다. 그것을 어린 두 시주님께서 알아채고 막으려고 했던 것입니다."

'오옷! 제압당해 있을 때의 일을 다 알고 있었잖아? 이거 참 다행인걸?'

방장의 얼굴에는 놀라움이 가득했다.

"그, 그것이 정녕 사실이더냐?"

"추호도 거짓이 없는 사실이옵니다."

"허어… 아미타불, 아미타불, 어찌 이런 일이… 아미타불……"

연신 불호를 외우며 당혹스러움을 감추지 못하는 방장스님을 대신하여 정각 대사가 나섰다.

"그럼 사라진 네 제자 지진이 적이 변장하였던 것이더냐?"

"그러하옵니다."

지성 스님의 긍정에 이제까지 조용히 이야기를 듣고 있던 뒤에 서 있던 늙은 스님들이 저마다 한마디씩 중얼거렸다.

"허어… 우리 소림에까지 적의 손길이 뻗쳐 있었을 줄이야… 아미타불……"

"아미타불… 등장 밑이 어두운 법이로군요."

"이 일을 어쩌면 좋단 말입니까?"

"아무래도 빨리 무림맹에 알려야……"

"허어, 우리 대에 와서 이런 일이 생기다니… 조사님들 얼굴을 어찌 뵐꼬."

그러자 지성 스님이 다시 한 번 바닥에 이마를 찧으면서 침통한 어조로 말했다.

"정말 면목없습니다. 모두 다 부덕한 제 탓입니다."

그러더니 울 할아버지를 바라보며 다시 한 번 고개를 숙여 이마를 바닥에 찧었다.

"은 시주께도 사죄드립니다. 어린 은 시주가 적의 손에 들어가

소림사에서… 107

는 것에 일조를 했으니, 이 죄를 어찌 다 갚겠습니까?"

"허어……."

할아버지는 뭐라 말을 하지 못하고 천장만 바라보며 한숨만 내쉬었다.

그런데 그때 곰곰이 뭔가 생각하고 있던 정각 대사가 나를 바라보며 입을 열었다.

"여시주께 한 가지 물어보고 싶은데……."

"말씀하세요."

모든 사람들의 관심이 지성 스님에게 쏠리는 동안 뭐라 변명을 해야 할지 필사적으로 생각하고 있던 나는 정각 대사의 말에 화들짝 놀라 대답했다.

"여시주께서는 도대체 지성이 제압당하고 있다는 사실을 어떻게 알게 되었는가? 다른 사람들은 모두 알아차리지 못했는데."

"아, 그건 처음 만났을 때 우연히 알아챈 거예요."

그러자 정각 대사는 더욱더 놀랍다는 표정을 지었다.

"처음 만났을 때 알아챘다고? 어떻게?"

"눈 때문에요."

"눈이라고?"

더 더욱 알 수 없다는 표정으로 날 바라보는 사람들의 시선 때문에 나는 조금 더 자세하게 설명해야 했다.

"그게… 우리가 장경각을 구경하러 갔는데 지진이라는 스님이 좀 무섭게 대하셨거든요. 그래서 그것 때문에 여기 계시는 스님께서 저희에게 직접 사과를 하셨는데, 그때 이 스님의 모습이 뭔가 부조화스러운 거예요. 으음… 표정이 이상하게 어색했다고나 할까요? 첨에는 그게 뭔지 몰랐는데, 나중에서야 이 스님의 눈에 초점이 맞지 않고 있다는 것을 깨달았어요. 그래서 이상하다고 생각했었지요."

그러자 이번에는 정각 대사가 날 의심스럽다는 듯이 쳐다보았다.

"설마, 단지 그것 한 가지 가지고 제압당한 것을 눈치 챈 것인가?"

그 질문에 나는 무지 난처해져서 옆에 있던 지성 스님을 쳐다보았다.

"에… 그건 아닌데요… 그게 그러니까……"

말하기가 꺼려진 이유는 지성 스님의 위신이 손상되는 내용이기 때문이었다. 하지만 내가 이렇게 꺼려하는 걸 다르게 생각했는지 방장스님까지 엄하게 물었다.

"여시주, 왜 망설이시는 겐가? 여기서 대답하는 말에는 한 치도 거짓이 없어야 하네."

"에… 하지만……"

"어허, 뭔지 모르지만 어서 대답을 해보게. 뭘 그리 꺼려하는 겐가?"

방장스님이 다시 한 번 채근하자 나는 어쩔 수 없음을 알아채고 입을 열었다.

"하아… 그게 말이죠… 우연히 지진 스님이 스승이신 지성 스님의… 에… 그러니까, 뺨을 툭툭 건드리는 걸… 봐서 말이죠… 그러니까 어쩌다가……"

말하면서도 나는 되게 민망했다. 듣는 스님들도 얼굴에 난처한 빛이 돌면서 괜히 헛기침을 한번씩 해대는 거였다.

'그럴 거면서 왜 묻는 거야?'

"험, 험, 그랬구려. 잘 알았네. 그래서 눈치 챌 수 있었던 거로군. 그런데 어떻게 저들이 비급을―그들은 마공 조각이라는 걸 숨기려는지 자꾸만 비급이라고만 지칭했다―가지고 가는 걸 알아채고 막을 수가 있었던 겐가?"

방장스님은 얼른 화제를 돌리려는 듯 빠르게 물어왔다. 나는 부디 내 변명이 잘 먹혀 들어가길 속으로 빌면서 천천히 입을 열었다.

"그건 그때에 민이가 제가 장난을 걸어왔거든요. 그래서 화를 내며 쫓아가려는데 이 애가 급해서 창문을 통해 밖으로 도망쳤었고, 제가 뒤늦게 쫓아갔는데 그때 마침 민이가 지성 스님을 상대하고 있었어요."

집에서도 그런 일이 가끔―이 아니라 자주―있었기에 은씨 세가 쪽 사람들은 쉽게 납득한 표정이었다. 민이와 나의 쫓고 쫓기는 설전의 범위는 세가 전체일 때가 대부분이었던 것이다.

그러나 소림사 쪽에서는 이해하지 못하는 표정이었기에 그들을 납득시키려는 듯 얼른 배 숙부가 나섰다.

"허어, 이곳에서는 얌전히 있으라고 했건만 또 그런 장난을 쳤단 말이냐?"

"죄송해요……."

내가 기어 들어가는 목소리로 대답하자 소림사 쪽에서는 더 이상 뭐라고 하지 않았다.

그 정도에서 나에 대한 심문이 끝났기에 나는 그곳에서 나올 수 있었다. 아, 내가 나서기 전에 지성 스님이 나에게 감사의 말을 해왔다. 그는 자신이 뭘 하는지 뻔히 다 알면서도 몸을 제압당해 어찌할 바를 모르고 있었다고 한다. 그런데 그때 내가 막 호통―나는 욕한 건데… 험, 험……—을 쳐준 덕분에 약간의 기력이나마 짜내어 제정신을 차릴 수 있었다고 한다. 그걸 보면 괜히 소림사의 이름이 드높은 게 아닌가 보다. 그 또한 평소의 수련이 깊었기에 몸을 제압당한 상태에서도 그런 기력을 짜낼 수 있었지 않았을까? 게다가 솔직히 그가 그때 제정신을 차리지 못했더라면 나는 민이를 쫓아가지 못했을 것이고, 민이는 꼼짝없이 마공을 탈취하며 그 지진 스님을 인질로 잡고 튀었다는 죄를 뒤집어썼을지도 모르는 일이었다. 그래서 그거 하나만큼은 진심으로 그에게 감사했다. 에, 욕한 것도 사과했고 말이다. 으음… 이 이야기가 엄마에게 들어가면 잔소리 되게 많이 들을 텐데 그것도 걱정이다.

할아버지와 배 숙부는 나보다도 훨씬 뒤늦게 숙소로 돌아오셨다. 아마도 민이의 행방에 대해 소림과 의논하느라 그런 것 같았다.

결국 민이는 나중에 은씨 세가와 더 나아가서는 소림과 어떤 거래를 하기 위하여 적 측에서 잡아간 것으로 여겨졌고, 우리는 그쪽에서 연락 오기만을 기다리는 수밖에 없다고 결론이 났다. 우리는 그들의 정체에 대해서 아는 것이 하나도 없었기에 우리 쪽에서 할 수 있는 일은 기다리는 것 외에는 아무것도 없었던 것이다.

그래서 우선 우리는 세가로 돌아가기로 했고, 소림에서는 지속적으로 민이의 행방을 찾는 한편 무슨 단서를 찾거나 연락을 받는다면 그 즉시 은씨 세가로 연락해 주기로 단단히 약조를 했다.

이번 일로 무림맹은 또 발칵 뒤집혀질 것이었다. 이제 우리 쪽에 있는 마공의 비급은 무림맹에서 보관하고 있는 것과 무당파에서 보관하고 있는 것, 이렇게 단 두 개만이 남게 되었다.

지성 스님은 계율원에서 처벌이 내려졌지만—뭐라 내려졌는지는 모르겠지만, 그래도 꽤 엄하게 내려졌을 것이다—그것으로는 부족하다면서 스스로 참회동이라 불리는 동굴에서 평생 동안 수련을 하겠다면서 들어갔다고 했다. 선량하게 생겼던데 운없이 스파이에게 걸리는 바람에 인생이 이렇게 바뀌고만 참으로 불쌍한 케이스였다.

그리고 며칠 후에 소림에서는 얼굴 가죽이 벗겨진 시체가 발견되었다고 한다. 아마도 스파이가 분장하고 있었던 지진 스님이리라. 그도 참 운이 없기는 마찬가지인 사람이다.

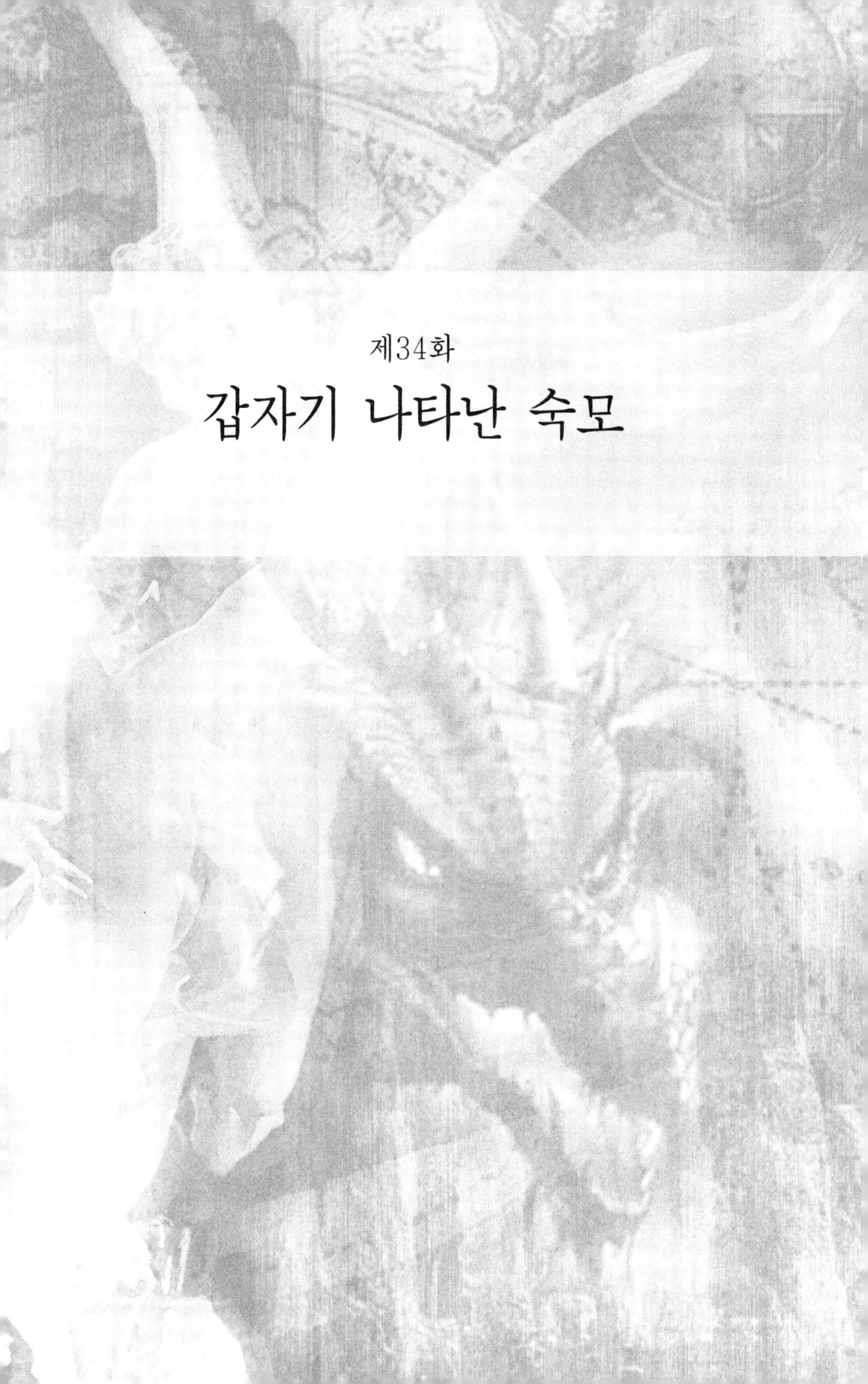

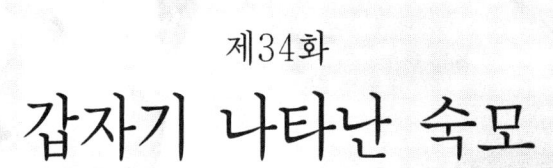

제34화
갑자기 나타난 숙모

갑자기 나타난 숙모

대충 20대 후반이나 30대 초반으로 보이는 여자였는데 꽤나 예쁘장하게 생겼다. 하지만 울 엄마보다는 덜 예뻤다.

 집에 도착한 나는 엄마로부터 무지무지 혼날 거라고 단단히 각오를 하고 있었다. 하지만 웬걸? 엄마는 나를 부둥켜안고 울 뿐 조금도 혼내지 않았다. 하지만 그런 대접이 혼나는 것보다 마음을 더 더욱 무겁게 했다. 엄마의 눈물이라는 거, 되게 마음을 아프게 하는 거라는 걸 처음 알았다. 아무것도 묻지 않고 날 보자마자 부둥켜안는 걸 보니 소림에서의 일을 벌써 알고 있는 모양이었다.
 나중에 들은 이야기이지만, 엄마는 이 소식을 듣자마자 소림으로 직접 가겠다고 나서서 아빠가 말리느라고 되게 진땀 뺐다고 한다.
 그 이야기까지 듣자 나는 민이 녀석에 대해 말할까 말까 되게 고민했다. 나는 민이 녀석 조금도 다치지 않고 멀쩡하게 잘 있을 거란 걸 빤히 알고 있는데도 불구하고 집안에서는 민이 녀석을 다 죽은 녀석으로 취급하며 장삿집 분위기를 자아내고 있는 걸 바라보고만 있자니 좀 견디기가 힘들었던 것이다. 특히나 세가에 오자마자 보게 된 엄마의 눈물을 생각하면 지금이라도 말하고 싶었다.

하지만 내가 말해 봤자 아무도 믿지 않을 테고, 오히려 내가 위로하려는 줄 알고 우울한 티 안 내려 노력할 것이 뻔했기에 그냥 입을 다물고 있었다. 속으로 삭이는 걸 보며 답답해하느니 차라리 대놓고 우울해하는 걸 보는 게 속이 편할 것 같아서였다.

그런데 이런 상황에서 며칠이 지나자 소림에서도, 소림에서 집으로 오는 동안에도 담담하고 침착한 표정을 고수하고 있었던 할아버지가 돌연 폐관 수련을 선언했다. 민이를 잃어버린 충격을 견딜 수 없어 정신을 차릴 때까지 현실을 도피하려는 건지, 아니면 나중에 누구인지 모를 적이 민이를 가지고 협상할 때를 대비하여 힘을 길러두려는 건지는 모르겠지만, 할아버지의 폐관 수련은 되게 갑작스러운 것이라 집안 사람들은 모두 놀랐다.

더욱이 총관과 아빠는 요즘은 한창 어지러운 시기인데 가주님이 안 계시면 어떻게 하냐고 우려를 표했지만 할아버지의 결심은 단호했다.

덕분에 세가 안은 봉문 아닌 봉문이 되어버렸다. 가주가 자리에 안 계시는데 다른 곳과의 왕래가 활발할 수 없기 때문이었다. 가주가 잠깐 세가를 비우고 외출을 하는 것과 아예 안에 콕 틀어박히는 것과는 분위기부터가 차원이 달랐다. 하긴, 외출한 거라면 중요한 일이 있으면 얼마든지 연락할 수 있겠지만, 저렇게 폐관 수련을 하면 아무리 중요한 일이 있어도 밖에서 발만 동동 구르고 있지 가주를 부를 수가 없기 때문이었다.

뭐, 할아버지도 아무 생각 없이 무턱대고 한 건 아니고 다 총관과 도서관 사숙조를 믿고 있는 것이기에 할 수 있었을 테지만.

그렇게 우울한 집 안에서 며칠을 보낸 어느 날이었다. 나에게만은 예전처럼 평상시 일상을 하도록 배려해 주는 집안 어른들 덕분에 여느 때와 다름없이 사형들과 함께 배 숙부의 지도 아래 검술을 수련하고 있었다. 아, 단 한 가지 달라진 점은 내 옆에 민이가 없다는 것일라나?

"자, 그럼 오늘은 여기까지 하자. 나는 다른 제자들을 봐주러 이만 가볼 테니 너희들끼리 수련하거라."

"수고하셨습니다!"

그러고 보니 우울한 분위기 속에서도 집 안은 평소보다 좀 더 바쁘게 돌아가는 것 같았다. 예전에는 하루에 몇 번은 만날 수 있었던 총관도 요즘은 하루 종일 볼 수가 없었고, 배 숙부와 함께 제자들 수련을 담당하고 있는 예철도 하루 종일 수련장에서 살다시피 하는 것 같았다. 배 숙부 또한 나를 가르치러 올 때를 제외하고는 예철과 같이 다른 제자들을 수련시키느라 바빴다. 갑자기 제자들에게 특훈을 시키는 듯했다.

도서관의 사숙조도 마찬가지였다. 놀러 가면 늘 그곳에 있기는 했지만 뭐가 그리 바쁜지 그의 제자와 의논하느라 나랑 놀아주지도(?) 못했다.

그건 엄마와 아빠도 마찬가지였지만.

요 근래 갑자기 세가가 세가 힘 기르기 운동을 전개해서 세가 사람들이 바쁘게 움직이기는 했지만 그 운동의 여파는 나에게까지 미치지 못해서 왠지 나 혼자만 세가의 움직임과는 동떨어진 것 같은, 그러니까 한마디로 따당하는 듯한 기분이었다.

예전 같으면 그러거나 말거나 별 상관 없이 나에게 행해지는 교육들에 투덜투덜대느라 하루하루를 소비했을 테지만, 요즈음에는 왠지 무관심하게 있을 수가 없었다.

이게 다 민이 녀석 때문이었다.

아무리 내가 세가 일에 무관심으로 지냈다고는 하더라도 요 근래 이러한 움직임이 나중에 민이 녀석을 구출하기 위한 준비라는 것을 모를 만큼 둔치는 아니었던 것이다. 물론 거기에서 나는 제외될 것이 분명했다.

어른들은 민이를 구하는 것에 세가의 총력을 기울일 테지만 그들은 최고로 운이 좋으면 목숨이 붙어 있는 민이를 구할 수 있을 것이라 생각하고 있었던 것이다. 그러니까 10 중 8, 9는 민이의 목숨을 구할 수 없으리라 여기고 있는 것이다. 지금 세가의 힘을 비축하고 있는 건 혹시나… 를 대비하고 있는 거였다. 그런데 여기에 세가의 단 하나 남은 핏줄을 끼워 넣어줄 리 만무했다. 아마도 내가 떼를 쓰고 발광을 해도 안 끼워줄 거였다.

하긴, 지금 상황을 본다면 내가 떼를 쓸 기회조차 주지 않으려고 애초부터 이런 움직임에 끼워 넣지 않는 데다 세가 사람들의 입 단속을 단단히 시키는 거겠지만.

특히나 내 곁에 항상 있는 유와 덕이는 요 근래 바짝 긴장 상태에 돌입해 있었다. 내가 워낙 행동이 예측 불허라 이렇게 얌전히 있다가도 어느 순간 갑자기 튀는 행동을 보이기 때문에, 그 행동으로 인하여 혹시라도 그 움직임을 방해하거나, 아니면 그걸 알아차리고 끼워달라고 떼를 쓴다면 날 막는 데 무지 애를 먹을 것이 분명했기에 사전에 미리 방어하려고 두 눈에 불을 켜고 있는 것이다.

하긴, 요즘 들어 이 핑계, 저 핑계, 이 이유, 저 이유를 다 들어

교양 수업 시간이 갑자기 길어진 것도 그에 한한 한 방편일 것이다(이건 필시 엄마의 농간이 들어간 것일 테지만…).

게다가 그 둘은 내가 민이가 없어 우울해할까 봐 항상 노심초사했다. 조금이라도 분위기가 요상하다 싶으면 당장에 분위기를 띄우려는 덕이와 너무 신경 쓰는 게 팍팍 티가 나는 유의 모습에 오히려 내가 미안해질 지경이었다.

'어휴… 그러기에 내가 하려면 집에 와서 하라구 했잖아! 으이구, 그 녀석 하나 때문에 이게 뭐냐고! 민이 녀석, 지하 감옥에 집어넣고 고생 좀 팍팍 시켰겠지? 밥을 제대로 안 주거나 주더라도 아주아주 형편없는 것들로만 주길 바래. 안 그랬단 봐, 내가 누군지는 모르겠지만 그 녀석들 한바탕씩 흔들어줄 테다.'

험, 험, 딴 데로 많이 빠졌는데 다시 본론으로 돌아와서… 나는 배 숙부와 함께 제자들 수련을 도우러 가려는 희여송을 얼른 붙들었다.

"희 사형, 잠깐만요."

그러자 희여송이 자연스레 몸을 돌려 나를 바라보았다.

"왜요, 진 사매?"

한 치의 어색함도 없는 표정. 역시 노련한 사람이었다. 이러한 사람이기에 같이 수련받는 다른 사형들 중에서 내가 제일 의지하고 있는지도 몰랐다. 다른 사람들은 내가 부르기만 하면 잔뜩 긴장해서 날 바라보곤 했다. 내가 뭘 물을까, 혹시 자신이 대답한 것에서 뭔가 이상한 낌새를 눈치 채지나 않을지 염려하는 것이 얼굴에 팍팍 티가 난다고나 할까? 그러니까 오히려 내가 미안해지는 거였다.

"사형, 바쁘지 않으면 나랑 대련 한 번만 해주지 않을래요? 물론 내력은 빼고요."

"대련이오?"

희여송이 의아한 표정으로 나를 바라보았다.

"예, 부탁해요."

그가 의아하게 쳐다보는 것도 이해는 갔다. 평소 나는 누가 시키지 않는 이상 내가 먼저 제의해서 대련한 적이 한 번도 없었기 때문이다.

희여송은 내 얼굴에서 뭔가를 읽어내려는 듯 뚫어지게 바라보면서 물었다.

"흐음, 진 사매의 부탁이라면 못 들어줄 건 없지만, 갑자기 대련이라니 이상하네요. 예전에는 먼저 대련 신청한 적이 없었잖아요?"

"별건 아니구요, 나도 검술 수련에 조금 더 진지해져 볼까 하고요."

어깨를 으쓱하며 정말 아무것도 아닌 것처럼 대답했음에도 불구하고 내 대답에 희여송의 얼굴이 긴장했다.

"진 사매, 설마 저번에 소림에서 있었던 일 때문에 그러는 거예요? 하지만 그건 진 사매가 약해서 진 게 아니에요. 그때 진 사매가 상대했던 무승들하고 내가 붙는다면 나도 몇 초 견디지 못하고 무릎을 꿇을걸요."

그때 내가 무승들에게 제압당해 민이를 쫓아가지 못하자 열받아서 지성 스님에게 고래고래 고함칠 때 그 자리에 은씨 세가 사람들도 있었던 것이다.

"에엣? 그 얘기는 왜 꺼내시는 거예요, 창피하게……. 물론 그때 겪었던 일도 자극이 되었지만 그것 때문만은 아니라구요."

본심은 며칠 동안 옆에 없는 민이를 생각할 때, 그 녀석은 감옥에서 필사적으로 수련을 하고 있을 텐데 나는 집안 어른들의 지나친 배려에 의하여 이도 저도 아닌 어영부영 세월을 보내는 게 한심스러워서였다. 절대로 민이 녀석 걱정을 해서 그러는 게 아니다. 단지 이왕 이렇게 된 거 민이 녀석에게 뒤떨어지지 않게끔 수련에 박차를 가해볼 생각에서 대련을 청한 것이다. 희여송과 대련을 하면 내 실력이 어느 정도인지도 알 수 있을 테고, 그의 조언 또한 받을 수 있을 것 같아서였다. 물론 내력을 사용하지 않고 오로지 검술로만 상대한다면 내가 질 거란 건 분명히 알고 있었다.

희여송은 저쪽에서 주춤주춤거리며 이쪽만을 바라보고 있는 나머지 세 명—나와 같이 수련을 하는 사형들—을 향해 말했다.

"너희들은 빨리 가서 스승님을 도와드리지 않고 뭐 하고 있는 거냐?"

아마도 여긴 내가 알아서 할 테니 너희들은 너희들 일을 하라는 듯했다. 그러자 그 세 명은 사형만 믿는다는 진득한 눈빛을 보내면서 사라져(?) 갔다.

"자, 그럼 진 사매, 비록 관객은 없지만 한번 해볼까요?"

아마도 내 말에서 본심은 알아내기 어려웠을 듯했지만 더 이상 물어보았다간 내가 이상하게 여길까 봐 그냥 넘어가 주는 듯했다.

"잘 부탁드리겠습니다!"

대련할 때 항상 하는 시작하기 전의 예의를 갖춘 후 검을 빼어 들었다. 나는 아직 부모님이 예전에 선물로 준 평범한 철로 만들어진 소검을 사용하고 있었다. 민이 녀석은 감히 내가 준 청명검을 내팽개치고 잡혀갔기에 그 청명검은 지금 내가 보관하고 있었다.

'그럼 녀석은 뭘 가지고 수련을 하는지 몰라.'

희여송과는 은하검법을 수련하느라 그 검법만을 가지고 대련을 해본 적은 있지만, 이번처럼 자신의 실력—물론 내력은 빼고…—을 다하여 대련해 본 적이 없었기에 처음에는 탐색전이 이어졌다. 물론 나는 내력을 사용하지 않기로 했기에 지공을 사용할 수 없었지만, 수비로는 무지 뛰어난 소검만환식을 사용했기에 내가 검술이 쬐께 달리지만 희여송을 어느 정도 막을 수 있으리라 생각하고 있었다. 바보같이 탐색전에서 희여송에게 밀리지 않고 대등한 대결을 펼쳤기에 그런 자만심이 생긴 것 같았다.

하지만 그건 어디까지나 희여송이 봐줬을 때의 이야기일 뿐, 그가 내 실력을 다 파악하고 나자 상황은 달라졌다.

어느 순간 나와 검을 맞대던 그가 싱긋 웃더니만 훌쩍 뒤로 물러나 거리를 두었다.

"자, 그럼 진짜로 가겠습니다!"

'뭐어? 그럼 지금까지는 봐줬다는 소리야?'

그의 말에 황당함과 놀라움을 감추지 못하는 내게 그가 순식간에 접근해 왔다.

"은하비무!"

그의 손에 쥐어져 있던 검이 순간 사라지는 것처럼 보이더니만 내 주위에 뿌연 안개가 휩싸인 것처럼 수많은 검의 잔영이 펼쳐졌다. 몰랐으면 그대로 당했을 테지만 그가 펼치는 검법은 나도 배웠던 거라 잘 알고 있었기에 나는 당황하지 않고 침착하게 그 검이 나에게 쏘아져 들어올 검로를 미리 차단시키려고 했다.

역시나 그의 검은 내가 생각하고 있던 방향으로 찔러 들어왔다. 나는 속으로 회심의 미소를 지으며 이대로 그의 검을 막고 반격을 가하리라 마음먹고 내 검이 그의 검과 맞부딪치기를 기다렸다. 하지만 웬걸, 그의 검이 막 내 검과 부딪치려는 찰나 그의 검이 스슥 하며 순간적으로 사라지더니 어느새 그의 검을 찾기 위해 약간 뒤로 물러나며 주위를 둘러보려는 내 목에 떡하니 다가와 있는 거였다.

"어라? 언제?!"

놀란 표정 그대로 그를 바라보며 묻자 희여송이 싱긋 웃어주었다.

"배운 초식을 그대로 사용한다면 그 초식을 한번 본 사람에게는 이기지 못할 겁니다. 상황에 맞게 활용해야지요. 사매는 적을 치는 검로가 여덟 개라고만 배웠겠지만, 조금만 응용해서 각도를 달리해 본다면 어느 곳에서든 적을 칠 수가 있답니다."

"그러니까, 사형은 내가 그 검로를 차단할 줄 미리 예상하고 처음부터 약간 변형해서 칠 생각을 하고 있었던 거군요?"

"그렇죠."

희여송이 검을 거두어들이며 고개를 끄덕였다.

"하아, 이거 참… 배운 대로만 움직인 내가 되게 한심하게 생각되는데요?"

"상황은 항상 같지 않아요. 매번 조금씩이라도 차이가 있답니다. 그런 상황상황에서 항상 똑같이 움직인다는 건 어리석은 짓이에요. 사매도 매번 대련할 때 초식의 응용이 상황에 따라 달라지잖아요. 그거와 마찬가지예요. 단지 나처럼 초식 자체를 변형시켜 응용하려면 초식을 완전히 습득하고 있어야 하지요."

"뭔 말인지는 모르겠지만, 아까 사형의 검술을 보고 대충 이해는 갈 것 같네요. 그건 그렇고 사형, 물어볼 것이 있는데요."

허탈한 표정을 짓고 있던 희여송이 약간 움찔거렸다.

"뭐가 궁금한가요?"

"사형, 사형이 생각하기에는 나에게 부족한 점이 뭐 같아요?"

내 질문에 희여송의 얼굴에는 안도감과 함께 의아함이 스쳐 지나갔다.

"음? 그런 거라면 평소 스승님께서 지적해 주시지 않나요?"

"에이, 배 숙부는 초식의 틀린 점을 지적해 주시는 거구요. 내가 묻고 싶은 건 내 태도라든지 성격이라든지, 뭐, 그런 거 말이에요."

"허허허, 오늘 사매가 뭔가 단단히 결심한 모양이네요. 정말 평소와는 다른데요?"

"말했잖아요. 검술 수련하는 데 좀 더 진지해지고 싶다고. 그러니까 저에게 지적해 주고 싶은 점 같은 거 없으세요?"

"으음… 우선은 그래요, 사매는 배우고 싶어서 배운다기보다는 의무감으로 검술을 배우는 것 같았어요. 무가에서 태어난 운명에 거스르지 않지만 의욕은 없다고나 할까요? 하지만 뭐, 이제는 검술을 익히는 데 있어 진지해지겠다고 하니 그것은 좀 바뀌겠네요."

"에… 내가 그랬나요? 처음에 엄마에게 검술을 배울 때는 배우고 싶다고 생각하고 있었는데요… 으음… 그랬구나. 그리고 또 다른 거는요?"

"다른 점은 아까도 이야기했다시피 너무 배운 대로만 움직인다고나 할까요? 그렇게 하는 게 검술을 빨리 익히는 데 좋기는 하겠지만, 직접 싸울 때에는 도움이 안 되는 버릇이에요. 엄연히 이론과 현실은 다르니까요. 사매의 검술은 여전히 책 속에서만 사는 것 같다고나 할까요? 그러니 빨리 현실에 적용시키는 것이 좋을 거예요."

"음, 음, 그렇군요. 그런데 어떻게 현실에 적용시키나요?"

"제일 좋은 방법은 직접 나가서 많이 싸워보는 것이지만, 그렇게 할 수는 없으니 보통은 대련을 많이 하지요."

"아아, 그렇군요."

"하지만 비슷한 검술을 가진 사람들끼리 하는 것에도 한계는 있을 거예요. 그러니 빨리 현실에 적용시키고 싶다면 다른 검술을 가진 사람과 많이 해보는 것이 좋을 거예요."

"음, 음… 그럼 유와 덕이와도 대련을 많이 해봐야겠네요."

"그리고 한 가지 더 이야기를 해준다면, 검술에 조금 더 의지하는 마음가짐이 필요해요. 사매는… 그렇군요, 아직까지는 그렇게 위험한 지경에까지 처해본 적이 없었으니까 그런 걸지도 모르지만, 보통 대련을 할 때 질 것 같으면 금방 포기를 해버리더군요. 으음… 달리 믿는 구석이 있는 것 같다고나 할까요? 내가 여기서 포기하더라도 얼마든지 이 상황을 벗어날 수 있다라고 생각하는 것 같아서 그런지 그렇게 필사적으로 검술을 펼치는 것이 아닌 것 같아요. 현실에서는 그렇게 한다면 끝장이거든요. 조금 더 필사적으로, 질 것 같더라도 끝까지 해보는 것도 중요해요. 현실은 대련과는 다르니까요."

'에… 아무래도 마법에 의지하고 있는 마음가짐을 말하는 것 같아… 반성해야겠는걸?'

"그렇군요. 명심할게요."

그 외에도 희여송이 이것저것 이야기해 주고 있는데 저쪽에서 예성구가 헐레벌떡 달려왔다.

"사, 사형, 그리고 아가씨, 저, 잠깐 와보셔야겠는데요?"

"사매도 말이냐?"

의아한 듯 되묻는 희여송에게 예성구가 격렬하다 여겨질 정도로 고개를 끄덕였다. 평소의 침착하고 어른스러웠던 모습은 어디론가 가버리고 되게 흥분해 있는 그의 모습에 나도 의아해졌다.

"도대체 무슨 일인데 그래?"

"저… 그게… 가, 가보시면 압니다."

말할까 말까 되게 망설이다 결국 말을 못하는 성구의 모습이 더 더욱 의아스러웠지만 가보면 안다는 소리에 나는 더 이상 묻지 않고 발걸음을 옮겼다. 그의 말대로 가보면 알겠지라고 생각하면서.

그가 나를 인도한 곳은 세가의 본 건물의 접대실이었다. 그쪽으로 가는 걸 보고 손님이 오셨나 생각을 했는데, 그것도 아니었다. 접대실에는 모두 아는 얼굴들만이 우르르 몰려 있었던 것이다.

울 부모님, 예 총관, 예 총관의 두 아들, 배 숙부, 그리고 지금 막 도착한 우리 세 명까지.

그리고 그들의 중심에 서 있는 건 오랜만에 보는 숙부 은재영이었다. 그런데 그 옆에 다소곳이 서 있는 여자는 처음 보는 여자였다.

'어? 그럼 저 여자가 손님이란 말야?'

대충 20대 후반이나 30대 초반으로 보이는 여자였는데 꽤나 예쁘장하게 생겼다. 하지만 울 엄마보다는 덜 예뻤다. 게다가 눈이 살짝 치켜 올라가서 평소 여우 같다는 소리도 많이 들었을 법했다.

'저런 여자들이 애교가 무지 많다고 하던데…….'

엄마 옆으로 슬며시 가서 서며 그 여자를 힐끔힐끔 쳐다보다가 나는 그 여자와 눈이 딱 마주쳤다. 그러자 그녀의 눈이 부드럽게 휘어지며 배시시 웃어 보이는 게 아닌가? 나도 얼결에 덩달아 씨익 웃어주고는 엄마의 옆구리를 콕콕 찔렀다.

"엄마, 저 여자 분은 누구세요?"

하지만 엄마보다 먼저 은재영 옆에 서 있던 그 여자가 나에게 걸어오며 말을 건넸다.

"오라, 네가 바로 진이구나? 네 이야기는 많이 들었단다. 역시 엄마를 닮아서 그런지 미인인걸?"

"아, 감사합니다."

예의상 대꾸는 하면서도 첨 보는 나에게 되게 친한 척 구는 그녀의 태도에 어리둥절해하는데 엄마가 그런 내 심정을 알았는지 설명해 줬다.

"인사드리거라. 네 숙모 되시는 분이란다."

"숙모요?"

숙모라고 한다면 삼촌의 부인이다. 그런데 내 삼촌이라고 있는 사람들은 배 숙부나 은재영이나 모두 독신인데 웬 숙모?

더욱더 어리둥절한 얼굴로 엄마의 얼굴과 그 숙모라는 여자의 얼굴을 번갈아 바라보자 그녀가 배시시 웃으며 은재영을 눈짓으로 가리켜 보였다.

"호호호, 저분이 내 낭군님이 되실 거란다."

"에에?"

'저 인간이 갑자기 왜?'

은재영은 쑥스러운지 괜히 천장만 바라보며 헛기침을 해댔다. 그런 그를 바라보며 그 숙모가 되었다는 여자는 계속 웃는 얼굴로 말을 이었다.

"호호호, 생각 같아서는 빨리 식을 올리고 싶지마안~ 아버님이 지금 폐관 수련 중이시라면서? 그래서 식은 아버님이 폐관 수련을 끝내고 나오실 때까지 기다리기로 했어."

"아, 예… 그러셨군요. 그럼 지금은 인사하러 오신 건가요?"

그러자 그녀의 웃음이 더 커졌다.

"오호호호, 물론 원래는 인사차 오고 아버님이 폐관 수련을 끝내실 때까지 처가에 있어야 하겠지마안~ 그이랑 나는 우리끼리의 혼인을 벌써 올렸거드은~ 아, 아직 어린 아가씨에게 이런 이야기하면 안 되려나?"

그녀가 말하는 와중 입을 다물고 묵묵히 서 있던 사람들의 눈초리가 사나워졌다. 그러자 그녀가 얼른 미안하다는 듯한 미소를 지으며 얼버무렸다.

'쳇, 사람을 애 취급하는 거야? 나도 알 건 다 안다구우~'

"어쨌든 그래서 나는 여기에 있기로 영랑과 이야기가 되었단다. 그러니 앞으로 잘 부탁해."

뭐, 부부 사이에 이야기가 다 되었다면 내가 뭐라고 할 수 있겠는가마는 참으로 시기가 공교로웠다. 하필이면 민이가 잡혀가고 할아버지가 폐관 수련을 할 때 은재영이 결혼을 한다니… 이거 민이가 잡혀가서 소가주라고 발표되지 않은 것을 다행으로 여겨야 할지 안타까이 여겨야 할지……

이전에는 은재영이 독신이고 후손을 생산할 생각을 안 하는 듯이 여겨서 나는, 아니, 다른 사람들 또한 민이가 가주의 자리를 이어받는 데 별문제가 없으리라 생각하고 있었다. 뭐, 할아버지가 은재영을 제치고 민이를 곧바로 가주 자리에 앉히려고 하니까 쬐께 걱정을 했었지만.

하지만 그가 결혼한다면 문제는 달라진다. 그가 결혼을 했다는 건 후계자가 생길 수도 있다는 이야기, 그렇게 된다면 민이가 가주가 되려면 반드시 은재영을 거치지 않고 민이가 할아버지 뒤를 이어받아야 한다. 만약 그렇지 않고 은재영이 먼저 물려받고 그 뒤로 민이가 예정된다면 아무리 민이가 소가주의 호칭을 받는다 하더라도 은재영의 자식과 민이 사이의 가주 자리 다툼은 기정사실화가 될 수밖에 없었다. 설사 은재영의 자식이 가주 자리에 관심이 없다손 치더라도 주위에서 그를 가만 내버려 둔다는 보장도 없기 때문이다.

그러나 여기서 또 하나의 문제가 있는 건, 지금 어른들은 민이의 목숨이 보장된다고 확신하지 못하고 있다는 것이다. 민이가 멀쩡히 살아 돌아오라는 것은 오로지 나밖에 알고 있지 못하니 어쩌면 어른들은 은재영의 혼인을 열렬히 환영할지도 모르겠다.

게다가 가주 자리를 생각하지 않고 볼 때 그가 결혼한다면 은씨의 핏줄은 더욱더 견고해질 테니까 세가를 걱정하는 이들로서는 사실 환영할 만한 일이었다.

'에혀~ 민이가 돌아오면 그냥 우리끼리 슬며시 사라지자고 할까? 어차피 우리는 진짜 은씨 핏줄도 아니고 말야.'

이래도 걱정 저래도 걱정인 상황이었다.

그런데 나 말고도 은재영의 결혼을 100% 환영하지 못하는 이가 있었으니, 그는 바로 예 총관이었다. 그는 아까부터 계속 굳은 표정으로 있다가 조심스레 입을 열었다.

"저어… 그러나 혼인식을 치르지 않고 같이 산다는 것은 아무래도 저희 세가처럼 명망있는 집안에서는 피하는 것이 좋을 것 같습니다만… 가주님께서 나오신 뒤에 정식으로 매파를 보내어 청혼을 할 때까지 조금만 참으시는 것이 어떻겠습니까?"

그는 나와 같은 생각을 한 것이 아니라 세가의 이미지를 생각한 듯했다. 그러자 은재영이 미간을 미미하게 찌푸리며 단호하게 말했다.

"그럴 것 없어요. 여기에도 사정이 있으니 그냥 제가 하는 대로 해주세요."

"하지만 도련님……."

예 총관 또한 물러서지 않았다. 그는 우리 세가의 일이라면 어떠한 것보다 우선으로 하는 자인데다 할아버지의 사제이기도 했기에 할아버지조차 그에게 항상 예의를 갖추고 존중해 주었기에 이렇게 은재영에게 맞설 수 있는 거였다. 하지만 놀랍게도 은재영이 예 총관의 말을 자르며 고함을 버럭 질렀다.

"이건 제 사적인 일입니다! 그런 것까지 당신의 허락을 받아야 합니까?"

아무도 예상 못한 그의 돌발적인 행동에 예 총관이 놀라 아무 말도 못하는 사이 배 숙부가 나섰다.

"사제, 예 총관님께서 나쁜 뜻으로 한 말이 아니란 걸 알지 않습니까? 게다가 사제의 혼사 문제가 어찌 사제만의 문제일 수 있겠습니까?"

그러나 은재영은 그의 말도 듣지 않았다.

"그만두십시오. 아버지께서 안 계신 이상 이 집안의 결정권은 저에게 있습니다. 제가 그렇게 하기로 했으니 그렇게 아십시오. 그리고 앞으로 이 일에 대해서는 아무 말도 없으셨으면 좋겠습니다!"

다른 말은 허용치 않겠다는 듯 단호한 그의 말과 그곳에 모인 사람들을 하나하나 쏘아보는 그의 눈빛에 아무도 입을 열지 못했다. 더구나 그의 말 또한 이론적으로는 옳았기에 예 총관도 더 이상 뭐라 하지 못하고 고개를 숙였다.

"알겠습니다."

그가 할아버지에게까지 존중을 받는다 하더라도 본래 직분은 우리 집안의 가신이었던 것이다.

그렇게 그곳에 모인 사람들이 별로 기분이 좋지 않게 하나둘 물러나기 시작했다. 나도 엄마와 아빠에게 이끌려 나가면서 뒤를 힐끔 돌아보니 은재영은 여전히 기분 좋지 않은 표정으로—표정이 굳은 건 쑥스러워서 그러는 게 아니라 처음부터 기분 나빠서 그런 것 같았다—천장만 바라보고 있었고 그녀는 여전히 아무렇지 않는 표정으로 생글생글 웃고 있었다.

'으음… 아무래도 연애해서 하는 혼인은 아닌가베……'

뭐, 그랬든 아니든 은재영에게 호감을 갖지 못한 나에게는 별 상관이 없었고, 게다가 가주 자리 다툼이 생긴다고 해도 그건 민이가 돌아온 후의 일이었기에 나는 그러려니 하고 어른들이 어떻게 생각하든 숙모라고 온 그녀에게 관심을 끊었다.

그 후 나는 활발하게 집 안을 돌아다니는 그녀의 모습을 자주 볼 수 있었다. 아무래도 집 안 분위기상 그녀에 대한 인식이 별로 안 좋다 보니 그걸 바꾸기 위해 분주히 노력하는 모양이었다.

그런데 얼마 후, 무림맹에서 급작스러운 연락이 날아들었다. 제갈세가의 전 가주, 그러니까 갈라진 마공 비급의 조각 순서를 유일하게 알고 있는 자가 누군가에게 잡혀갔다는 소식이었다.

"에에? 그분은 그 뭐더라… 음음, 그분이 은거하시는 곳은 몇몇 사람 외에 아무도 모르는 데다가 그 주위에는 함정이나 어려운 진들이 펼쳐져 있다고 하지 않았어요? 그런데 그걸 누가 파괴했나 보죠?"

"으음… 그건 아닌 것 같군요. 전서구에 쓰여 있기로는 손녀 분도 같이 잡혀갔다고 하더군요. 아마 그분이 아가씨와 친분이 있으시죠?"

"저와요? 에… 제갈세가의 여식이라면… 설마 준희 언니가?!"

예 총관의 말에 나는 두 눈이 번쩍 떠졌다.

"아니, 왜 제갈세가에 잘 있을 언니까지 갑자기 잡혀갔다는 거죠? 그럼 그 사람들이 제갈세가에 가서 언니를 납치해 제갈 전 가주님께 가서 협박이라도……"

거기까지 말한 나는 그녀가 헤어질 즈음에 그녀가 나에게 했던 말을 기억해 냈다. 그녀는 그때 당시 그녀의 아버지인 현 제갈세가 가주가 그녀와 신기수 사이를 정식으로 허락해 주지 않아서 그녀의 할아버지에게 허락을 받으러 갈 거라고 했었다.

그렇다면 혹시 그녀가 할아버지에게 가는 걸 나쁜 사람들이 알고 미행하여 전 제갈세가 가주가 있는 곳을 알아낸 다음 제갈준희를 납치해 그녀의 할아버지를 협박한 게 아닐까?

'에… 설마… 그럴 리야… 가 아니라 가능한 일이로군. 근데 누가 그녀가 할아버지께 간다는 걸 알고 미행한 거지?'

무림맹에서는 전 제갈세가 가주와 그의 손녀를 되찾기 위하여 8대 세가와 9대 문파에 지원병(?)을 요청한 거였다. 아무래도 무림맹주는 무림맹에서 보관하고 있는 마공 비급을 지키기 위하여 무림맹 인원을 아끼려는 듯했다.

"그래서 우리 세가에서는 엄마랑 아빠가 가게 되었다고요?"
"예, 그렇습니다."
"흐음······."
내가 심히 미심쩍다는 표정을 지으며 미간을 살짝 찌푸리자 예 총관이 괜히 미안한지 어쩔 줄 몰라 했다.
"죄송합니다."
"예 총관님이 사과하실 일은 아니잖아요. 뭐, 하는 수 없죠. 엄마랑 아빠는 강하시니까 별일없이 돌아오시겠죠 뭐."
이미 결정된 사항에 내가 뭐라 왈가왈부할 수 없었지만, 왜 하필 엄마와 아빠가 가게 되었는지 이해할 수가 없었다. 배 숙부도 있었고, 희여송에다가 그의 두 제자인 지원과 포능곽도 있었고, 은재영에다가 하다 못해 예철도 있는데 말이다.
이럴 때는 내가 세가의 일에 관여하지 못한다는 사실이 너무 아쉬웠다.
민이와 나는 아직 세가의 일에 직접적으로 참여하지 못하고 있다. 세가의 일을 직접 하게 될 때를 대비하여 교육을 받고는 있지만 아직까지는 세가의 일에 결정권은 없었기에 이미 정해진 일에 이의를 제기하지도 못하는 상태였다.
아마 할아버지는 올해 우리 생일이 지나고 나면 그제야 참여시킬 예정이신 듯했지만—민이를 그때 소가주라고 발표하신다는 걸 보니—민이 녀석이 납치되어 버렸으니 그게 예정대로 이루어질지는 미지수다.
'차라리 이 기회에 나도 세가 일에 참여한다고 나서볼까?'
물론 예전 같았으면 세가에 참여할 수 있어도 내가 귀찮아서 이리 핑계 저리 핑계를 대어서라도 참여하지 않았을 거였다. 하지만 지금은 민이에게 상황이 안 좋게 돌아가는데다가 이번 일에서는 엄마와 아빠를 세가에서 떼어놓으려는 듯한 기분까지 들어 아무래도 내가 직접 참여하고 있는 게 좋을 것 같다는 생각이 들었다. 물론 아빠에게는 세가를 이을 권한이 없기는 하지만 상황이 이래서 그런지 안 좋은 느낌이 들었다.

그런데 이런 내 기분을 알아챘는지 예 총관이 내 눈치를 살피면서 조심스레 물어왔다.

"그래서 말입니다만……"

"예?"

"아가씨께서도 나이가 나이이신만큼 슬슬 세가의 일에 참여하셔야 하지 않겠습니까? 큰도련님—울 아빠를 말한다. 아빠가 은재영보다 나이가 많아서 그렇게 불린다—내외분은 금방 돌아오지 못하실 듯하니 세가 일을 도울 겸 미리 배울 겸 해보시는 건 어떻습니까?"

그렇지 않아도 마음이 그쪽으로 동하고 있던 터라 나는 그의 말을 좋게 받아들였다. 그러나 한번쯤은 사양하는 겸양의 모습을 보이는 것이 예의 아니겠는가?

"아, 제가 도움이 된다면 좋겠지만… 괜찮겠어요? 세가의 다른 어른들이 허락해 주실지 모르겠네요."

내 말에서 받아들이겠다는 뜻을 읽었는지 예 총관의 얼굴이 밝아졌다.

"아가씨의 현명함이야 제가 잘 알고 있지요. 게다가 다른 분들께 여쭈어봐야 하겠지만 모두 허락해 주실 겁니다."

그렇게 예 총관이 호언장담을 했지만 그의 자신감을 무색케 한 인물이 있었으니…

"무슨 소리를 하시는 겁니까, 예 총관! 아직 어린아이에게 세가의 일을 돕도록 시킨다니… 너무 이르지 않습니까? 더 늦게 시작해도 될 일입니다!"

은재영이었다. 그는 예 총관의 말을 듣자마자 더 들을 것도 없이 딱 부러지게 거절의 의사를 밝혔다.

'그렇다고 저렇게 정색을 할 것까지야……'

"하지만 진이 아가씨도 충분히 세가의 일을 할 수 있는 나이라고 생각합니다. 더구나 세가의 일을 스스로 처리하시는 게 아니라 이제 조금씩 배우시게 하려는 건데 그렇게 반대하실 일은 아니라고 봅니다."

예 총관이 한번 반박을 해봤다. 하지만 은재영도 물러서지 않았다.

"아직 17세도 되지 않은 아이입니다(아직 생일이 안 지나서 그렇지 몇 달 후면 17세다). 진이가 충분히 성장했다면 아버지께서 폐관 수련하시기 전에 언질을 하셨겠지요. 하지만 아무런 언질도 없지 않았습니까? 그런 걸 아무리 총관, 당신이라도 마음대로 하겠다는 겁니까?"

그러자 예 총관이 다시 한 번 더 반박을 했다.

"도련님 또한 가주님의 허락을 받지도 않은 아가씨를 부인으로 세가 안에 들이고 그분께도 세가의 일에 참여케 하지 않았습니까? 그럴진대 하물며 당연히 세가 일을 하셔야 할 진이 아가씨께서 조금 일찍 참여하는 건 왜 반대하시는 겁니까?"

'에? 그럼 그 숙모도 벌써 세가 일을 하고 있단 말이야? 그럴 수도 있어?'

예 총관의 반박에 은재영이 화가 났는지 탁자를 손으로 내려쳤다.

"그것과 이것은 다른 일입니다! 게다가 모든 일에는 때가 있는 법이라 하였습니다! 아무튼 진이가 세가의 일을 하기에는 너무 이릅니다. 그렇게 아시고 이만 물러나십시오!"

밖에서 몰래 엿듣고 있는 나를 비롯한 예성구, 유, 덕이, 예은, 예강까지도 깜짝 놀랄 정도로 큰 소리였다.

'이거이거… 너무 강경한 거 아냐? 기분 나쁘게끔… 꼭 무슨 꿍꿍이가 있어서 그러는 거 같잖아?'

예 총관은 더 이상 뭐라 하지 못하고 이번에도 물러날 수밖에 없었다. 요즘 들어 예 총관이 은재영에게 계속 밀리는 듯 보이는 것은 내 착각인지…….

그런데 예 총관이 미처 밖으로 나오기도 전에 은재영이 예 총관을 불렀다.

"아, 그리고… 내 처가 재정 장부를 보려고 했는데 못 보게 막았다고 하더군요? 마음대로 볼 수 있게 조처해 주세요."

그러자 예 총관의 언성이 높아졌다.

"무슨 소리이십니까? 세가의 재정 장부를 보려면 가주님의 허락이 있어야 한다는 것을 모르는 건 아니실 텐데요?"

"남도 아니고 제 처가 아닙니까? 조처해 주세요."

짜증스럽다는 은재영의 목소리에 예 총관의 굳은 목소리가 대꾸했다.

"가주님의 하명이 있기 전에는 절대로 안 됩니다."

"제가 지금 말하고 있지 않습니까? 아버지가 안 계실 때에는 세가의 결정권을 가진 자가 저라는 사실을 잊고 계신 건 아니겠지요?"
 "아무리 그렇다고 해도 장부에 대한 건 가주님의 허락이 있어야만 합니다. 도련님은 아직 가주님이 아니지 않습니까? 절대로 안 됩니다."
 "정말 그러실 거예요?"
 은재영의 목소리가 더욱더 짜증스러워졌지만 예 총관의 목소리는 단호했다.
 "죄송하지만, 이것만은 뭐라 하셔도 가주님의 명이 없는 이상 안 됩니다. 그럼, 이만 물러가겠습니다."
 예 총관이 방 밖으로 나와 문을 닫자 안에서는 다시 탁자를 내려치는 소리가 크게 들렸다.
 '저 탁자에게 묵념을……'
 속으로 그렇게 실없는 생각을 하고 있는데 예 총관이 나에게 다가와 굉장히 미안한 표정을 지으며 고개를 숙였다.
 "죄송합니다, 아가씨. 제가 쓸데없는 소리를 해서 아가씨의 심기만 불편하게 해드렸군요."
 "아니에요. 저는 괜찮으니까 신경 쓰지 마세요."
 "그럼 전 이만……"
 평소 항상 부드러운 미소를 짓고 있던 예 총관이었는데, 지금은 약간 굳은 표정인 걸 보니 아무래도 그도 화가 많이 난 상태인 듯했다. 그래서 내 뒤에서 기웃대고 있던 예씨 문중의 자식(?)들은 그에게 한마디의 말도 건네지 못하고 멀어져 가는 그만 물끄러미 바라볼 뿐이었다.
 "하아… 이거 참, 분위기가 무거우니 숨조차도 제대로 못 쉬겠군. 이래서야 어디 제대로 숨 쉬고 살겠… 켁!"

분위기가 이상해지자 그걸 타개해 보고자 함인지 예강이 두 손을 깍지 껴 머리 뒤를 받치면서 괜히 큰 소리로 투덜대다가 예은에게 복부를 한 대 얻어맞았다.

"시끄러! 숨 못 쉬겠으면 쉬지 않으면 되잖아!"

"쳇."

예강이 예은에게 뭐라고 한마디 하려고 했지만 예성구가 그걸 가로막았다.

"둘 다 시끄럽다. 여기가 어디라고 생각하는 거냐? 게다가 너희들, 휴식 시간이 거의 끝났다고 생각하지 않느냐?"

그의 엄한 말에 둘은 아무 소리도 하지 못한 채 머쓱한 표정으로 나에게 인사를 하고는 후다닥 사라져 갔다.

"아가씨도 가시지요. 곧 배 숙부님께서 수련을 지도해 주실 시간입니다."

예성구에게 이끌려 내 처소로 발걸음을 하면서도 머리 속은 복잡하게 돌아갔다.

'생각해 보니까 예 총관은 부모님이 무림맹으로 가게 된다면 나에게는 조금 미안해지기는 하겠지만 예 총관으로서는 잘된 일이잖아? 근데 그걸 은재영이 어떻게 순순히 따라준 거지? 이상해… 이상해… 그렇다면 왜 아빠와 엄마만을 보내려는 걸까? 보아하니 은재영 저 인간이 세가를 장악하려는 모양인데, 그렇다면 자신을 방해할 확률이 높은 배 숙부나 예철—예 총관의 둘째 아들—을 보내는 게 훨씬 더 이득 아냐? 엄마랑 아빠는 아무런 권한이 없는 데다 가주 자리에 욕심도 없어서 나와 민이에게 해만 가지 않는다면 아무런 방해도 안 할 텐데 말야.'

어차피 예 총관이나 배 숙부가 주장했거나 부모님이 자청해서 가게 되었다고는 생각할 수 없었다. 그래 봤자 은재영이 자신의 뜻에 안 맞으면 강력하게 반대했을 것이 뻔했기 때문이다. 그런데 부모님이 가게 되었다는 건 은재영이 흔쾌히 허락했거나 아니면 그가 먼저 그렇게 보내자고 말했다는 뜻이 된다.

'그러니까 이상하다는 거지. 다른 거는 예 총관의 뜻에 계속 거슬리면서 왜 이번만은 이렇게 조용히 있는 거지?'

물론 배 숙부나 예철에게도 울 부모님보다 더 큰 권한이 있다는 건 아니었다. 하지만 그들은 예 총관과 은재영 둘 중에 하나를 고르라고 한다면 아무런 망설임 없이 예 총관을 선택할 이들인데다가 몇십 년 동안 세가에서 제자들을 가르쳐 왔던 이들이었다. 이들이 은재영에게 반발한다면 제자들에게 혼란이 생길 터이고 그렇게 된다면 아무리 은재영이 할아버지의 아들이라 해도 세가를 손에 넣는 데 힘이 들 것이 자명한 일이었다.

물론 이건 나라는 은씨의 또 다른 핏줄이 있어서 가능한 일이었지만 말이다.

'흐음… 그렇다면 나를 제거하려고 부모님을 보내려는 건가? 하지만 부모님이 안 계시다면 은영에서나 배 숙부나 더 나를 보호하려 들 텐데? 아냐아냐, 나를 그렇게 경계할 필요가 있을까? 나는 여자인데 말야. 으음… 머리 아프네……'

게다가 그건 둘째 치고라도 갑자기 세가를 손에 넣으려는 은재영의 행동도 이해가 가지 않았다. 물론 할아버지가 안 계신 지금 세가를 차지하려 한다면 좋은 기회이긴 하지만, 세가 사람들은 민이가 살아 돌아올 거라는 확신을 가지지 못하고 있었다. 오히려 죽을 확률이 더 높다고 생각하고 있을지도 모른다.

그러면 그냥 가만히 있어도 가주 자리가 자신에게 올 것이라 여길 텐데 뭐 하러 이렇게 무리하게 세가를 손에 넣으려 하는 것인지 이해가 안 갔다. 이렇게 무리하게 일을 진척시키면 지금처럼 예 총관을 비롯한 세가 사람들에게 반발을 산다는 것을 그도 알고 있을 텐데 말이다.

'만약 민이가 있었다면 민이가 소가주로 선언된다는 것을 알아채고 그런다고 이해나 하지 민이도 없는데 말야. 민이가 멀쩡히 살아 돌아오리라고 확신하는 건지, 아니면 만에 하나를 대비하는 건지… 아~ 머리 아파. 나도 몰라. 에잇, 될 대로 되라지.'

그날 밤, 나는 여느 때와 마찬가지로 명상 수련을 한답시고 세가 안에 마나를 퍼뜨려 세가 안의 기척들을 살피다가 예 총관과 도서관 사서 할아버지가 밤늦도록 만나서 회담하는 것을 눈치 챘다. 요 근래 나는 밤마다 세가 안의 기척들을 살피고 있었는데, 예 총관과 도서관 사서 할아버지가 만나는 것을 자주 발견하곤 했었기에 오늘도 그러려니 하고 있었지만 오늘따라 그 회담은 평소의 두세 배 정도는 길어졌다.

'흐음… 오늘은 다른 때보다 되게 심각한 주제인가 보네.'

은재영의 처소도 마찬가지였다. 그도 오늘따라 은주—숙모가 된 여자—와 오랫동안 이야기를 나누는 듯했다.

은재영은 그녀를 정말로 사랑해서 결혼하려는 건 아닌 듯했다. 평소 그는 그녀에게 항상 냉랭하게 대했고, 내가 살펴본 바로는 같이 자지 않고 항상 따로따로 잤었다. 물론 은주는 항상 생글생글 웃으며 사근사근하게 대했지만.

'웃긴 건 그러면서도 세가를 장악하는 일에 그녀를 동지로 삼았다는 거지. 그녀를 신뢰하는 것 같지도 않으면서 말이야. 신뢰하는 게 뭐야, 어느 때 보면 그녀를 되게 미워하는 것 같기도 하던데… 의논이나 제대로 하는지… 그러면서 왜 그녀를 세가에 데리고 온 걸까?'

 엄마와 아빠는 그 다음날 세가를 떠나 무림맹을 향해서 출발했다. 두 분 다 민이도 할아버지도 없는 세가에 나 혼자 남겨둬서 몹시 불안한 모양이었지만, 그나마 예 총관이나 배 숙부를 믿고 있는 눈치였다.
 "진아, 엄마랑 아빠가 없는 동안 예 총관님이나 배 숙부님 말씀 잘 듣고 있어라. 부디 사고는 치지 말고. 알았지? 조신하게 있어야 해."
 "엄마는… 누가 들으면 엄마랑 아빠가 가는 게 아니라 내가 어디 가는 줄 알겠어요. 너무 걱정 마시고 다녀오세요."
 "너니까 걱정하는 거야. 민이도 없는데 너마저 어떻게 되면 엄마는 살지 못할 거다. 그러니까 명심해야 해."
 "훗, 엄마, 민이 녀석은 건강하게 잘 있을 거예요. 그 녀석 걱정하지 마시고 돌아오면 엉덩이나 때려줄 준비나 하고 계세요."
 "그래그래, 알았다. 그러니 너도 몸조심해야 한다?"
 "예이~ 엄마도 조심해서 다녀오세요. 아빠도요~"
 나는 이미 말에 올라타 엄마를 기다리고 있던 아빠를 향해서도 손을 흔들어 보였다. 그러자 아빠가 희미한 미소를 지으며 고개를 살짝 끄덕였다.
 "그럼 다녀오마."
 "예이~"
 엄마가 정말 마지못해 간다는 듯한 표정으로 말에 오르자 아빠를 위시한 세가의 제자 10여 명은 드디어 출발할 수 있었다.

"안녕히 다녀오세요오오~ 오실 때 선물 사 오시는 것 잊지 마시구요오오~"

멀어져 가는 그들의 뒤에다 대고 신나게 소리치고 있는데 같이 마중 나와 있던 은주가 생긋 웃으며 나에게 말을 걸었다.

"진이는 씩씩하네? 부모님과 떨어지게 됐는데도 겁도 안 나나 봐?"

"훗, 어린애도 아닌데 겁은요. 게다가 저도 제 몸 하나는 지킬 수 있다고 자신하고 있거든요."

자신만만하게 대답하자 그녀의 미소가 더욱 커졌다.

"오우, 대단한데? 그럼 앞으로 무슨 일이 있어도 걱정없겠구나?"

묘한 뉘앙스가 있는 그녀의 말에 의아해진 내가 무슨 뜻이냐고 물으려 했지만, 그보다도 먼저 그녀가 몸을 돌려 집 안으로 들어갔기에 나는 질문할 타이밍을 놓치고 말았다.

'흐음… 결국 뭔 일을 벌일 모양이지? 훗, 그래, 어디 한번 해보셔요. 그리고 내가 어떻게 하는지도 지켜보고.'

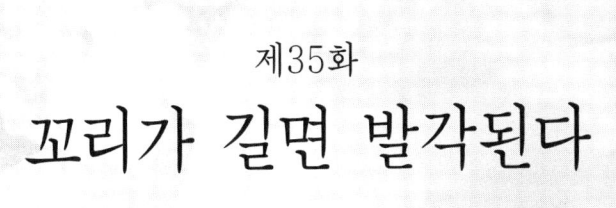

제35화
꼬리가 길면 발각된다

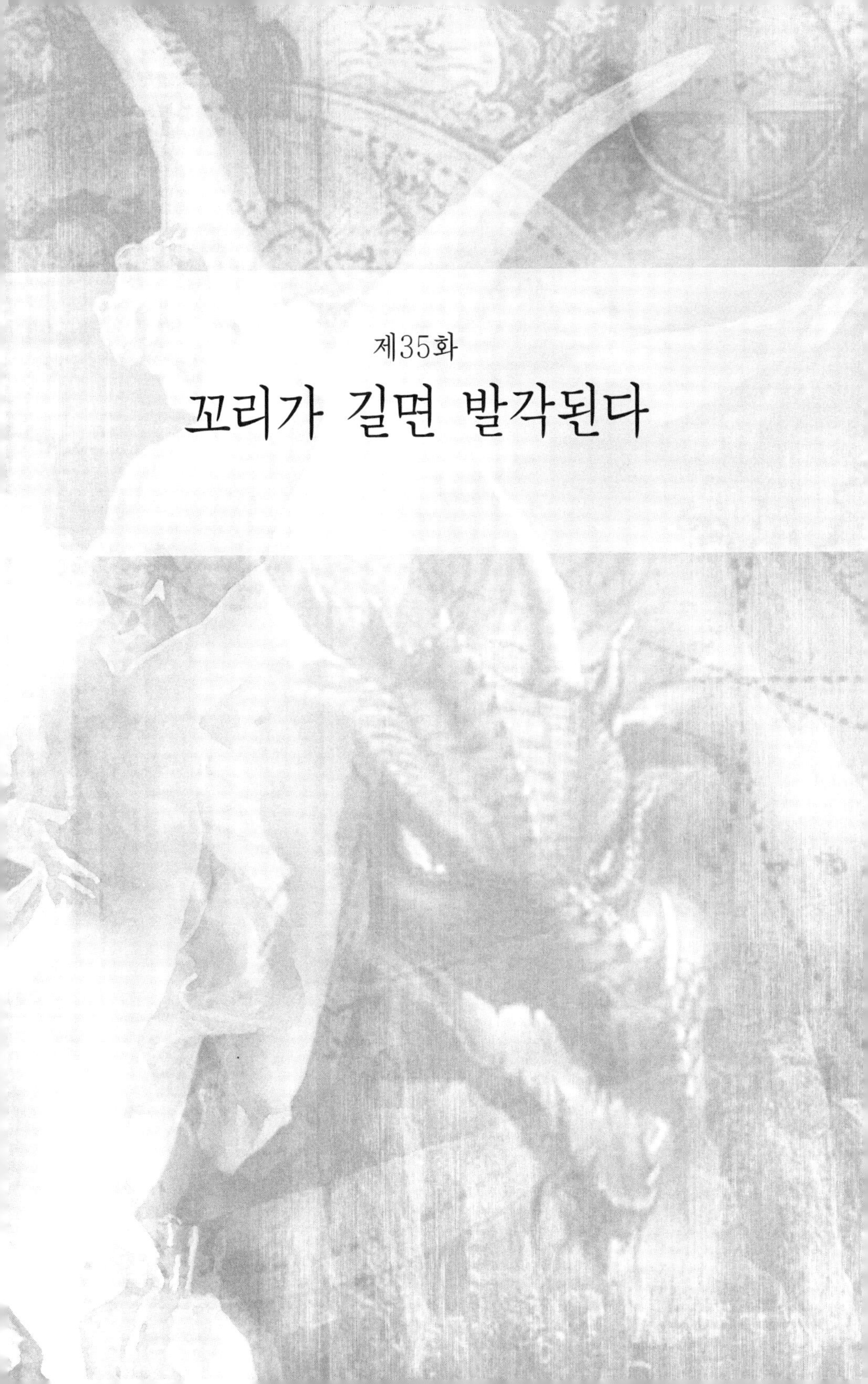

꼬리가 길면 발각된다

'훗, 이걸로 나머지 수업들도 땡땡이닷!'
은주라는 여자의 정체를 밝힐지도 모른다는 것보다는 오후 수업들을
땡땡이칠 수 있다는 사실이 더 기뻤다.

부모님이 무림맹으로 출발한 뒤 5일이 지나자 나는 왜 은재영이 울 부모님만 무림맹으로 보냈는지 알 수 있었다.

은재영이 세가의 결정권자의 권한으로 예 총관을 총관 직에서 파직시켰던 것이었다. 그가 내건 이유는 나이가 있으니 이제 쉬게 해드려야 한다는 거지만 진짜 이유는 뻔했다. 예 총관이 모든 일에서 그에게 반박하고 나섰지만, 은재영은 할아버지와 같은 서열의 총관에게 함부로 대할 수가 없었기 때문이다. 차라리 그보다는 그의 아들인 예현이 자신과 같은 서열이고 나이 자도 별로 안 나기에 더 다루기 쉬울 거라 생각하고 예 총관을 파직시킨 듯했다.

"사제, 이건 말도 안 되는 처사입니다! 예 총관님을 파직시키다니요? 당장 철회하세요!"

그 소식을 듣고 달려간 은재영의 서재에서는 나보다도 한발 앞서 도착한 배 숙부가 흥분하여 언성을 높이고 있었다. 그러자 은

재영이 얄미우리만치 침착하게 대꾸했다.

"언제부터 사형께서 세가의 결정권자가 되셨습니까? 현재 세가의 결정권자는 바로 나입니다. 저에게 반항한다는 것은 세가에 반항하는 것과 같다는 것을 모르십니까?"

"그렇다고 어떻게 몇십 년 동안 세가를 위하여 일해오신 총관님을 파직시킬 수 있는 겁니까?"

"누가 들으면 제가 아주 못된 불한당이라고 생각하겠군요. 파직이라니요? 저는 단지 그동안 수고하셨으니 이만 쉬시면서 남은 인생을 즐기실 수 있게끔 배려한 것뿐입니다."

"그게 무슨 배려입니까? 총관님께서는 한평생 세가를 위해 살아오셨고, 그것이 인생의 목적이었습니다. 그런데 그것을 빼앗으려 하시다니요! 이 일을 스승님께서 허락하실 것 같습니까?"

"허락하셨을지도 모르지요. 아버님께서는 예 총관님을 무척 걱정하셨으니까요."

"무슨 당치도 않은 소릴! 어떻게 이런 일을 사제, 당신 혼자 마음대로 정할 수 있단 말입니까?"

"그럼 어쩌겠습니까? 아버님도 안 계시고, 형님 또한 안 계신데. 아, 아직 세가의 일에 참여하지 않는 진이와 의논했어야 했나요?"

"이… 이런!!"

낭패스러운 배 숙부의 표정, 그리고 승리자의 미소를 띠고 있는 은재영.

은재영은 이번 일을 위하여 아빠와 엄마를 무림맹으로 보내 버린 것이었다.

세가의 직위 대부분은 세가의 일을 운영하는 사람들이 함께 모여 의논하고 결정한다. 하지만 단 두 자리만은 은씨 세가 사람들이 결정할 수 있었다.

바로 가주의 자리와 총관의 자리였다.

이 자리는 현 가주가 결정하는 거였는데 여기에 반발할 수 있는 이는 오직 은씨 성을 가진 자밖에 없었다.

그런데 현재 할아버지가 안 계시니 가주 대리 직분을 맡고 있는 은재영이 총관 자리를 갈아치울 수 있는 권한이 있는 거고, 여기에 반항할 수 있는 건 가주 자리를 이을 권한은 없다 하나 정식으로 양자가 된 울 아빠와 나뿐이었다. 하지만 아빠는 제갈 전 가주의 사건 때문에 무림맹으로 출발한 지 며칠 되었으니 아빠에게 빨리 연락이 된다 하더라도 아빠가 다시 오려면 5일쯤 시간이 걸린다. 게다가 아빠가 돌아올지도 미지수이고, 난 아직 세가의 일에 참여하지도 못해 세가의 일에 뭐라 말할 권리가 없었다. 은재영은 이걸 노리고 예전에 예 총관이 내가 세가의 일에 참여할 수 있도록 허락해 달라고 간청했을 때 단호하게 거절한 모양이었다.

하지만 그렇다고 해서 녀석이 하는 대로 그냥 놔둘 수는 없었다.

"삼촌!"

그러자 나를 향해 고개를 돌리는 은재영의 얼굴에는 인자한 미소가 떠올라 있었다.

"오! 어서 오너라, 진이야."

그의 얼굴에다 대고 엿이나 먹으라고 말해 주고 싶었지만 참으면서 물었다.

"삼촌, 예 총관이 총관의 자리에서 물러나신다는 말이 사실인가요?"

"그래, 예 총관께서도 나이가 벌써 70이 넘으셨잖니. 이제는 쉬실 때도 되었지."

"하지만 할아버지는 예 총관보다도 나이가 훨씬 많으신 걸로 알고 있는데요?"

그러자 삼촌의 눈살이 약간 찌푸려졌다.

"아버지도 이젠 쉬실 때가 되었지. 하지만 내가 가주 자리를 물려받을 생각을 하지 않아 지금껏 가주 자리에 계신 거란다. 내가 아버지 생각을 너무 안 해드렸지."

'얼씨구, 퍽이나 생각했겠다.'

"그럼 할아버지가 폐관 수련을 끝내고 나오실 때 두 분을 같이 쉬게 해드리는 건 어떨까요? 지금 예 총관만 쉬게 하는 것보다는 나을 것 같은데요."

"하지만 네 할아버지께서 언제 폐관 수련을 끝내고 나오실지 아무도 모르지 않니? 게다가 가주 자리가 교체되는 건 총관 자리가 교체되는 것과 비교할 수 없는 거란다. 그 일은 내가 다 알아서 할 테니 진이 넌 어른들 일에 끼어들지 말고 가만히 있거라."

은재영의 목소리가 점점 차가워지는 걸 보니 슬슬 화가 나기 시작하는 모양이었다.

'흠, 일단은 물러나는 게 좋겠지?'

"삼촌이 그렇게 말씀하신다면 하는 수 없지요."

힘없이 그냥 물러난다는 사실에 배알이 꼴렸지만 미리미리 세가 안에서 권력을 행사할 수 있게끔 힘을 길러놓지 않은 내 잘못이었기에 꾹 참았다. 그리고 이제부터는 그 힘을 한번 길러볼 생각이었다.

'하지만 우선은 은재영과 은주의 사이를 좀 알아봐야겠어.'

어차피 예 총관이 은재영에게 굴복한다 하더라도 금방 총관의 자리에서 물러나지는 못할 터였다. 아들에게 물려주더라도 인도 작업에는 2, 3일은 시간이 걸릴 터였다. 게다가 지금 물러난다 할지라도 나중에라도 다시 복귀하면 될 테니 크게 문제될 건 없을 거라 여겨졌기에 나는 우선 그 은주라는 갑자기 숙모가 된 여자에게 초점을 맞췄다.

'요즘은 거의 매일 밤에 만나서 이야기했으니까 오늘 밤에도 만나겠지? 딴 때는 몰라도 오늘은 예 총관을 파직시킨다고 선언했으니 분명히 만날 거다.'

오늘부터는 그들의 이야기를 엿듣기로 결심하면서 나는 밤이 되기만을 기다렸다.

자정이 지나자 그날도 두 곳에서 회담이 열렸다. 도서관에서는 사서 할아버지와 예 총관 외에도 배 숙부와 예현―예 총관의 맏아들―그리고 사서 할아버지의 제자인 담동이 모여들었다.

'흐음, 도서관 쪽은 오늘따라 인원이 많아졌네? 하지만 은재영 쪽은 오늘도 단둘이로군.'

마나를 퍼뜨려 그들이 만나는 것을 확인한 나는 즉시 방에 결계를 치고 마법을 구현시켰다.

"클레어로디언 디벤져!"

허공에 화면이 나타나기 시작하는 걸 보고 있자니 민이가 생각났다.

'그 녀석, 나 혼자만 또 이렇게 봤다는 걸 알면 삐치지 않으려나? 하기야 스스로가 원해서 혼자 있는 거니 뭐라 말 못하겠지. 흠, 검술 수련은 잘 되고 있는지······.'

민이가 뭐 하고 있는지 마법을 사용해서 볼 수도 있겠지만 한

번도 시도해 보지는 않았다. 안 보고 싶은 것은 아니지만 그렇게 굳게 결심하고 간 녀석인데 녀석이 나타나 자신이 스스로 해낸 것을 말해 줄 때까지 기다려 주는 것이 예의일 것 같았기 때문이다.

곧 나타난 화면에는 무지 화려하게 치장된 방 정경이 비춰졌다. 커다란 방 안에는 비싸 보이는 금세공 장식품이나 화려한 도자기들이 곳곳에 배치되어 있었고, 바닥에는 호랑이 가죽이 깔려 있었다.

비단으로 된 식탁보가 덮인 탁자에는 은재영이 못마땅함을 노골적으로 드러내며 앉아 있었다. 그 앞에는 아무도 안 앉아 있는 걸 보니 은주라는 여자는 잠시 자리를 비운 모양이었다.

하지만 갑자기 은재영이 아무도 없는 허공을 향해 입을 열었다.

"왜 내가 너희 조직에게 자금을 대야 한다는 거지? 처음 나와 계약을 했을 때에는 그런 말은 없었잖아?"

그러자 간드러지는 여자의 목소리가 방구석에서 흘러나왔다.

"아아, 물론 없었지요. 단지 당신께 다시 건의를 하는 거랍니다. 새로운 계약을 해보지 않겠냐구요."

그 말 후에 여자는 방구석에 있던 꽃들이 화려하게 수놓인 병풍 뒤에서 걸어나왔다. 야시시해 보이지만 되게 편해 보이는 가운 비스무리한 옷을 걸치고 나온 걸 보니 거기서 옷을 갈아입었나 보다.

"흥, 내가 너희 조직을 어떻게 믿지? 난 너희 조직에서 말한 조건을 지켰다. 하지만 너희는 지키지 않았어. 그런데 뭘 보고 자금을 대준단 말이냐? 훗, 자금이 쪼들리는 걸 보니 조직 운영이 잘 되지 않나 보지?"

그녀는 유연한 걸음걸이로 탁자로 다가와 우아한 포즈로 걸터앉은 후 자신의 찻잔에 차를 따랐다.

"호호호, 그런 건 아니랍니다. 단지 저는 당신이 미리 우리 조직에 자금을 댐으로써 좀 더 높은 대우를 받는 것이 어떨까 싶은 거지요. 어쨌든 저도 당분간은 당신 곁에 있어야 하는데 높은 대우를 받는 사람 옆에 있고 싶은 게 당연한 거 아니겠어요?"

"훗, 대우라… 난 네가 세가에 들어오는 것이 달갑지 않았다. 네가 없더라도 나 스스로도 세가를 손에 넣을 수 있어. 게다가 너희 조직과 계속 연결되고 싶은 맘도 없고."

그러자 그녀는 짙은 미소와 함께 눈을 가늘게 뜨며 은재영을 바라봤다.

"어머나, 그 무슨 섭섭한 말씀을… 보아하니 세가의 중심 인물들 중에서 당신 편은 한 명도 없다고 봐도 과언이 아니더군요. 그런데 혼자서 할 수 있다고요? 호호, 좀 힘들걸요? 그나마 내가 이리저리 들쑤시고 다니기에 사람들 정신이 분산되어서 나아진 거 아닌가요? 도대체 그동안 세가에서 당신 편도 한 명 안 만들고 뭐 하고 있었는지."

비웃는 듯한 어조에 은재영의 눈에 분노가 어렸다.

"너희들이 제대로만 했으면 이런 귀찮은 일들을 하지 않아도 가주는 내가 되었다. 그렇게 생각하지 않아?"

"아아, 물론 우리로서도 생각지 못한 변수가 나타나긴 했지요. 상부에서도 그건 미안하게 생각하고 있어요."

"그럼 한시라도 빨리 민이 녀석의 목을 나에게 보여줘야 하는 것 아닌가? 언제까지 민이 녀석을 그렇게 살려둘 셈이지? 민이 녀석을 죽일 생각이 정말 있는 것인가?"

충격적인 말이었다.

'잠깐만! 그러면 은재영은 민이가 살아 있다는 걸 알고 있었기에 세가를 장악하려 했던 거야? 게다가 민이를 데리고 있는 조직과 거래까지 했다고? 민이를 죽이기 위해서? 하, 그리고 그 조직원과의 연락책이 저 은주라는 여자란 말이지? 잠깐만, 그럼 민이를 납치해 간 녀석은 소림사에서 마공 비급의 조각을 가져간 그 남자잖아? 그럼 저 여자의 조직이 마공 비급의 조각을 모으고 있단 말야?'

한번 시작된 생각은 끝이 날 줄을 몰랐다. 그리고 그 생각이 계속됨으로 인하여 의문의 숫자는 계속 늘어만 갔다.

'그렇다면⋯ 은씨 세가에서 보관하고 있던 마공 비급 조각은 은재영이 넘겨줬겠네? 그렇다면 갑자기 소리 소문 없이 사라졌다는 것이 이해가 가. 그런데 왜 은재영은 세가를 장악하려는 거지? 민이는 저들 조직의 손 안에 있고 은재영에게 민이를 죽이겠다고 약속했다며? 근데 뭐 하러 이렇게 힘을 들여서⋯⋯.'

하지만 그러한 내 생각은 계속 들려오는 대화에 중단되었다.

은주란 여자의 나른한 목소리가 한심하다는 감정을 살짝 드러내며 은재영을 향해 흘러나왔다.

"그건 전에도 설명해 드린 것 같은데요. 은민 군은 나중에 은씨 세가에 가할 협박의 도구로 사용될 겁니다. 그러려면 인질이 무사함을 보여줘야 하지요. 그 후에 확실하게 처리해 드릴 테니 걱정하지 마시지요."

"흥, 민이 녀석이 없다면 세가는 당연히 내 차지야. 그렇다면 너희들이 나중에 세상을 볶든 지지든 나는 가만히 있어줄 요량이 있다."

"호호호, 물론 당신은 그리해 주시겠지요. 하지만 당신의 아버지께서 가만히 계실까요? 우리가 무림에 모습을 드러낸다면 은민을 우리가 죽였다는 것쯤 누구라도 쉽게 추측할 수 있을 겁니다. 그런데도 세가에서 가만있을 수 있을까요? 우리는 그때를 대비하려는 거지요."

"흥… 아무리 그래도 민이 녀석만 없다면……."

"흐흥, 자꾸 같은 설명을 하게 만들지 마시고 현재의 이야기를 하죠. 제가 세가의 제정에 관여할 수 있는 건 언제쯤이 될까요?"

"빠른 시간에 관여할 수 있도록 해주지."

그녀랑 얼굴을 맞대고 있는 것조차 싫다는 듯이 고개를 홱 돌리며 퉁명스레 대답하는 은재영을 바라보며 그녀는 이를 드러낼 정도로 비웃는 미소를 짙게 지어 보였다. 아마도 은재영이 보지 않으니까 그렇게 할 수 있는 거겠지만.

"빠른 시간이라… 하지만 쉽지는 않을걸요? 그 총관의 첫째 아들이던가? 곧 새로운 총관이 될 사람 말이에요. 그도 꽤 만만치 않을 것처럼 보이던데요?"

그러자 은재영의 고개가 획 돌아와서 그녀를 노려보았다.

"그렇게 잘 알면 네가 해보지 그래?"

은주는 그런 그의 시선을 정면으로 받아내면서도 전혀 꿀리지 않았지만 은재영의 화를 돋울 필요는 없다 생각했는지 배시시 웃으면서 뒤로 물러났다.

"호호호, 저에게 무슨 힘이 있겠어요? 저야 미래의 가주님께서 해결해 주길 기다릴 뿐인데요."

"흥, 예현이라면 지금 총관보다는 더 다루기가 쉬울 테니 걱정 마."

은재영의 고개가 돌아갔다. 어지간히 삐걱거리는 동지들이었다.

"아, 그건 그렇고… 내일은 잠깐 외출할 거예요. 그래도 되겠죠? 본문에서 사람이 나온다더군요. 그때 여기에서 자금을 대줄 거라고 말해 놓을까요?"

"그건 천천히 생각해 보지. 하지만 설사 내가 그럴 마음이 생긴다 해도 당분간은 힘들 테니 장담은 하지 마라."

은재영이 이제 대화를 끝내고 싶은 듯 자리에서 일어나며 말했다.

"그렇게 전하죠."

은재영을 화면의 목표로 삼았기에 은재영이 그 방에서 나감에 따라 나는 더 이상 은주의 표정을 볼 수 없었다.

'으음… 이럴 줄 알았으면 차라리 은주란 여자에게 초점을 맞출 걸 그랬네. 담부터 그래야지.'

잔뜩 찡그린 얼굴인 은재영의 모습을 마지막으로 화면을 끄며 속으로 중얼거렸다.

'그런데 내일 그 여자가 본 문에서 나온 사람을 만나러 간다고? 훗, 이 기회를 놓칠 수 없지. 그럼 나도 한번 따라가 볼까나?'

다음날 그녀가 언제 나갈지 몰라 계속 살펴보느라 아침부터 세가 안에 마나를 퍼뜨리고 있던 나는 내 일을 제대로 할 수가 없었다. 수련 시간에도 집중 안 하고 딴생각만 하고 있다고 배 숙부에게 몇 번이나 지적을 당했는지 모른다.

그냥 마나를 퍼뜨리며 기척을 감지하는 것이 아니라 그녀의 움직임을 주시하고 있어야 했기에 그녀의 기척에 계속 정신을 집중시켜야만 했던 것이다.

이럴 때는 진짜 정신이 두 개로 분열되어 두 가지 일을 한꺼번에 할 수 있었으면 좋겠지만, 그럴 수 없던 나는 다른 것들은 포기해야 했다. 그것이 내가 정신을 딴 데로 팔고 있는 것처럼 보여—사실이 그렇지만—검술 수련을 봐주던 배 숙부에게 꾸지람을 들었지만 어쩔 수 없이 감수해야만 했다.

그러면서 이제나저제나 그녀가 나가기만을 기다리던 중 드디어 그녀가 세가 밖으로 나가는 것이 느껴졌다.

'젠장, 나가려면 빨리 갈 것이지 왜 이제야 나가는 거야? 기다리느라 지칠 뻔했다고!'

하지만 참으로 공교롭게도 그녀가 세가를 빠져나가는 시각이 하필이면 내가 수업을 받던 중이었다. 요즘은 세가의 일을 할 때를 대비한다고 하여 교양 말고도 이것저것 더 배우고 있었던 것이다(무가의 자식이라도 무공만 잘한다고 만사가 형통인 건 아니었다).

그런데 오늘따라—물론 평소에도 되게 공부하기 싫어했지만…—집중을 안 하는 탓인지 날 가르치던 선생이 수업을 중단하고 막 잔소리를 하려던 찰나였다.

"선생님, 정말정말 죄송해요."

하지만 그가 막 뭐라고 말하기도 전에 내가 선수 쳐서 입을 열자 그가 말을 채 꺼내지도 못하고 어리벙벙한 얼굴로 나를 바라보았다. 그런 그에게 너무나 미안한 미소를 씨익 보여주고 낮게 중얼거렸다.

"슬립!"

내 마법에 황당한 표정을 짓고 있던 그의 눈이 스르르 감기더니 책상 위로 그대로 엎어졌다.

'훗, 이걸로 나머지 수업들도 땡땡이닷!'

은주라는 여자의 정체를 밝힐지도 모른다는 것보다는 오후 수업들을 땡땡이칠 수 있다는 사실이 더 기뻤다.

'자, 그러면……'

내가 공부는 무지하기 싫어했지만, 그래도 수업 시간만은 착실히 지켰기 때문에 항상 내 곁에 있던 유와 덕이는 내가 수업받는 시간에는 자신들의 할 일을 하고는 했다.

'고로, 지금 방문 밖에는 아무도 없다는 사실. 홋홋홋, 평소에는 수업 제대로 들어줬으니 오늘 같은 날은 봐주겠지?'

문밖에 아무도 없다는 사실을 확인한 나는 재빨리 그곳에서 빠져나와 하늘로 떠올랐다. 걸어서 세가를 빠져나가려고 했다가는 다른 누군가에게 들킬 염려가 있었기에 미리미리 그러한 요소를 제거할 겸 그 은주라는 여자를 쉽게 미행할 겸 택한 방법이었다.

하늘 높이 떠올라 그녀의 기척이 느껴지는 곳으로 시선을 주니 과연 호위 무사는커녕 시녀 한 명 없이 홀로 큰길을 따라 걸어가는 그녀의 모습이 보였다.

'헤에, 용케 혼자 세가를 나섰네? 아무리 명목상이래도 은재영의 부인인데 말야. 하기야 지금 어딜 가는지 생각해 보면 당연한 거겠지?'

그런데 성 밖으로 나가거나 아니면 성 변두리의 인적이 드문 곳으로 갈 것이라는 내 예상을 깨고 그녀가 찾아간 곳은 많은 사람들이 북적북적거리는 시장 길목이었다.

'뭐야, 미행이 있을까 봐 그러는 거야?'

첩보 영화 같은 데 보면 주인공이 누굴 만나러 갈 때는 미행이 있을까 봐 괜히 멀리 돌아서 가거나 아니면 사람들이 북적북적한 시장 거리나 백화점 같은 곳을 통과하여 힘들게 가는 적이 많았기에 나는 그녀가 그런 것이라 여긴 것이다.

과연 내 생각이 맞았는지 그녀가 시장 거리를 계속 따라가다가 들어간 곳은 노리개 같은 장식품과 화장품, 비단 등등을 파는 여자들이나 찾을 법한 상점이었다.

'참내, 이 시대에도 이런 미행 따돌리기가 있었네. 하기야 미행은 보통 남자들이 할 테니 저런 여자들을 위한 상점에는 들어가기 어렵겠지? 과연 머리 좋은걸?'

이런 걸 보고 꿈보다 해몽이 좋다고 하는 법이다. 나는 내 스스로가 내린 결론에 만족하면서, 이렇게 위에서 보고 있다는 사실을 아무도 모를 것이란 사실에 뿌듯해하면서 기분 좋게 그녀가 다시 상점 뒷문으로 나와—보통 첩보 영화에서도 뒷문으로 몰래 나갔으니까—모습을 드러내길 기다렸다.

하지만 이게 웬일인지 대충 짧게 잡아도 15분은 훨씬 지났음에도 불구하고 그녀는 나올 생각이 없는지 도통 보이질 않는 거였다.

'뭐야, 왜 이렇게 안 나오는 거야? 참내, 자기도 여자라고 상점 안을 구경하고 있는 건가?'

그렇게 속으로 투덜대면서 5분쯤 더 기다려도 그녀의 모습은 보이지 않았다.

'뭐야, 뭐야? 왜 안 나와? 정말 뭐 사려고 그러는 거야?'

조금씩 생긴 불안감을 해소시키지 못한 나는 내 몸으로 거두어들였던 마나들을 다시 공중으로 풀어놨다. 그녀의 기척을 찾기 위해서였다.

'빨랑빨랑 좀 나올 것이지, 뭐 하느라 꼼지락대서 불안하게 만드는 거야?'

그러나 마나를 풀어 그녀의 기척을 살펴본 결과 역시나 그녀는 상점 안에 없었다. 그러나 사라진 것은 아니었고 상점 뒤쪽에 있는 작은 주택 안에 있었던 것이다.

'왜 저기 있는 거지? 여기가 아는 사람 집이었나? 근데… 어째 좀 아래쪽에 있는 것 같다?'

설마설마 하는 감정에 그 주택 안에 있는 작은 뜰에 아무도 없음을 확인한 나는 그 뜰의 구석진 곳에 조용히 내려섰다. 그런데 은주라는 여자의 기척은 내가 땅에 내려섰음에도 불구하고 더 밑쪽에서 느껴지는 게 아닌가?

'지하? 지하에 들어가 있단 말이지? 에? 그렇다면 여기가 그녀가 말한 그 본 문에서 온 사람을 만나는 곳이란 말야? 그렇다면 여기가 그녀가 속한 조직의 비밀 기지?'

생각 외였다. 이런 걸 바로 등잔 밑이 어둡다고 하는 걸까?

나는 그녀가 속한 조직이 되게 비밀스러운 곳이라고 해서 성 밖의 음침한 관제묘라든지, 아니면 아무도 찾지 않는 거의 허물어져 가는 사당, 아니면 성 변두리의 인적이 없는 외딴 곳에 있는 오두막일 거라고 상상했었다.

그런데 성 번화가에 번듯이 자리한 여자 용품 상점이었다니…….

'허참… 진짜 깨네… 하기야 여자 용품 상점이니 은주라는 여자가 쉽게 드나들 수 있었겠군. 어쨌든 그렇다면 한번 이 기지를 뒤져 볼까나?'

내가 은주라는 여자를 뒤쫓은 이유는 간단했다. 그녀가 이상한 비밀스런 조직에 속해 있다는 증거를 찾아내서 세가에서 그녀를 쫓아내려는 생각이었다. 이 시대에는 비디오는커녕 녹음기나 하다못해 마법도 없어서 이렇게 귀찮은 작업을 동반한 증거를 찾아야만 했던 것이다. 솔직히 그녀가 속해 있는 조직에 대해 호기심이 없는 것은 아니었지만 은재영과 저 여자를 막는 것이 우선이었다.

은재영까지는 어렵더라도 저 여자라도 몰아낸다면 은재영도 잠시 주춤할 것이 뻔했다.

조직에 대한 것이야 민이가 그 조직 안에 있다니 나중에 민이가 있는 곳을 급습해 뒤져 보면 뭔가 알아낼 수 있을 거였다.

'자, 그럼 어디 한번… 컨실 마이 셀프!'

내 기척과 몸을 완전히 숨겨주는 마법을 건 뒤 천천히 건물을 향해 걸어갔다. 그 건물은 평민들 중에서 꽤나 잘 산다는 소리를 들을 정도로 큰 저택이었는데 2층 건물이었다.

'으음… 어디를 먼저 가볼까나… 그래, 우선 지하에 먼저 가볼까? 보통 그런 데다 중요한 물품을 숨겨두잖아?'

역시 난 한국에 있을 때 영화를 너무 많이 본 모양이었다. 그러니까 그때의 영향이 지금까지 이렇게 미치고 있지.

지하에 제일 먼저 가보기로 한 나는 건물 안에 들어가서 일층을 샅샅이 뒤지고 다녔다. 하지만 지하로 가는 통로는커녕 비스무리한 문조차 보이지 않았다. 나중에는 나무로 된 바닥에 통로가 숨겨져 있을까 봐 저택 안에 있던 방 안의 바닥이란 바닥은 다 두들겨 보고, 또 침대 밑에 있지 않을까 싶어서 침대 밑에도 샅샅이 조사를 해봤지만 결국 아무것도 찾지 못한 나는 괜한 먼지만 잔뜩 뒤집어썼다.

그리고 그제야 나는 내가 한 가지 놓치고 있다는 걸 깨달을 수 있었다.

'에혀~ 이렇게 바보 같을 수가… 나 왜 이렇게 바보지? 중요한 걸 보관하고 있는 곳으로 가는 통로를 이렇게 경비가 허술한 데다가 만들 리가 없잖아? 어휴~'

그랬다. 내가 저택의 일층을 샅샅이 뒤지며 바닥도 두들겨 보고 침대도 움직여 보는 와중에 사람들이 돌아다니는 모습을 거의 보지 못하였다. 어차피 지나가 봤자 내 존재를 눈치 채지는 못할 테지만, 이곳이 비밀 조직의 기지라면 이곳에 있는 사람들 모두 무공을 어느 정도는 할 줄 알 텐데 방마다 콩콩콩 하고 바닥 두드리는 소리가 나도, 침대가 삐걱거리는 소리가 나도 어느 누구도 이상하게 여기고 와보질 않는 거였다.

'아… 정말… 처음부터 그걸 알아챘다면 괜한 헛수고는 하지 않았을 거 아냐? 에혀~ 그럼 이층을 뒤져 봐야 하나? 하지만 분명히 그 은주라는 여자는 지하에 있는 것 같은데… 음… 역시 지하로 가는 통로를 쉽게 찾을 수 없는 걸 보니 분명히 그곳에 중요한 무언가가 있는 거야. 하지만 그 통로는 도대체 어디 있는 거야? 에혀~'

몇 시간 내내 쉬지 않고 일층을 뒤지고 있었기에 나는 휴식을 취할 겸 마나를 아낄 겸 마나를 풀고 있는 동안 몸을 숨길 곳을 찾느라 다시 저택 밖으로 나왔다. 몸이 보이는 것을 막아주고 기척도 가려주는 마법이 비록 4클래스의 마법이긴 하지만, 몇 시간 하고 있다 보면 마나의 소모량이 무시할 수 없는 수준이었던 것이다.

이곳을 아직 다 뒤져 보지도, 아니, 뒤지는 것을 시작해 보지도 않았는데 벌써부터 마나의 소모량이 많았다가 나중에 무슨 일이 일어났을 때 마나의 양이 모자라 낭패를 보면 큰일이었기 때문이다. 그렇다고 이곳에서 내공 수련으로 마나를 모을 수도 없으니 잠시 휴식을 취하면서 조금이라도 마나가 보충되길 기다리는 수밖에 없을 것 같았다.

'쳇, 이곳 마나의 농도가 내가 살고 있던 세계와 비슷하다면

마나가 모자를까 봐 걱정하지는 않을 텐데……'

그렇게 투덜대며 나는 저택의 뒤쪽으로 돌아갔다. 그곳에는 작으나마 꽃밭도 있었고 그 옆에 앉아서 쉴 수 있게끔 돌로 만든 탁자와 의자가 있었다. 그리고 담 근처에는 키 작은 나무가 삥 둘러서 심어져 있었다.

'으음… 어디에 몸을 숨기고 있지? 그렇게 마땅한 데가 없네. 차라리 집 안에서 숨을 걸 그랬나?'

그곳에는 아기자기하게 꾸며져 있기는 하지만 사방이 뻥 뚫려 있어서 몸을 숨길 만한 구석진 부분이 보이지 않았다. 그래서 다시 집 안으로 들어갈까 말까 심각하게 고민하고 있는데 저택에서 한 남자가 천천히 걸어오는 게 보였다.

산책이라도 하려는 듯한 발걸음으로 걸어오면서 그 남자의 눈은 연신 주위를 살피는 기색이 역력했다.

그렇게 조심스레 걸어온 남자는 내가 숨조차 안 쉬며 서 있는 곳의 바로 옆을 스쳐 지나가며 내 심장을 벌렁이게 해놓고는 탁자에 다가가 다시 한 번 주위를 돌아보더니 아무도 없음을 확인했는지 탁자의 윗부분을 한 바퀴 삥 돌렸다.

이 탁자는 다리가 중앙에 하나뿐이었고 그 다리를 받치는 지지대가 좀 넓적한 스타일의 탁자였다. 돌로 되어 있어서 윗부분도 되게 무거울 것처럼 보였는데 그 남자는 아주 쉽게 탁자의 목을 돌려 버린 것이다. 그러더니 옆에 있던 의자 하나를 밀어놓고는 탁자를 옆으로 넘어뜨리는 거였다.

그러자 그 탁자 밑에는 장정 한 명이 쉽게 드나들 수 있는 크기의 시커먼 구멍이 드러났다.

'헐… 바로 저곳에 통로가 있었구나!'

그 남자는 그 구멍에 몸을 집어넣고는 익숙한 듯이 탁자를 밑에서 잡아 바로 해놓았다. 그러자 탁자의 윗부분이 제 스스로 한 바퀴 돌아가는 것이 아닌가?

'아항, 저 목 부분이 통로를 잠그는 장치인가 보지?'

그제야 통로를 발견했다는 기분에 나는 잠시 휴식을 취하려고 마음먹었던 것을 싸그리 잊어버리고 그 탁자로 다가갔다. 그리고는 잠시 기다렸다가 그 남자가 했던 것처럼 탁자의 목 부분을 비틀고는 옆으로 쓰러뜨렸다.

역시 돌로 만들어진 것이라 되게 무거웠는데 아주 쉽게 쓰러뜨리고 밑으로 내려가서도 다시 바로 세운 걸 보니 그 남자는 어느 정도 무공을 익힌 것이 분명했다.

아래의 공간은 마치 지하에다 집을 지어놓은 것만 같았다. 내가 내려온 구멍은 현관이었고 착지한 곳은 마치 거실과도 같았다. 그런데다 복도가 나 있었고 그곳에는 일정한 거리거리마다 횃불이 벽에 붙어 있어서 어두운 복도를 밝히고 있었다.

'오옷, 이것이 바로 내가 기대했던 비밀 기지의 풍경이야!'

정말 비밀 기지다운 모습에 나는 두근거리는 가슴을 부여안고 조용히 복도를 따라 걸어갔다. 어디가 어딘지 모르겠으니 우선 한번 둘러본 다음 천천히 살펴볼 생각이었다. 그리고 쉴 곳도 찾아서 좀 쉬고 말이다.

복도에는 아무도 없이 나 혼자였지만 복도를 따라 조심스레 걸어 들어감에 따라 누군가의 기척이 느껴졌다. 한둘은 아니었다. 복도의 양 옆으로 한쪽에 다섯 명씩 나란히 서 있었는데 복도의 벽 안에 무슨 공간이 있는지 그 속에 들어가 있어 보이지는 않았다. 아마도 그들은 그렇게 가만히 숨죽이고 있다가 적이 오면 잽싸게 나타나서 처리하는 모양이었다. 마나를 공중에 풀어 주위의 기척을 감지하고 있지 않았으면 정말 큰일 날 뻔했다.

그런 그들에게 들키지 않도록 뒤꿈치를 들고 살금살금 걸어가 그곳을 지나갔다.

몇 개의 방문을 지나쳤지만 그 안에는 모두 사람들이 있어서 감히 문을 열고 들어갈 엄두를 내지 못하고 복도를 따라 계속 걷던 나는 결국 그 복도의 끝에 다다라 버렸다. 그곳에는 밑으로 통하는 계단이 있었기에 나는 뒤돌아갈 수는 없어 하는 수 없이 조심스레 그 계단을 따라 내려갔다.

그곳에는 아마도 감옥인 듯했다. 위쪽보다는 더욱 띄엄띄엄 있는 횃불들 때문인지 위층보다는 되게 어두컴컴했고, 양 옆으로는 자그마한 쇠창살이 달린 데다 습기가 찬 지하에 오래 있어서 그런지 검게 곰팡이가 잔뜩 낀 나무문들이 굳게 닫힌 채 주르르 늘어서 있었다.

'에… 괜히 내려왔나 봐. 감옥만 있는데 말야. 근데 지키는 사람이 아무도 없네? 가둬둔 사람이 아무도 없나 보지?'

라고 생각하고 있는데 대기 중에 퍼뜨린 내 마나에 희미한 두 명의 사람이 감지되었다.

'어? 사람이 있긴 있었네? 뭐야, 그럼 도망가지 못할 거라고 생각해서 지키는 사람이 아무도 없는 거야?'

그래도 지키는 사람은 아무도 없으니까 여기서 잠시 쉬어갈 생각을 하고 잠기지 않은 감옥 문을 찾으려고 걸어가려던 나는 멈칫했다.

'어… 이상하다. 기척이 되게 익숙한데? 그럼 여기 갇힌 사람이 내가 알고 있는 사람인가?'

내가 기척을 기억하는 사람이라고 해봐야 세가에서도 내공이 높은 사람들뿐이었고, 일반 제자들의 기척은 대부분 기억하지 못하고 있었다. 그러니 아주 익숙한 듯한 기척의 느낌에 나는 의아해져서는 조심스레 그 기척이 느껴지는 곳으로 걸어갔다.

두 기척 모두 나에게는 익숙해 있었는데 그 둘은 따로따로 감옥에 갇혀 있었다.

'흐음… 둘 다 독방을 쓰고 있네. 그럼 기척이 약한 곳부터……'

나는 슬며시 감옥 문에 달려 있는 자그마한 쇠창살을 들여다보았다. 그러나 그 안을 밝혀주는 횃불이 하나도 없었고 오로지 빛이라고는 복도에서 내가 들여다보는 쇠창살을 통해 들어가는 빛뿐이었다.

그 빛에 의지해 바라보니 희끄무레한 인영이 습기 찬 차가운 바닥에 널브러져 있었다. 하지만 머리는 얼마나 빗지 못했는지 까치집이 되어 있는 데다 얼굴은 보이지도 않아 낯익은 기척을 가진 그, 혹은 그녀가 누구인지 도통 감을 잡지 못했다.

'어떻게 하지? 그냥 들어가 볼까?'

주위를 살펴보니 이층에는 감옥에 갇힌 사람 둘과 나뿐이었다.

'좋았어.'

우선 나는 나에게 시전한 마법을 풀었다. 저 안에 들어가서 인영을 흔드는데 투명 인간이 흔든다는 걸 알면 저 사람이 얼마나 놀라겠는가?

문을 슬며시 밀자 역시나 잠겨 있어서 살짝 흔들릴 뿐 열리지는 않았다.

'오오, 여기 자물쇠가 있네? 오홋홋홋, 류미르와 열심히 익혔던

그 마법을 사용해 볼 찬스닷. 언록!'

잠겨 있는 자물쇠나 빗장 등을 여는 마법이었다. 내 손에서 희뿌연 빛이 반짝이는가 싶더니만 자물쇠가 탁 하는 소리와 함께 쉽게 열렸다.

'와우! 이거 되게 편리한 마법인데?'

감옥 문에 달린 경첩이 되게 녹슬었는지 문을 조심스럽게 열었는데도 불구하고 귀에 거슬리는 소리가 크게 나버렸다.

끼이이익~

그 소리에 지레 놀라 버린 나는 그 자리에 멈춰 서서 혹시나 이 소리를 듣고 누가 올까 봐 긴장하고 서 있었다. 하지만 잠시 시간이 지나도 아무도 내려올 낌새는 보이지 않았고, 감옥 안에 쓰러져 있는 인영조차도 움직이지 않자 나는 안심을 하고 감옥 안으로 발걸음을 옮겼다.

근데 감옥 안에 있던 사람은 내가 바로 옆까지 다가갔음에도 아는지 모르는지 꿈쩍도 하지 않았다. 하지만 가냘픈 어깨가 숨을 쉴 때마다 살짝살짝 오르락내리락거려 살아 있다는 것은 알 수 있었다.

"저겨, 이봐요."

나는 그 인영의 어깨를 살짝 흔들며 불러보았다. 하지만 그 인영은 꿈쩍도 하지 않았다.

"저기요, 자나요?"

조금 더 세게 흔들자 그 인영이 힘겹게 고개를 들어 올렸다.

"누, 누구……"

얼굴은 얼마나 세수를 못하고 있었는지 얼룩덜룩했고, 입술은 비쩍 말라 다 갈라 터져 있었다. 하지만 그렇다고 해서 내가 못 알아볼 얼굴은 아니었기에 나는 그녀의 얼굴을 보는 즉시 경악에 차서 그녀의 이름을 불렀다.

"어? 준희 언니?"

내가 자신의 이름을 부르자 그녀는 멍청한 얼굴로 초점없이 내 얼굴을 바라보며 눈만 깜빡거렸다.

"누구세요?"

"언니, 언니, 정신 차려요! 나 모르겠어요? 나 진이예요. 은씨 세가의 은진! 언니의 연애를 물심양면으로 도와줬잖아요?"

"진이? 진이?"

눈을 깜빡이며 내 이름을 되뇌어보던 제갈준희는 잠시 후에야 생각났다는 듯 제대로 초점이 돌아온 눈으로 나를 바라보았다.

"진이니? 너니?"

그 모습에 나는 얕게 안도의 한숨을 내쉬었다.

"어우, 겨우 정신은 차린 것 같네? 언니, 이거 몇 개로 보여요?"

손가락 두 개를 펴서 그녀의 눈앞에 대고 흔들자 그녀가 피식 웃더니 팔에 힘을 주어 몸을 일으켰다. 하지만 그 모습이 너무 힘겨워 보여서 나는 얼른 그녀의 몸을 부축해 줬다.

"아아, 고마워. 그런데 넌 어떻게 여기 있는 거니?"

그녀의 목소리는 쉬어서 막 갈라져 나오고 있었다.

"그게, 어떤 수상한 여자 뒤를 미행하다가 여기까지 왔어요. 설마 언니가 여기 있을 줄이야 꿈에도 생각 못했네. 언니, 일어설 수 있어요?"

"조금만 부축해 줄래? 하아……."

그녀는 휘청거리면서도 용케 그 자리에서 일어났다.

"근데 진아, 혹시 신 대협을 보지 못했니? 나랑 같이 이곳으로 끌려온 것 같은데······."

그제야 나는 다른 감옥에 홀로 갇혀 있는 사람이 누구인지 알 수 있었다.

"아아, 저쪽에 갇힌 사람이 신 대협이었나 보죠? 걱정 마세요. 내가 구해줄게요."

나는 제갈준희를 복도로 데리고 나와 그곳에 앉혀놓고는 신기수가 갇혀 있는 감옥으로 다가갔다. 그곳에서도 역시 마법을 사용하여 문을 열고 들어가자 그 안에는 제갈준희보다 더욱더 처참한 모습으로 있는 신기수가 있었다.

두 개의 굵은 철사가 그의 양 쇄골을 뚫고 있었고, 그 철사는 쇠사슬로 인하여 벽에 연결되어 있었다.

무공을 익힌 사람은 쇄골이 뚫려 버리면 무공을 사용하지 못한다는 소리를 듣긴 했는데, 그 모습을 직접 보니 이루 말할 수 없이 처참해 보였다.

'아아··· 정말··· 이런 모습은 별로 보고 싶지 않은데 말야. 이렇게 힘이 없어서 기력이 약해져 있으니 내가 금방 눈치를 못 챘지.'

속으로 혀를 끌끌 차면서 나는 우선 신기수의 쇄골을 뚫고 있는 두 철사를 쇠사슬로부터 분리해 내었다. 다행히 신기수가 의식을 잃고 있었기에 마음 놓고 마법을 사용할 수가 있었다.

'오늘 하루 자물쇠 푸는 마법을 유용하게 사용하는걸?'

뼈를 뚫고 있는 철사를 최대한 조심스레 빼내긴 했지만 그게 엄청 고통스러웠는지 신기수가 작은 신음을 내뱉으며 정신을 차렸다.

"크윽······!"

"아, 미안해요. 아프죠?"

당연한 걸 물어보는 나를 찡그린 얼굴로 바라보던 신기수는 잠시 후에 놀란 표정으로 입을 열었다.

"으, 은진?"

"헤에, 신 대협은 준희 언니보다 그나마 났네요. 언니는 첨에 날 알아보지도 못하던데… 아, 근데 일어설 수 있겠어요? 저기… 내가 이런 일이 있을 줄은 몰라서 약 같은 건 가져오지 못했거든요. 견딜 수 있을라나 모르겠네."

정신을 잃고 있었으면 그나마 회복 마법이라도 사용해 주겠지만, 척 보고 날 알아볼 정도로 정신이 또렷했기에 그러지는 못한 채 그의 눈치만 살폈다.

"아아… 그래요. 일어날 수는 있을 것 같군요."

그러고는 그는 낑낑대며 자리에서 일어섰다. 하지만 양팔을 통증 때문에 제대로 사용하지 못해서 그런지 일어서는 데 시간이 좀 걸렸다.

휘청휘청대는 그와 함께 복도로 나가자 기다리고 있었던 듯 제갈준희가 반색을 하며 우리를 맞았다.

"신 대협, 신 대혀여어업~!"

제갈준희는 신기수의 품에 안기려고 했지만 신기수의 팔을 건드리는 순간 그가 얼굴을 찡그리며 고통스러운 신음을 내뱉었기에 화들짝 놀라 뒤로 물러섰다.

"크윽~"

"신 대협! 괜찮으세요? 어딜 다친 거예요?"

"으윽… 괘, 괜찮소. 하아, 하아… 견딜 만해요."

하지만 신기수의 말을 그대로 믿지 못하는 제갈준희가 신기수의 옷을 벗겨 그의 상처를 살펴보더니 울먹이면서 옷을 찢어 상처를 싸매기 시작했다.

"세, 세상에나… 왜 이런 짓을……"

그 옷은 오랫동안 빨지 않아서 엄청 지저분했다. 그걸로 상처를 싸맸다가 역효과가 나지 않을까 싶었지만 둘만의 무드에 빠져 있는데 끼어들기도 그렇고 해서 나는 슬그머니 그들과 떨어져 나와 위층을 살펴보고 빠져나갈 대책을 강구하기 위해 조심스레 발걸음을 옮겼다.

'뭐, 나중에 소독해 주면 괜찮겠지.'

하지만 내가 위층으로 올라가는 계단을 채 밟기도 전에 나는 위층에서 나는 듯한 무척 소란스러운 소리를 들을 수 있었다.

'어? 뭔 일이래? 혹시 내가 이곳에 들어온 것을 들킨 건가?'

덜컹 가슴이 내려앉는 기분을 느끼면서 나는 여차하면 마법을 사용할 마음을 먹은 채 빠른 속도로, 그러나 조심스럽게 위로 올라갔다.

그러나 내가 계단을 다 올라가기도 전에 위층 복도와 연결된 문이 벌컥 열리면서 한 사람이 빠르게 내려오는 거였다.

'이런!'

너무 다급한 김에 누구인지 살펴볼 생각조차 하지 못하고 다짜고짜 마법을 날리려는데 문을 열고 내려오던 사람이 그보다도 먼저 소리를 쳤다.

"주군!!"

"엑?"

아이스 미사일이라고 막 외치려 했던 나는 그 소리를 듣고 시동어가 외쳐지는 걸 막기 위해 급하게 입을 다물다가 혀를 깨물어 버렸다.

"아구구구~"

그러자 나를 놀라게 했던 그 인물이 황급히 다가와서 나를 부여잡고 소리쳤다.

"주군, 다치셨습니까? 어딜 다치셨습니까? 괜찮으신 겁니까?"

"아구, 아구, 아구구… 유… 조용히 좀 해. 아구… 아파라. 너 때문에 혀 깨문 거란 말야."

원망의 눈초리로 바라보며 말하자 유가 어색하게 웃으면서 나에게서 떨어져 나갔다.

"아.하.하……. 그러신 거였습니까?"

그때 다시 불쑥 나타난 또 다른 사람 한 명.

"아따, 거시기… 주군 땜시 행님께서 얼마나 걱정하셨는지 아신다요? 주군 찾는다고 성 전체를 돌아다녔다가 포도시—가까스로, 겨우겨우—찾았당께요!!"

덕이였다. 덕이가 그렇게 말하자 나는 더 이상 유를 원망할 수가 없었다.

"에… 그랬어? 호호호… 미안, 워낙 급해 가지고 둘에게 말할 사이도 없었어."

'원래 말하고 싶은 마음도 없었지만.'

물론 둘은 내 맘을 훤히 꿰뚫고 있었기에 내 말을 그렇게 믿는 눈치는 아니었다. 그런 그들의 눈초리를 계속 받고 있기에는 내 양심이 너무나(?) 연약했기에 나는 얼른 화재를 돌릴 겸 그 둘을 이끌고 밑으로 내려가기 시작했다.

"아아, 그런데 둘 다 마침 잘 왔어. 나 혼자 어떻게 해야 할지 걱정되었었는데 너무 잘됐지 뭐야? 유, 이번에도 나에게 묻혀놓은 그 천리향이라는 거 냄새를 맡고 찾은 거야? 그런데 도대체 그 천리향은 언제 묻혀놓은 거야?"

그러자 유가 조심스레 한숨을 내쉬며 입을 열었다.

"천리향이라는 건 한번 묻히면 한 달 정도는 그 냄새가 지워지지 않습니다. 주군께서는 언제 어느 시기에 감쪽같이 사라지실지 알 수가 없으니 항상 냄새가 사라지지 않게 신경 쓰고 있습니다."

"엣… 뭐야… 그렇게 말하면 내가 항상 말썽만 일으키는 것 같잖아?"

"그게 사실 아니다요? 전에 소림사에서도 주군 땜시 이넘 간댕이가 덜렁덜렁했지라."

"아하하… 예전 이야기는 뭐 하러 꺼내? 남세스럽게."

'이거 참… 내가 얼마나 일을 저질렀다고…….'

그렇게 속으로는 궁시렁궁시렁대면서 그 둘을 이끌고 간 곳은 당연 지하 감옥이 있는 곳이었다. 그곳 복도에는 이제 막 두 사람만의 세계에서 빠져나왔는지 진지하고 굳은 표정으로 이것저것 의논하는 제갈준희와 신기수가 있었다.

"야호~ 언니, 저 왔어요."

우리가 내려온 것을 눈치 채지 못했던 탓이었을까? 내 말에 그 둘은 놀라움이 역력한 표정으로 날 바라보다가 내 뒤에 버티고 있는 두 장정을 보고 또 한 번 놀라 버렸다.

"지, 진아?"

걱정스러움과 두려움이 가득한 제갈준희의 말에 나는 안심하라는 미소를 지어 보이고 활달하게 그 넷을 서로 소개시켜 주기 시작했다.

"자자, 소개해 드릴게요. 이쪽은 내 수하들이에요. 유는 예전에 무림대회 때 본 적이 있을 테니 아실 테고, 이쪽은 덕이라고 나중에 내 수하가 된 사람이에요. 두 분은 처음 보시겠지요? 유, 유는 이 두 분을 알지? 제갈세가의 준희 언니하고 신기수 대협 말야. 덕이는 처음 보겠네?"

그러자 제갈준희는 안도감 가득한 얼굴로 미소를 지으며 둘에게 반갑다는 듯한 제스처를 취해 보였지만 신기수의 얼굴은 더욱더 딱딱하게 굳었다.

"그렇다면… 위에 있는 소란이 이 둘로 인한 거요?"

유한테 직접 묻지 않고 나를 보고 묻는 태도가 기분 나빴다.

'아니, 기껏 도와주러 왔는데 왜 저런 태도야?'

"그게 뭐 어쨌는데요?"

내가 그가 묻는 것에 대한 대답은 안 하고 다시 되물으며 인상을 구기자 험악해진 분위기를 타개하려는 듯 얼른 제갈준희가 나섰다.

"진이야, 신 대협은 사태가 심각할까 봐 걱정되어서 그러는 거야. 저들이 누군가 이곳으로 침입했다는 사실을 알면 밖을 몇 겹으로 포위하고 있을 테니 진이가 우리 때문에 이곳에 붙잡힐까 봐 그러는 거지."

그리고 그 뒤를 신기수가 이어받았다.

"이곳은 입구가 단 하나밖에 없기 때문에 그곳만 막힌다면 우리는 잡히거나 죽는 수밖에 없소. 만약 이곳에 들어올 때 적에게 들키지 않았다면 탈출할 수 있는 약간의 가능성이라도 있지만 들켰다면……."

거기까지 말한 신기수는 덕이와 유, 그리고 나를 차례로 보더니 절망한 어조로 나머지 말을 내뱉었다.

"당신들 셋이 저 밖에 있는 인원을 다 감당하지 못한다면 끝장 아니겠소?"

그러자 유가 담담한 어조로 대꾸했다.

"그렇다면 걱정하실 것 없습니다. 저 밖의 소란은 저희 세가의 제자들이 일으킨 소란이거든요."

그의 말에 제갈준희와 신기수는 안도의 한숨을 쉬었지만 난 오히려 간이 입 밖으로 튀어나올 정도로 놀라 버렸다.

"에? 당신들만 온 거 아니었어?"

세가의 제자들까지 이끌고 쳐들어왔다는 건 일이 엄청나게 커져 버렸다는 뜻이었다. 나는 단지 은주란 여자를 세가에서 내쫓을 증거만 얻으려고 왔는데 우연찮게 제갈준희와 신기수를 만나 일이 쬐께 어려워졌다… 라고 생각하고 있었는데, 산 넘어 산이라는 말이 딱 이짝이었다.

"세가의 제자들이 이곳을 쳐들어왔다니… 난 집에 돌아가면 죽었다."

절망스러운 어조로 중얼거리며 덕이와 유를 너무나 원망스럽다는 시선으로 쳐다보자 유가 '왜 날 보냐'는 듯한 표정으로 말했다.

"제가 끌고 온 것이 아닙니다. 저에게는 그런 권리가 있지도 않을 뿐더러, 설사 있다고 해도 일을 크게 벌였다간 주군이 어찌 될지 뻔히 아는데 그러겠습니까? 저는 단지 덕이와 단둘이서 이곳으로 몰래 숨어들었는데 나중에 세가의 무사들과 제자들이 쳐들어온 것입니다. 그 소란을 틈타 쉽게 이곳으로 들어올 수 있었지요."

"그, 그래? 그럼 아직 내가 여기 있다는 건 모른다는 거지?"

나는 조금의 안도를 느끼며 희망을 확인차 물었지만 덕이가 이런 내 자그마한 희망을 완전히 부수어 버렸다.

"그게… 긍께… 저그가 세가 사람들에게 들켜 가지고… 거시기……"

"허걱! 세가 무사들이 너희를 봤단 말이지? 에고… 난 몰라. 유, 혹시 이곳에 온 무사들 지휘자가 누구인지 알아?"

"자세한 건 모르겠지만, 배 대협과 희여송이도 같이 온 것 같습니다."

"으미… 하필이면 배 숙부하고 희여송이 왔어? 당신들을 봤으니 날 찾아내지 않으면 돌아가지도 않겠네. 몰라몰라, 빨랑 가자. 빨랑 가서 배 숙부를 보면 시치미를 딱 떼……"

유의 말에 더욱더 절망을 느낀 나는 빨랑 이곳에서 사라지려고 몸을 돌렸다. 하지만…

'정말 하늘도 무심하시지……'

타이밍이 너무나도 잘 맞게 배 숙부와 희여송이 지하 감옥 출입구에 떡하니 모습을 드러내는 것이 아닌가? 게다가 그 뒤에는 도서관 사서 할아버지의 제자이자 후계자인 담동이 같이 있었다.

'에… 은영까지 왔네.'

배 숙부는 나를 보더니 눈썹을 치켜 올리더니 엄한 어조로 입을 열었다.

"진아."

"예옛!!"

잔뜩 얼어가지고 나도 모르게 부동 자세까지 취하며 대답하자 배 숙부의 입이 다시 열렸다.

"다친 덴 없느냐?"

"예?"

뭔 불호령이 떨어질까 두려워 잔뜩 긴장하고 있는데, 생각지도 못한 질문이 떨어지자 나는 잘못 들었나 하고 다시 되물었다.

"네가 무사한지 물었다. 어디 다친 덴 없느냐?"

"아, 예, 저는 멀쩡합니다."

"그래, 다행이구나."

끝에 가서는 빙그레 미소까지 지어주며 내게 다가와서는 머리를 쓱쓱 쓰다듬더니 배 숙부는 곧바로 신기수와 제갈준희에게 시선을 돌렸다.

"제갈 소저인가? 행방불명되었다고 들었는데 이곳에 있었을 줄이야… 늦게 구해줘서 미안하군. 어쨌든 무사해서 다행이네."

그녀가 붙잡혀 있었던 곳이 은씨 세가의 영향권 내의 지역이기 때문에 비록 우리가 몰랐던 일이라 하더라도 배 숙부가 사과하는 것이었다. 아니, 영향권 내에서 일어난 일을 몰랐기에 더 사과해야 하는 것일 수도 있겠지만.

"아닙니다. 이렇게 구해주셔서 정말 뭐라고 감사의 말씀을 드려야 할지 모르겠습니다."

제갈준희가 몸을 일으켜 정중하게 고개를 숙이려 했지만 몸에 기운이 없어 비틀거렸기에 내가 얼른 그녀를 부축했다. 원래는 신기수가 부축해야 했겠지만 그는 현재 양팔을 제대로 사용할 수 없는 상황이었기에 내가 나서준 것이었다.

"그런데 여기에는 제갈세가의 전 가주님이 계시지 않는가?"

"예, 할아버지께선 저희와 헤어져서 다른 곳으로 끌려가셨습니다. 하지만 그곳이 어디인지는……"

자신의 할아버지 이야기가 나오자 제갈준희의 얼굴이 죄책감과 슬픔, 분노가 어우러져 어두워졌다.

"그분이 얼마나 현명한 분이신지는 자네가 잘 알 테지? 너무 걱정하지 말게. 그분께서 스스로를 잘 보호하고 계실 거야."

"예에, 그렇다면 다행이지만……"

말은 그렇게 했지만 할아버지를 믿는 구석이 있는지 제갈준희의 얼굴이 조금이나마 밝아졌다.

"자, 그럼 나머지 이야기는 세가에 가서 하기로 하고, 우선 이곳을 벗어날까?"

신기수는 덕이가 업고 제갈준희는 내 부축을 받으면서 지상 밖으로 나오자 날은 벌써 다 저물어서 깜깜해져 있었다.

'헤에, 내가 지하로 들어갈 때에는 막 노을이 지려고 할 때였는데 벌써 이렇게 어두워졌네. 그렇게 시간이 많이 흘러갔나?'

지하로 들어가는 통로가 있는 저택의 뒤뜰에는 몇몇의 사람들이 제압당해 바닥에 무릎을 꿇고 있었고, 이곳을 제압한 세가의 무사들이 부상당한 사람을 응급 처치하여 밖으로 옮기고 죽은 사람을 땅에 파묻는 등 뒤처리를 하느라 분주하게 움직이고 있었다.

그런데 제압당하여 바닥에 무릎을 꿇고 있는 사람들 중에는 은주라는 여자가 보이지 않았다.

"에… 희 사형, 혹시 여기에서 숙모는 못 봤어요? 여기에 있었을 텐데……"

그러자 희여송이 즉각 대답해 줬다.

"물론 봤습니다. 저희와 싸우기까지 했는걸요? 하지만 상황이 불리해지자 다른 한 사람과 함께 이곳에서 달아났습니다. 무공 실력이 어느 정도는 있으리라 예상했지만 경공술은 제 예상을 훨씬 뛰어넘더군요. 그녀와 다른 한 사람을 쫓으려고 했지만, 이곳에 남아 있던 녀석들이 죽음을 각오하고 필사적으로 막는 바람에 결국 놓치고 말았습니다."

아마도 그 남은 한 명이란 본 문에서 나왔다는 사람일 것이다. 뭐, 그녀와 그 본 문에서 파견한 사람이 잡히지 않은 것이 좀 아쉽긴 했지만, 이로써 그녀가 요상한 조직에 속해 있다는 것이 발각된 셈이었다.

덕분에 은재영 입장은 난처해질 테니 그의 세가를 장악하려는 움직임은 주춤해질 수밖에 없을 것이다.

'그리고 예 총관은 계속 총관으로 남아 있겠지?'

제갈준희와 신기수는 곧 세가로 옮겨져 치료를 받았고, 그들을 구출했다는 소식은 그 즉시 무림맹으로 날아갔다.

제갈준희가 말해 준 바에 의하면 그들과 제갈 전 가주가 붙잡힌 상황은 내가 추측한 것과 같았다. 제갈준희는 아버지가 신기수와의 사이를 허락해 줄 때까지 기다리지 못하고 할아버지께 갔다가 허락을 받고 나오는 와중에 일단의 무리에게 잡혔다고 한다.

신기수가 열심히 분전하여 준희를 지키려고 했었지만, 그들을 둘러싼 숫자가 워낙 많아서 제갈준희를 지키면서 싸우기에는 역부족이었다고 한다.

그들은 그렇게 제갈준희와 신기수를 인질로 제갈 전 가주를 불러내어 잡은 뒤 제갈준희와 신기수는 이곳으로, 제갈 전 가주는 어딘가 다른 곳으로 끌고 갔다고 한다.

그 이야기를 하면서 제갈준희가 울음을 터뜨렸는데 너무 우는 바람에 배 숙부가 그녀의 수혈(잠자게 하는 혈도)를 짚어서 잠들게 할 정도였다.

그동안은 상황이 상황인지라 제대로 울지도 못했는데 이렇게 모든 상황이 안정되자 마음 놓고 울음을 터뜨린 것이, 그동안 참고 참은 것을 한꺼번에 터뜨린 듯했다.

그렇게 그녀와 신기수를 안정시키고 나자 그 다음은 바로 내 차례였다.

본 건물의 대청으로 가자 그곳에는 배 숙부와 예 총관, 예현, 그리고 도서관 사서 할아버지와 그의 제자인 담동까지 와 있었다. 하지만 은재영은 근신이라도 하고 있는지 보이지 않았다.

울 할아버지가 안 계신 지금 원래 세가의 제일 큰 어른은 도서관 사서 할아버지였기에 그분이 세가 어른들 대표로 나를 바라보며 입을 열었다.

"진아, 지금 현재 은씨 세가의 핏줄이 너밖에 없는 것 알고 있지?"

'민이도 있는데요?'라고 반문하고 싶었지만 분위기 파악을 못 하는 내가 아닌지라 얌전히 고개만 끄덕끄덕할 수밖에 없었다.

"세가에서는 너를 중요하게 생각하는 것도 잘 알고 있지?"

끄덕끄덕.

"그러한 네가 그렇게 함부로 행동하면 되겠느냐? 이번에는 다행히 네 수하들도 금방 너를 찾아내었고, 백리와 담동이 때마침 제자들을 이끌고 침투한 곳이 그곳이었기에 망정이지, 그렇지 않았다면 얼마나 위험할 뻔했느냐? 도대체 그곳이 어떤 곳인 줄 알고 혼자 침투한 것이더냐? 까딱 잘못했다간 너까지 붙잡힐 뻔했어!"

"죄송해요. 잘못했어요."

풀이 팍 죽은 얼굴로 중얼거리자 사서 할아버지의 엄격한 표정이 많이 풀렸다.

"도대체 그곳에는 왜 간 것이더냐?"

"에… 그게… 숙모가 좀 수상해 보여서 확실한 증거를 잡으려고……."

"녀석, 이 세가에 너만 있는 줄 알았더냐? 그런 건 바로 우리가 할 일이었다. 아직 어린 네가 왜 그런 위험한 일에 뛰어든단 말이냐? 넌 그런 일은 나중에 해도 돼."

"예에… 그런데 은영에서도 그 여자를 감시하고 있었나요?"

"당연하지. 그런 출신도 불분명한 여자를 쉽게 세가에 받아들일 것 같더냐? 재영이가 그 여자를 데려온 그날부터 감시하기 시작한 거다."

도서관 사서 할아버지의 설명에 의하면 그녀와 접촉하던 수상한 녀석의 뒤를 몇 번이고 미행한 끝에 찾아낸 곳이 바로 그 상점이라고 했다.

"엑? 밤에 세가에 누가 침입했었단 말이에요?"

보통 무협 영화에서 보면 그러한 비밀스런 접촉은 밤에 접촉자가 경공술과 은신술로 침입해 들어와서 이루어진다. 하지만 그녀가 들어오고 나서부터 하루도 안 빠지고 세가 안을 새벽까지 감시하고 있었긴만 그런 기척은 한 번도 알아채지 못했던 것이다. 그러니 내가 놀랄 수밖에.

"아니다. 처음에는 우리도 그럴 줄 알고 밤에 세가의 감시를 강화했었지. 하지만 영악하게도 그게 아니었더군. 접촉자는 가끔 그녀가 불러들이는 그 상점의 점원이었다."

"아……."

여자들이 보통 노리개나 장신구를 살 경우 상점에 직접 가서 고르기도 하지만, 부잣집 마나님 같은 경우에는 상점의 상인에게 그러한 것들을 가지고 오도록 하여 집 안에서 고르는 경우도 많았다.

하지만 우리 엄마는 그런 적이 거의 없었고 낮에는 은주라는 여자에게 거의 관심을 쏟지 않은 나는 그런 걸 모르고 있었던 것이다.

'어쩐지… 그녀의 방이 되게 화려하게 꾸며졌다 했다. 그 수많은 장신구 하며, 방 안을 꾸며놓은 비단 천 하며… 엑! 그럼 그거 다 우리 세가 돈으로 산 거잖아!'

처음에는 이상함을 못 알아챘었지만 시간이 지날수록 그녀의 행동에서 이상한 점을 발견했기에 그 점원을 주목했다고 한다. 세가 안으로 점원이 많은 수의 물품을 가지고 오는데도 그녀가 사는 것은 한두 점밖에 없었다고 한다. 그런데 그렇게 사면서 너무나 자주 점원을 불러들이는 데다가 한두 개밖에 안 사는데도 불구하고 점원을 붙들고 있는 시간이 너무 길어 혹시 점원에게 우리가 모르는 뭔 일을 시킨 게 아닌가 싶어 점원을 미행했으나 놀랍게도 점원이 미행을 몇 번이나 따돌렸다는 것이다. 그래서 뭔가 있다고 확신하고 그 상점을 알아낸 순간 적당한 때를 봐서 그곳을 습격하려고 했는데, 그 은주라는 여자가 집을 비운 날 나와 유, 덕이가 아무 말 없이 사라지자 혹시나 싶어서 부랴부랴 제자들을 이끌고 상점이 문 닫을 때를 타 습격한 것이라고 했다.

"그랬구나."

'어쩐지 타이밍이 지나치게 잘 맞았다 했지.'

도서관의 사서 할아버지가 설명을 마치자 이번에는 예 총관이 나섰다.

"에휴, 어쨌든 무사해서 정말 다행입니다, 아가씨. 아가씨가 없어졌다는 소리를 듣고 제가 얼마나 놀란 줄 아십니까? 혹시나 아가씨 신변에 무슨 일이라도 생긴다면 제가 가주님의 얼굴은 어찌 뵙고 큰 도련님의 얼굴은 어찌 뵙는단 말입니까? 부디 이 늙은이 생각도 좀 해주세요."

"하지만 기특하구나. 비록 경계가 허술했다고는 하나 지하 감옥까지 누구의 눈에도 들키지 않고 침투했으니 말이다. 그러나 이런 요행을 다시 바래서는 안 돼. 다른 곳도 그곳처럼 경계가 느슨하지는 않으니까 말이다."

다시 한 번 못 박는 사서 할아버지의 말에 나는 열심히 고개만 끄덕였다.

"예, 명심할게요."

'하지만 지하에서는 감시가 삼엄했는데 말야……'

그러자 사서 할아버지가 피식 웃었다.

"흥, 그래도 다시는 안 그러겠다는 말은 안 하는구나? 다시 그런 일이 있으면 넌 또 나설 테지? 그래서……"

묘하게 웃음 짓는 할아버지의 얼굴이 내게 불길함으로 다가왔다.

"네 무공 실력을 빨리 늘려주는 게 좋을 것 같다고 생각한다. 그런고로 내일부터는 수련 시간을 지금보다 두 배로 늘리기로 하겠다."

"에엑~!!"

'그런 끔찍한 소리를… 지금 하는 것만 해도 정신 집중하기에는 너무나 버거운 시간이건만 그걸 두 배로 늘린다고?'

하지만 끔찍한 소리는 그것이 끝이 아니었다. 사서 할아버지의 말이 끝나자 이번에는 예 총관의 차례였던 것이다.

"그리고 세가의 일에 그렇게 관심이 많으신 아가씨를 위하여 내일부터 세가의 일을 좀 도와주셨으면 합니다. 전에 말씀드렸을 때는 긍정하셨는데 설마 지금에 와서 반대를 하지는 않으시겠지요? 이 정도면 너무 바쁘셔서 엉뚱한 일을 벌일 시간도 없으실 겁니다."

"에에엑~!!"

'아니… 은재영의 일도 해결되어서 이제는 별로 하고 싶지 않은데… 그거 다시 바꾸면 안 될라나?'

두 번이나 경악성을 내뱉는 내가 조금은 안쓰러웠던지 그동안 가만히 서 있던 배 숙부가 피식 웃으면서 나섰다.

"하지만 그 대신 네가 지금까지 해왔던 교양 수업과 세가의 일을 돕기 위해 배웠던 수업들은 모두 중단하기로 했단다."

"휴우~ 그나마 정말 다행이네요."

은주라는 여자가 몸담고 있던 조직의 비밀 거점이었던 그 상가에서 붙잡힌 사람들은 조사해 본 결과 무공을 익히지 않은 평범한 상인이고 점원이었다는 것이 밝혀졌다.

그들은 원래 그 상점을 운영하던 사람들이었는데, 상점을 무리하게 번창시키다가 망했다고 한다. 그래서 그 망한 상점을 10년 전에 인수한 것이 바로 그 밝혀지지 않은 이상한 조직이었던 것이다.

그러나 그들은 직접 상점을 운영하지는 않고 예전부터 계속 상점을 운영해 왔던 상인에게 맡긴 데다 점원들도 그대로 고용하게 했단다. 단지 그 조직에서는 몇몇의 점원을 더 추가로 보내어 상점을 같이 운영하게 했는데, 그 점원들이 은주라는 여자와 또 한 명의 사람이 도망갈 때 목숨을 걸고 필사적으로 시간을 벌어준 바로 그 사람들이라고 했다.

상인과 평범한 점원들은 상점에서 일은 할 수 있었으되 그 뒤에 있는 집에는 출입하는 것이 금지되어 있었기에 한 번도 가보지 못해 그곳에 누가 있었는지도, 누굴 만났는지도 전혀 모른다고 했다. 단지 은주라는 여자가 상점을 통해 그 안으로 들어가는 것을 몇 번 보기는 했지만, 그녀가 상점을 인수한 사람의 친척이라고 알고 있었기에 그러려니 했을 뿐 은주라는 여자와 대화를 해본 적도 한 번도 없었다고 했다.

그것 외에는 더 이상 알아낸 것이 없어 그 상인과 점원들을 약간의 보상과 함께 풀어주기는 했지만, 세가에서는 이상한 조직이 10년 전부터 세가의 영향권 내에 비밀 기지를 만들고 있었다는 사실에 더 충격인 듯했다.

하지만 상점 뒤에 있던 저택에서는 단순한 장부만 건졌을 뿐 그 이상한 조직에 관한 서류는 세가의 무사들에게 제압당하기 전에 모두 불타 없어졌기에 그 조직에 관해서 알아낸 것은 하나도 없었다.

그러나 그곳에서 제갈준희와 신기수를 발견한 것 때문에 그 조직이 그동안 사라진 마공 비급 조각을 모으는 단체와 어떤 연관이 있거나, 아니면 바로 그 단체라는 것만 추측할 뿐이었다.

물론 나는 그것을 확실히 알고 있지만.

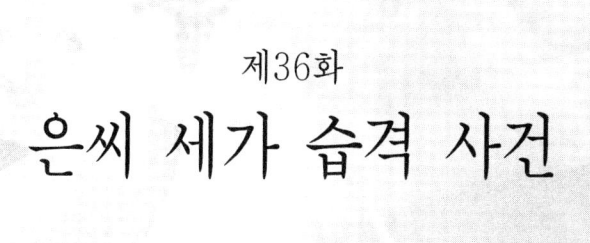

제36화
은씨 세가 습격 사건

은씨 세가의 습격 사건

"은씨 세가의 사람들은 들어라! 내가 이곳에 온 이유는 단 한 가지뿐이니, 그대들이 이 목적을 충족시켜 준다면 그냥 조용히 물러가겠다! 하나 그렇지 않을 경우 세가의 모든 사람들은 내일 아침 해를 보지 못할 줄 알라!"

 무림맹에서는 금방 연락을 해왔다. 제갈준희를 호위할 무사들을 보낼 테니 그때까지만 우리 세가에서 그녀를 보호하고 있어달라는 내용이었다. 물론 거기에서 신기수의 이름은 쏘옥 빠졌지만 어쩔 수는 없는 것 같았다. 하지만 뭐, 분위기를 보니 그도 제갈준희를 따라 무림맹으로 돌아갈 것 같아 보였다.
 아마도 가서 현 제갈 가주에게 용서를 구할 것 같지만.
 제갈준희는 별로 다친 곳도 없었고, 단지 영양 상태가 안 좋아서 기력이 쇠해진 것뿐이었으므로 다음날부터 침상에서 일어나 나다닐 수 있었다.
 나는 그러한 그녀와 놀고 싶었지만 예 총관이 말한 대로 그 다음날부터 아침저녁으로 무지 바빠졌기 때문에 휴식 시간에는 쉬겠다는 생각만 할 뿐 어디 놀러 가려는 엄두는 내지도 못하고 있었다. 아마 예 총관은 나를 무지 바쁘게 해서 엉뚱한 일 벌일 생각을 애초부터 하지도 못하게 하려는 속셈인 듯했다.

게다가 제갈준희도 하루 종일 신기수 병수발을 들기 위해 그의 곁에 딱 붙어 있다고 하니 아마도 나랑 같이 놀 생각도 못하고 있을 거였다.

그 와중에 은재영은 할아버지처럼 폐관 수련을 한다고 선언을 한 채 어디론가 틀어박혔다. 당분간은 세가를 장악하는 일을 유보할 모양인 듯했다.

그렇게 바쁘게 하루하루를 보내는 사이 어느새 일주일이 후딱 지나가 버렸고, 드디어 무림맹에서 제갈준희의 보호를 위해 보내준 사람들이 도착했다.

주작단 단장을 비롯하여 단원 20명과 놀랍게도 울 부모님이었다.

무림맹의 5개 단은 각각 단원이 50명에 불과한 소수 정예라고 할 수 있는데 그들 중 20명을 보낸 걸 보면 제갈세가가 정파에서 대단한 비중을 차지하고 있는 모양이었다. 아니면 제갈준희를 무림맹으로 데리고 가는 도중 그녀를 납치하기 위해 적이 다시 한 번 나타났을 때 그들을 생포해 뭔가 실마리라도 잡으려는 뜻이 있는지도 모르겠다. 어쩌면 둘 다일지도 모르고.

"엄마아아아~"

엄마와 아빠가 왔다는 소식을 듣자마자 수련 중이라는 것도 잊어버린 채 급하게 정문으로 뛰어간 나는 막 말에서 내리는 엄마의 모습을 발견하고는 그녀의 품 안으로 달려들었다.

"와아~ 이렇게 일찍 엄마를 다시 만날 수 있으리라고는 생각지 못했는데 말예요."

품 안으로 안겨드는 나를 꼬옥 안아주면서 엄마는 화사하게 웃었다.
"호호호, 그래. 정말 뜻밖이지? 그동안 아무 말썽도 안 부리고 얌전히 있었겠지?"
"아하하하… 뭐… 그렇죠."
엄마의 말에 자신있게 '네!'라고 대답할 수 없었던 나는 헤프게 웃으며 얼버무리려 했다. 하지만 엄마의 눈은 속일 수 없었는지 엄마는 가볍게 내 볼을 꼬집으며 말했다.
"너어~! 또 뭔 일을 저질렀구나? 이번에는 또 무슨 일을 저지른 거니?"
"에에에… 별일 아니에요. 뭐, 이렇게 멀쩡히 있는 걸 보면 아시잖아요."
"네가 일 저지를 때 네가 다친 적이 있든. 맨날 네 주위 사람들만 네 뒤처리하느라 힘들었지."
"윽… 엄마는……."
삐쳤다는 듯 입을 부루퉁하게 내밀자 엄마의 눈썹이 치켜 올라갔다.
"어허, 엄마가 그런 표정 짓지 말랬지? 이제 다 큰 여자애가……."
그러자 우리 뒤에서 예 총관이 낭랑하게 웃으며 끼어들었다.
"하하하, 언제나 봐도 정겨운 모녀지간이시군요. 어서 오십시오."
"아, 예 총관님. 진이가 그동안 말썽 안 부렸나요?"
"하하하, 그건 아가씨께 물어보십시오. 생각보다 빠른 시간에 다시 뵙게 되다니 기쁩니다, 큰도련님."
예 총관은 화제를 돌리려는 듯 얼른 옆에 있던 아빠에게 인사를 했다.

"예. 이쪽은 이번에 우리와 같이 온 무림맹 소속 주작단 단장입니다."

아빠가 자신과 같이 서 있던 30대 초반으로 보이는 훤칠한 키에 남자다운 강인한 인상의 사내를 나와 예 총관에게 소개시켜 줬다.

"처음 뵙겠습니다. 헌준이라 합니다."

그래서 나도 예의 바르게 마주 인사를 해줬다.

"은진이라고 합니다."

그리고 내 뒤를 이어 총관도 인사를 했다.

"저희 세가에 오신 것을 환영합니다."

그는 현 무림맹주의 큰아들로 요즘 한창 뜨고 있는 신진고수들 중 한 명이라고 했다. 하기야 지금 나이가 35세라고 하더만, 벌써 주작단의 단주가 된 거 보면 무공도 꽤 높은 데다가 어느 정도 리더십까지 있는 모양이었다(다른 단의 단주는 다 40세를 넘었단다).

'음… 어쩌면 아버지의 영향도 있었을지도……'

그 정도로 가벼운 인사를 나눈 우리들은 우르르 본관 대청으로 몰려가서 자리를 잡고 앉아 본격적으로 이야기를 나누었다. 나 또한 이제는 세가의 일을—비록 아직 배우고 있는 입장이라 잡일 비스무리한 수준이지만—하고 있기 때문에 당당하게 그 자리에 낄 수 있었다.

"허어… 그런 일이 있었단 말입니까? 정말 큰일 날 뻔하셨습니다."

예 총관은 은재영이 세가를 장악하려고 했었던 일은 쏘옥 빼버리고 은주라는 여자가 은재영의 약점을 하나 잡아 그걸 빌미로 세가 안으로 들어와 세가를 장악하려 음모를 꾸미다가 발각되었다는 식으로 이야기를 전개해 나갔다.

그리하여 은재영은 현재 모든 일에 책임을 지고 폐관 수련을 하고 있다고까지 이야기가 발전되어 나갔다.

그 이야기를 다 들은 헌준이 예의상인지 크게 놀라움을 표했다.

"아우가 정말 큰일을 당하였군. 비록 그 조직이 어떤 조직인지 밝히지는 못하였지만, 세가에 대한 그들의 음모가 성공하기 전에 미리 알아채고 막으신 예 총관님의 노고가 크셨습니다."

"아닙니다. 어디 그것이 저 혼자만의 힘이었겠습니까? 하지만 그 조직 잔당들을 잡지 못한 것은 정말 안타까운 일이었습니다. 지금 세가의 제자들을 풀어 수색은 하고 있지만, 녀석들이 이럴 때를 미리 대비해 놨음인지 흔적조차 발견되지 않고 있습니다."

아빠의 말에 예 총관이 겸양을 표했다. 그는 모든 일이 깔끔하게 마무리되지 않아 영 기분이 편치 않은 모양이었다.

"하기야 은씨 세가의 영향권 아래에 거점을 마련한 뒤 10년 동안이나 은밀히 바라보며 기회를 찾고 있었던 자들입니다. 결코 만만치 않을 것이 분명하지요."

헌준은 예 총관의 말을 받아 심각한 얼굴로 고개를 끄덕이다가 조심스런 얼굴로 아빠를 바라보며 말을 이었다.

"그래서 말입니다만, 이번에 은씨 세가에서 소탕한 그 조직이 요즘 무림에서 일어나는 범인을 알 수 없었던 일련의 사건들과 관련이 있을지도 모른다는 것이 무림맹의 생각입니다. 해서 이번에 그 조직의 거점을 점령하면서 획득하신 자료들을 무림맹으로 가져갈 수 있었으면 좋겠습니다만… 괜찮으실지요?"

아빠는 지금 막 세가로 돌아와서 그것들을 보지도 못했지만, 지금 여기 있는 사람들 중 세가를 대표할 수 있는 자가 아빠였기에 헌준이 아빠를 향해 묻는 것이었다. 그러자 아빠가 예 총관을 향해 의견을 묻는 시선을 보냈고 그에 답하려는 듯 예 총관이 입을 열었다.

"말씀드리기 외람됩니다만, 저희가 획득한 자료를 조사해 봤지만 그것들 중에는 그 의문의 조직에 관련된 것이 단 하나도 없었습니다. 단지 그곳에서 저희들의 눈을 속이기 위해 운영했던 상점의 장부뿐이었습니다. 아마 저희가 침입해 들어갈 때 관련 자료들을 모조리 없앤 것이라고 생각합니다. 그런데도 가져가시겠습니까?"

그 말을 들은 헌준은 난처한 표정이었지만 고개를 끄덕였다.

"그건 제가 정할 수 있는 문제는 아니라서 말입니다. 아무리 쓸모없는 것이라 해도 저는 위에서 명령이 떨어진 대로 할 뿐이라서요."

아빠가 다시 한 번 의견을 묻는 듯 예 총관을 바라보자 예 총관이 넘겨도 좋다는 듯이 살짝 고개를 끄덕였다.

"그럼 그렇게 하시지요. 저희 세가에서 미처 발견하지 못한 것을 무림맹에서 발견할지도 모르니까요."

어쩐지 준희 언니 단 한 명을 호위하는 데 울 아빠와 엄마를 포함한 정예랄 수 있는 고수가 20여 명씩이나 왔다 했더니만, 따로 이런 지시까지 받고 온 모양이었다.

그런데 헌준이 받은 지시는 그것만이 아니었는지 헌준은 다시 한 번 부탁조로 입을 열었다.

"저… 그리고 한 가지만 더 부탁을 드리겠습니다. 그 조직이 머물렀던 상점을 저희에게 보여주시겠습니까?"

아빠는 그런 지시에 대해 전혀 몰랐던 모양인지 헌준의 말에 당황한 눈치를 보이며 예 총관을 힐끔 바라보았다. 하지만 예 총관은 그렇게 어렵지 않은 부탁이라 여긴 것인지 선선히 고개를 끄덕였다.

"그렇게 하시지요. 마침 저희 세가에서 그곳을 조사하느라 상점을 아예 인수한 상태입니다. 언제라도 가보고 싶으실 때 말씀해 주시면 안내해 드리겠습니다."

"감사합니다. 은씨 세가의 배려 무림맹으로 돌아가면 상부에 꼭 전해 올리겠습니다."

헌준이 아빠에게 정중히 고개를 숙이자 아빠 또한 답례로 살짝 고개를 숙였다.

"별말씀을……"

그렇게 해서 주작단 단주를 비롯하여 단원 20명은 오늘은 쉬고 내일은 그 상점을 조사하기로 했다.

'흐음, 그럼 아마도 내일 모레에나 돌아가겠구나.'

주작단 단원들을 쉬라고 숙소로 보내주고는 나도 슬슬 오늘 일을 하려고 자리에서 일어나려고 할 때였다.

"진아아아~?"

엄마가 의미심장한 목소리로 날 부르는 거였다.

"예?"

갑자기 왜 그러시나 싶어 의아하게 바라보는데 엄마가 씨익 웃으면서 그토록 피하고 싶었던 질문을 던졌다.

"너, 혹시 이번 일에 끼어들어서 뭔가 일을 벌이지는 않았니?"

그 질문을 듣는 순간 올 것이 왔구나 하는 생각이 들었다. 내가 뭐라 대답도 하기 전에 엄마의 말이 계속 이어졌다.

"생각해 보니까 네 성격에 이런 일이 벌어지는데 세가 안에서 얌전히 앉아 있을 리가 없거든? 그러니까 숨길 생각 하지 말고 이실직고할래?"

"에이, 엄마는… 별일없었다니까요."

'그럼그럼, 나한테는 별일 아니지. 훗훗훗.'

하지만 엄마는 쉽게 넘어가지 않았다.

"훗, 유하고 덕이한테 물어본다?"

그러나 나 또한 엄마랑 같이 산 지 벌써 몇 해던가…

"어머, 딸내미를 이렇게 믿지 못하셔서야… 좋을 대로 하세요."

'미리 입을 막아놨지롱~!!'

그러자 엄마의 눈초리가 가늘어졌다.

"진짜야?"

"예에~"

"정말?"

"그렇다니까요."

"정말 얌전히 있었어?"

"저는 이번 일 해결하는 데 해준 거 하나도 없어요."

'음… 뭐, 일을 쬐께 빨랑 앞당겨 준 거밖에 없는데, 그건 도와준 거라고 할 수 없겠지?'

내가 계속 시치미를 떼자 엄마의 시선이 옆에서 피식피식 웃고 있는 예 총관에게로 넘어갔다.

"예 총관님, 진이가 정말 얌전히 있었어요? 이번 사건에 끼어들지 않았단 말이죠?"

"허허허, 이번 일을 벌일 때 아가씨의 귀에 들어가지 않게 하려고 엄청난 노력을 기울였었답니다. 덕분에 아가씨는 전혀 모르고 있었지요."

'맞아맞아, 세가의 일은 나중에 일 끝나고서야 알았지.'

이렇게 총관과 내가 손발이 척척 맞아서 나는 이번 일은 무사히 넘어가는 줄 알았다. 하지만 내가 미처 생각하지 못한 인물이 있었으니… 바로 제갈준희였다.

그녀는 이런 내 사정을 전혀 모른 채 엄마와 아빠가 신기수를 병문안 갔을 때 내가 자신을 구해줬다고 감사의 인사를 해버렸던 것이다.

덕분에 그 즉시로 난 엄마의 방문을 받아 얼마나 잔소리를 들었는지 모른다. 물론 이건 몇 시간 후의 일이었지만.

"그건 그렇고 큰도련님."

화제를 돌리기 위함인지 예 총관이 갑자기 아빠를 불렀다.

"말씀하시지요."

"큰도련님께선 무림맹에서 온 무사들이 돌아갈 때 같이 갈 생각이십니까?"

정말 뜬금없는 질문이었지만 아빠는 어리둥절해하면서도 예 총관의 질문이다 보니 정중하게 대답했다.

"아무래도 그래야 하지 않겠습니까? 제갈준희 소저를 구해냈다고 하나 이번 사건에서 가장 중요한 분은 제갈 전 가주님이시니까요. 그분을 구출하기 전에는 무림맹의 일을 도와야 할 테지요."

"물론 저도 그건 압니다. 하지만 현재 세가에는 세가를 이끌어 줄 결정권자가 안 계십니다. 가주님과 작은도련님 모두 폐관 수련에 들어가시지 않았습니까? 이럴 때 큰도련님께서 세가에 계셔주셨으면 좋겠습니다만……."

예 총관의 말을 듣고 있던 엄마가 불쑥 끼어들었다.

"예 총관님의 말씀이 맞네요. 당신이 여기 계셔야 하겠는데요?"

하지만 아빠는 별로 안 내키는 모양이었다.

"물론 예 총관님의 말씀이 옳긴 하지만, 이 사건이 해결될 조짐도 보이지 않는데 중간에서 빠지기는 그렇지 않습니까? 게다가 세가의 일은 총관님께서 잘해 나가주실 텐데 뭐가 걱정이겠습니까?"

"하지만 세가에 결정권자가 있고 없고의 차이는 큰 것입니다. 정 중간에 빠지는 것이 걱정되신다면 도련님 대신 제 아들이나 배 교관—배 숙부를 예 총관은 그리 부르고 있었다—을 보내면 될 것입니다."

예 총관이 그렇게까지 말하자 아빠는 계속 그의 뜻을 거부하기가 어려운 모양이었다.

"알겠습니다. 그럼 그렇게 하도록 하겠습니다."

"이 늙은이의 의견을 받아들여 주셔서 감사합니다."

"별말씀을요."

그날 저녁, 세가에서는 돌아온 아빠와 엄마, 그리고 세가를 방문한 무림맹 소속 주작단 단원들을 위하여 조촐하나마 술판이 벌어졌지만 나는 엄마에게 벌을 받느라고 그곳에 참석하지는 못했다. 하지만 그 대신이랄까? 제갈준희가 어떻게 내가 혼난 사실을 알았는지 미안하다며 나를 찾아와서 둘이 밤늦도록 수다 떨며 놀았기에 오히려 좋으면 좋았지 불만은 없었다. 뭐, 덕분에 나는 밤마다 명상 수련한답시고 앉아서 세가 안을 살피던 것을 하지 못했지만, 오늘 같은 날도 있어야 한다는 생각 하에 그냥 놀았다.

그리고 그 다음날 주작단 단원들은 세가 무사의 안내를 받아 그 이상한 조직의 거점이었던 상점을 살펴보러 갔고, 제갈준희는 평소처럼 신기수의 병간호를 했다. 하기야 그녀가 내일 집으로 돌아간다고는 해도 우리 세가에 올 때 짐을 바리바리 싸 들고 온 것이 아니니 별달리 준비할 것도 없었다.

게다가 그녀의 신경은 온통 신기수가 무림맹으로 같이 갈 수 있을 만큼 나았는지 아닌지에 쏠려 있을 테니 다른 데 신경 쓸 여지도 없을 터였다.

다행히도 신기수는 그날 그의 상세를 살펴보러 온 의원으로부터 완전히 다 나은 건 아니지만 크게 무리하지만 않는다면 여행해도 좋다는 소리를 들었기에 제갈준희와 함께 돌아가게 되었다.

이건 순전히 내 생각이긴 하지만, 신기수는 절대로 움직이지 말고 안정을 취해야 한다는 소리를 들었어도 무리를 해서라도 제갈준희와 같이 가려고 했을 거였다. 뭐, 의원까지 허락했으니 그런 건 아무래도 상관없지만 말이다.

하지만 그렇다고 해서 그의 몸이 팔팔한 건 아니었기에 세가에서는 제갈준희와 신기수를 위하여 마차를 한 대 준비해 주었다.

저녁 식사 시간이 거진 다 되어갈 무렵, 상점 지하를 살피러 갔던 무림맹 소속 주작단원들이 돌아왔다. 얼굴 표정을 보니 다들 그저 그런 것이 새로운 것은 발견하지 못한 모양이었다. 하기사 우리 세가의 사람들이 일주일이 넘는 시간 동안 샅샅이 훑은 곳을 오늘 하루 살펴본 그들이 뭘 더 발견할 수 있었겠는가?

아마도 그들은 어떻게 생겼는지 구경하기 위해 간 것이 틀림없었다.

세가에서 내어준 푸짐한 저녁을 먹은 후 그들은 세가의 어른들과 가볍게 술을 한잔씩 하며 대화를 즐기다가 내일 무림맹으로 돌아가야 한다는 이유를 들어 일찍 잠자리에 들었다.

오랜만에 손님을 맞은 세가에서는 약간의 북적스러움을 동반한 채 새로운 내일을 약속하며 밤을 맞았다.

손님들 때문인지 평소보다는 약간 많은 야간 경비 담당 무사들만이 깨어서 세가를 둘러보고 나머지 사람들은 모두 잠이 들 시각, 나는 평소처럼 명상 수련을 하려고 내 방 침상 위에 가부좌를 틀고 앉아 조용히 세가 안에 내 몸에 있는 마나를 퍼뜨렸다.

'으음… 준희 언니는 오늘 자기 방에서 자는구나. 다른 때는 신기수랑 같은 방에서 자더니만, 주작단원들 때문에 그러는 건가? 에… 유하고 덕이는 아직까지 내공 수련을 하네. 요즘 들어 수련을 많이 하는 것 같아. 음, 도서관 사서 할아버지도 아직 안 주무시는구나. 요즘도 할 일이 많으신감?'

그렇게 세가 전체를 내 마나가 감싸 안음으로써 느껴지는 사람들의 마나를 하나하나 점검하면서 마악 오늘의 명상 수련을 끝내려는 찰나였다. 갑자기 세가의 밖에서 묘한 느낌이 대기를 타고 흘러 들어와서는 내 마나를 자극하기 시작하더니, 그런 자극은 점점 커져서 나중에는 나까지 오싹해질 정도였다.

'뭐, 뭐야, 이거?!'

갑작스러운 그 변화에 놀란 내가 세가 안만 감싸고 돌던 내 마나를 세가 바깥까지 펼쳐 보니 놀랍게도 수많은 인원이 세가를 둘러싼 채 고요히 서 있는 거였다.

'뭐지? 저 사람들은 언제 온 거야?'

그런데 놀랍게도 그들에게서 느껴지는 마나의 느낌은 너무나 차고 어두워서 살아 있는 사람들이라고는 생각할 수가 없을 정도였다.

불안한 기분에 재빨리 마나를 거두어들이고 내 방을 박차고 나가려는 순간, 깊은 밤의 정적을 뚫고 무언가 커다란 물체가 부서지는 소리가 들려왔다.

콰지직~!

그리고 그와 함께 몇몇 사람들의 비명 소리가 나더니 곧 세가에 급한 일이 있거나 집합할 때만 사용하는 종소리가 다급하게 울려 퍼졌다.

뭔가 일이 터졌다는 걸 감지하고는 밖으로 뛰쳐나가 본관으로 달려가자 유와 덕이가 곧 달려와 내 뒤를 따랐다.

내가 본관 건물에 도착할 때에는 세가의 제자들도 막 모여들고 있었고, 부모님과 예 총관, 예 총관의 두 아들들, 배 숙부, 그리고 도서관 사서 할아버지까지 벌써 도착해 사태를 바라보고 있다가 내가 도착하는 걸 보더니 얼른 나를 끌어 그들 중앙에 끼워 넣었다.

내가 혹시라도 엉뚱한 짓을 하거나 아니면 위험이 닥치더라도 쉽게 보호하려는 것이다.

별로 반항할 생각도 없던 터라 그들이 이끄는 대로 얌전히 중앙의 자리를 차지하고 사태를 보니 세가의 큰 대문이 박살나 있었고, 그곳으로 아까 내가 느꼈던 그 차갑고 어두운 마나를 가진 사람들이 천천히 걸어 들어와 본관 앞뜰을 메우고 있는 중이었다.

세가의 사람들이 함부로 움직이지 않고 사태를 주시하고 있는 사이, 거의 300여 명이나 되는 음침한 사람들이 부서진 대문으로 들어오더니 맨 마지막에 그들 중 가장 튀는 복장을 한 인물이 들어와 그 음침한 사람들 사이를 걸어나와 맨 앞에 섰다.

앞으로 나서는 걸 보니 그가 대장인 모양인데, 그는 놀랍게도 등에 검과 하얀 태극이 그려져 있는 노란 도복에 집처럼 생긴 노란 관을 쓰고 한손에는 놋으로 만든 종을 들고 다른 한손에는 나무로 만들어진 칼을 들고 있었다.

그 사람을 보니 딱 생각나는 사람이 있었으니, 바로 예전 내가 한국에 있을 때 가장 좋아하던 영화 중 하나인 강시 영화에 단골로 등장하는 도사였다.

강시를 다루기도 하고 또 나쁜 강시가 나타나면 물리치는 역할을 하던 바로 그 도사와 똑같은 복장을 하고 있었던 것이다.

그런데 도서관 사서 할아버지나 예 총관은 그 인물을 잘 알고 있었는지 그가 등장하자 신음 소리 같은 목소리로 똑같이 중얼거렸다.

"모산파의 인물……."

"모산파?"

그들이 내뱉은 단어에 내가 고개를 갸웃거리자 유가 전음으로 설명해 줬다.

[모산파란 강시를 제조하고 다루는 데 뛰어난 기술을 가진 문파입니다. 하지만 그 기술 때문에 사파로 몰려 50여 년 전 정사대전 때 멸문 직전까지 갔다고 합니다. 몇몇의 문파인들이 간신히 살아남아 몸을 피했다고 들었는데, 저자는 그들의 후예인 듯하군요.]

'세상에나… 19C 후반에만 해도 강시 영화 때문에 가장 인기를 끌던 도사님이었는데, 이 시대에서는 사파로 몰려 곤욕을 치르는 신세라니… 정말 아이러니라니까.'

속으로 고개를 절레절레 젓고 있는 사이, 음침한 사람들의 맨 앞으로 나온 그 노란 도사복 차림의 모산파 사람이 세가를 침입한 목적을 밝혔다.

"은씨 세가의 사람들은 들어라! 내가 이곳에 온 이유는 단 한 가지뿐이니, 그대들이 이 목적을 충족시켜 준다면 그냥 조용히 물러가겠다! 하나 그렇지 않을 경우 세가의 모든 사람들은 내일 아침 해를 보지 못할 줄 알아라!"

그러자 우리 세가에서 아빠가 대표로 나서서 그에게 응대했다.

"당신들의 목적이 무엇인지 모르나, 만일 그 목적이 사악한 것이라면 쉽게 이룰 수 없을 것이오."

"우리의 목적은 단 하나, 제갈준희뿐이다. 그러니 그녀만 내놓는다면 너희들의 목숨은 보장해 주겠다."

노란도사의 말에 이번에는 예 총관이 나섰다.

"제갈 소저를 내놓으라고? 그렇다면 너희들은 은주라는 여자와 같은 조직의 사람들이란 말이냐?"

그러나 그 노란도사는 고개를 저었다.

"나는 그 은주라는 여자가 누구인지 모른다. 단지 제갈준희라는 여자를 받으러 왔을 뿐이다."

"제갈 소저를 노리는 자라면, 혹시 제갈세가의 전 가주님의 소재를 알고 있지 않을까요?"

주작단의 단장 헌준이 작게 속삭였다.

"단장님의 말씀이 맞습니다. 아마도 그 은주라는 여자와 같은 조직의 사람일 것이 분명합니다. 그러니 제갈 소저의 신변을 요구하는 것이겠지요."

예 총관의 말이 끝나자 엄마가 다시 또 다른 질문을 던졌다.

"그렇다고는 하나, 왜 제갈 소저를 내놓으라는 거지요? 그녀가 왜 필요하다고……."

그러자 이번에는 아빠가 답했다.

"아마도 제갈세가의 전 가주를 협박하는 데 인질로 사용하려고 하는 거겠지."

"그렇다는 소리는 지금 제갈세가의 전 가주님은 그들의 협박에도 잘 견디고 계신다는 소리겠군요. 그리고 그것은 또한 아직까지는 무사하시다는 뜻이겠구요."

헌준의 말에 예 총관이 고개를 끄덕였다.

"제가 알기로는 제갈세가의 사람들은 무공이 그다지 높지 않다고 알고 있습니다. 제갈세가의 전 가주님 또한 마찬가지겠지요. 그러한데다 나이도 많으시니 그들은 그분께 함부로 고문을 가할 수도 없을 겁니다. 혹시나 잘못되기라도 했다간 그들의 목적은 물거품이 될 테니까요. 그러니 협박할 수 있게 제갈 소저가 필요한 거겠지요."

세가 쪽 사람들이 이렇게 자신들끼리 쑥덕거리는 동안 노란도사는 다시 한 번 소리쳤다.

"지금부터 셋을 셀 동안 제갈준희라는 여자를 내놓을 것인지 아니면 죽을 것인지 결정하기 바란다! 하나!"

그가 하나를 세자 세가 쪽 사람들은 다시 쑥덕거렸다.

"저자를 생포하는 게 좋겠습니다. 혹시 그 조직에 대해 알지도 모르니까요."

헌준의 말에 아빠도 고개를 끄덕였다.

"그렇지. 그럼 저자는 나와 배 교관(배 숙부)가 맡겠소이다. 저자의 주변에 있는 사람들이 좀 마음에 걸리기는 하지만, 기습적으로 저 도사를 먼저 제압한다면 함부로 움직이지는 못할 테니 한번 해볼 만할 거요."

노란도사 왈,

"두울~!"

헌준 왈,

"그럼 저희 주작단이 두 분을 엄호해 드리겠습니다."

엄마 왈,

"그럼 나는 세가의 제자들을 보호하는 데 힘써야겠군요."

그동안 조용히 듣고 있던 예철을 비롯하여 32대 제자들이 대답했다.

"저희도 돕겠습니다."

아빠가 그런 그들을 향해 잘하라는 듯 고개를 끄덕여 주고는 헌준을 돌아보았다.

"그럼 저자가 셋을 셈과 동시에 뛰어나갑시다."

"알겠습니다."

헌준이 대답함과 동시에 노란도사가 마지막 숫자를 외쳤다.

"세엣~!"

"지금이야!!"

아빠가 소리치며 뛰어나가자 그와 함께 배 숙부와 주작단도 번개같이 뛰어나갔다.

하지만 이 노란도사는 그걸 예상이나 하고 있었다는 듯, 당황하지 않고 오히려 씨익 웃으면서 소매 안에 손을 집어넣더니 노란 부적을 꺼내 부채처럼 쫘악 펼치는 것이 아닌가! 그것을 아빠를 비롯하여 자신에게 달려드는 사람들에게 던지더니 오른손의 검지와 중지를 펴 들고 자신의 코앞에 가져다 대면서 낭랑하게 외쳤다.

"화!"

그러자 그 부적들은 각각 농구공만한 불덩어리로 변하면서 더욱 빠르게 아빠 일행에게 달려드는 거였다.

"저게 뭐야?"

이런 곳에서 나 말고도 마법을 사용할 줄 아는 사람이 있다는 것에 놀라 내가 외치자 기다리고 있었다는 듯 유가 즉각적으로 대답해 줬다.

"주술입니다. 모산파는 주술에도 뛰어난 실력을 가지고 있다고 들었습니다."

"오옷, 그래?"

아빠를 비롯한 일행들은 빠르게 달려가다가 자신에게 달려드는 불덩어리들을 보고는 놀라서 사방으로 흩어졌다. 그리고 그 틈을 타서 노란도사는 음침한 사내들 사이로 몸을 숨겼다.

"이런, 어디로 간 거지?"

당황한 배 숙부와 아빠가 음침한 사내들 사이로 파고들려고 하자, 본관 앞뜰에 들어온 뒤 마치 인형처럼 미동도 없이 서 있던 사람들이 갑자기 움직이기 시작했다.

"크르르르~!!"

"크아아아~!"

'아, 착각했다. 사람 모양을 하고 있던 괴물이었나 보군.'

하지만 내 예상은 예 총관의 외침에 다시 한 번 변경되어야만 했다.

"강시?"

'괴물도 아니었군.'

이곳에 와서 강시를 딱 한 번 모용세가에서 본 적이 있었지만, 그때는 이들처럼 강한 마나를 지니지 못했다. 단지 어떠한 주술로 인해 조종당하고 있다는 것만 알 정도의 약한 마나만 가지고 있을 뿐이었다. 하지만 이들은 내가 살아 있는 사람인지 아닌지 의아해할 정도로 많은 마나를 가지고 있었던 것이다. 물론 그들이 가지고 있는 마나가 차갑고 어두운 느낌이었다. 하지만 이곳에는 음공이라고 해서 차가운 마나를 몸에 지니고 있는 무공이 있다는 것을 들은 적이 있기에, 처음 겪어본 나는 그냥 그 비스므리한 희안한 무공을 수련한 사람들이거니라고 여기고 있었던 것이다.

'역시 살아 있는 사람이었다면 아무리 차가운 기운의 마나라고 해도 저 정도까지 차갑지는 않겠지.'

어쨌든 그런 강시들의 틈새를 파고드는 아빠와 배 숙부를 향해 그 강시들이 움직이기 시작하자 그들을 주작단 단원들이 막아섰다.

"여기는 저희들이 막겠습니다!!"

아주 호기있게 외치면서 아빠와 배 숙부 주위를 막아섰지만… 웬걸, 그 강시들은 느낌부터 예전 모용세가에서 봤던 강시들과는 다르더니, 질은 물론 실력까지 훨씬 월등한 강시였던 것이다.

주작 단원들을 마주 본 그 강시들은 마치 무인들인 양 각자 자신의 무기들을 꺼내 들더니 단원들을 향해 초식을 선보이면서 달려드는 것이다.

비록 그 움직임이 살아 있는 사람들처럼 자연스럽지 않고 어딘가 어색하고 뻣뻣했지만, 한 동작 한 동작에 엄청난 마나, 즉 내력이 실려 있어 무시하지 못할 위력을 발휘했다.

물론 초식으로는 주작단원들보다 한 수 아래였지만, 완전히 힘과 사람 머릿수만 믿고 달려드는 그들의 공세에 아빠와 배 숙부를 엄호해야 할 주작단은 엄호다운 엄호도 하지 못하고 계속 그들에게 밀렸다. 결국 그들에게 둘러싸일 위험에 처하자, 그곳에 있는 것은 포기하고 그들 사이를 빠져나와 자신의 몸을 추슬러야만 했다.

아빠와 배 숙부도 상황은 좋지 못했다.

아빠와 배 숙부는 그 노란도사를 찾는 것이 목적이었기에 가급적이면 강시들과 맞서지 않고 그들 사이사이를 그냥 빠져나가려고만 했다. 하지만 아빠와 배 숙부가 그렇다고 해서 강시들까지 그런 마음이 있는 건 아닌지, 경공으로 그들의 머리 위를 뛰어넘으려는 아빠와 배 숙부에 맞춰 강시들도 허공으로 뛰어올라 그들의 앞길을 막았다. 그리곤 어쩔 수 없이 땅으로 내려선 아빠와 배 숙부의 주위를 기다렸다는 듯이 빽빽이 둘러싸고는 한꺼번에 집단 폭행하듯 덤벼드는 거였다.

그런 위험천만한 상황에서 아빠와 배 숙부는 당황하지 않고 서로의 등을 맞댄 채 자신들에게 덤벼드는 강시를 하나하나 처리해 나가려고 했다. 하지만 이놈의 강시들은 도대체 몸을 뭐로 만들었는지 모르겠지만 웬만한 힘으로는 강시의 몸에 상처를 내지도 못할 정도로 그들의 몸이 단단한 듯했다. 검으로 그들의 몸을 찌르면 오히려 검이 튕겨져 나올 정도였으니 나는 맨 처음에 그들이 강철 같은 금속으로 온몸에 무장을 하고 있는 줄로만 알았다.

그러니 그들의 몸에 상처를 내려면 꼭 검기를 사용해야 했는데, 이 강시들은 한두 번 몸이 찔리는 걸로는 아픈 내색은커녕 뭔 일이 있었냐는 듯이 아무렇지 않게 공격을 감행하는 거였다. 하기사 강시는 살아 있는 생물이 아니었기에 아픔을 느끼지 못하는 것이 당연한지는 모르겠지만, 그 점을 이용해 오히려 자신이 검에 찔린 것을 기회 삼아 검을 봉쇄하고는 역으로 무서운 공격을 해가는 거였다.

결국 아빠와 배 숙부도 견디지 못하고 그들 사이에서 빠져나와 주작단과 합세하여 강시들에게 대항해 나갔다.

"목을 자르든지, 머리를 부수든지, 허리를 절단해야 합니다!!"

예 총관이 큰 소리로 외쳤지만, 내력이 잔뜩 들어간 초식을 마구 휘두르며 검기가 아니면 상처조차도 낼 수 없는 그들을 상대하기도 힘겨운데 죽이기까지 한다는 것은 여간 어려운 일이 아니었다.

게다가 강시들의 숫자는 300이었고, 그들을 막아선 이들은 겨우 23명이었기에 강시들이 인해전술로써 그들을 둘러싸려 했고, 세가 쪽 사람들은 둘러싸이지 않으려고 어쩔 수 없이 자꾸만 뒤로 물러나는 수밖에 없었다.

그들을 돕기 위해 황급히 엄마와 예철을 비롯한 32대 제자들이 뛰어들었지만, 그래 봤자 100명도 채 안 되는 인원이었기에 세가의 무사들까지 나서야 했다.

그러나 사태는 점점 안 좋아졌다.

주작단원들과 아빠, 엄마, 배 숙부, 예철, 그리고 32대 제자들 쪽에서는 하나하나 천천히 처리해 가고 있었지만, 아직 마음대로 검기를 쓰는 수준이 아닌 세가의 무사들은 막아내면 다행이었다.

강시들의 손에 다치거나 심하면 목숨을 잃는 무사들이 속출했지만 세가의 무사들과 강시들과의 능력의 차이가 너무 났기에 어떻게 해볼 도리가 없었다.

게다가 문제는 본관 앞에서 싸우는 강시들이 적의 전부가 아니라는 점이었다. 내가 본관으로 달려오기 전 방 안에서 느낀 바에 의하면 우리 세가는 이미 다른 강시들로 인하여 포위된 형국이었다. 우리가 세가 안으로 들어온 강시들을 어찌어찌 막아낸다고 해도 세가를 포위한 강시들까지 들이닥친다면 상황은 무지 절박할 수밖에 없게 된다.

나중에는 보다 못한 유와 덕이까지도 나서서 지원을 했지만 세가 쪽 사람들은 자꾸 밀려서 본관에 거의 다 닿을 지경이었다.

결국 뒤에서 보다 못한 제갈준희가 나섰다.

"제가 그냥 저쪽으로 가겠습니다. 그렇게 하면 세가의 사람들은 무사하실 수 있을 거예요."

하지만 그녀보고 가라고 할 사람은 아무도 없었다. 게다가 설사 세가의 사람들을 모두 잃는다고 해도 그녀를 보호할 만한 이유가 있었다. 그녀는 제갈세가의 전 가주의 약점이 될 수 있는 사람이었고, 제갈세가의 전 가주는 지금은 15개로 조각이 난 마공 비급의 순서를 아는 사람이었다.

마공 비급이 제 모습을 찾게 된다면 위험에 빠지는 사람들은 한 세가가 아닌 정파무림 전체가 될 수도 있는 일이었다. 그걸 알기에 예 총관도 그녀를 만류하는 것일 터였다.

"제갈 소저, 아직 속단하실 일이 아닙니다."

"하지만 제가 안 가면 세가에 있는 모든 사람들이 위험해요."

"저희 세가의 저력을 얕보지 마십시오. 그리고 설사 저희 세가가 약하다 하더라도 소저만은 기필코 지켜드릴 겁니다."

"하지만……."

그러나 예 총관은 제갈준희의 말을 더 이상 듣지 않은 채 비장한 얼굴로 나를 바라보았다.

"아가씨, 어서 제갈 소저와 함께 이곳을 피하십시오. 그리고 기필코 살아남으셔서 다시 은씨 세가를 일으켜 주시기 바랍니다."

말은 그렇게 했어도 예 총관 또한 지금 상황이 절망적이라는 것을 알고 있는 거였다.

하기야 전력 차이가 나도 너무나 났다. 저 300여 구가 되는 강시들은 하나하나가 일 갑자는 충분히 넘는 내력을 가진 고수들이었고, 강시들을 충분히 상대할 만한 인원은 주작단 단원들을 합친다 하더라도 50을 겨우 넘었다. 여기에 은영까지 가세한다 하더라도 300이나 되는 수를 상대하기에는 버거울 터였다. 그래서 예 총관은 자신까지 나서서 시간을 버는 동안 나와 준희를 대피시키려는 듯했다.

예 총관은 나에게 정중히 허리를 숙여 인사를 하더니 몸을 돌려 그 치열한 접전이 벌어지는 곳으로 뛰어들었다.

"가자!"

그 모습을 멍하니 바라보고 있는데 누군가가 내 손목을 잡았다. 돌아보니 도서관 사서 할아버지가 나와 제갈준희의 손목을 잡고 있었다. 예 총관까지 나섰는데 그보다도 더욱 뛰어난 실력을 가진 도서관 사서 할아버지는 물론, 할아버지의 제자까지 나서지 않고 내 뒤에 가만히 서 있는 걸 보니, 아마도 은영은 저 사투에 투입되지 않고 나와 제갈준희를 보호하는 데 전력을 기울일 생각인 모양이었다.

본관 앞뜰은 아빠를 비롯한 세가의 사람들과 주작단 사람들, 그리고 힘이 부족하나마 시간이라도 끌어보려는 세가의 무사들까지 치열하게 싸우고 있었다.

"할아버지, 왜 세가의 무사들은 도망가지 않는 거죠? 저렇게 대들어봤자 상대도 되지 않을 텐데요. 다 같이 도망간다면 조금이나마 더 많이 살 수 있지 않을까요?"

도서관 사서 할아버지가 내 손목을 끌어당겼지만, 나는 거기에 끌려가지 않은 채 버티고 서서 물었다.

"저들은 세가의 무사들이기 때문이지. 세가에 자신의 인생을 걸고 사는 사람들인 거다. 세가가 무너진다면 자신의 목숨을 버려서라도 그걸 막으려고 하는 것이 저들의 사명이요 인생의 목표이며 명예인 것이다."

도서관 사서 할아버지가 나를 다시 한 번 끌어당겼지만 나는 또 한 번 버팅겼다.

"이해가 안 가요. 세가가 무너지면 다른 세가로 가버리면 되잖아요."

내가 자꾸 버팅기자 도서관 사서 할아버지가 잠시 화가 났는지 눈썹이 꿈틀거렸다. 하지만 내가 굳은 석상처럼 움직이지 않은 채 본관 앞뜰에서 벌어지는 혼전만 바라보자 낮은 한숨을 내쉬며 설명해 줬다.

"너는 우리 나라가 무너지면 그냥 우리 나라를 버리고 다른 나라로 쉽게 가버릴 수 있겠느냐? 그리고 설사 다른 나라로 간다 하더라도 망국의 국민이라는 이름표는 너를 끝까지 물고 놔주지 않을 거다. 강호의 무인들에게는 자신의 문파와 세가가 나라와 마찬가지이다. 그렇기에 저렇게 목숨까지 버릴 수 있는 거지. 그렇기에 오랜 전통을 가진 세가와 문파의 무사들은 존경과 부러움을 받을 수 있는 게야."

도서관 사서 할아버지는 거기에서 잠깐 말을 끊고 숨을 고른 다음 비장한 어조로 다시 나를 향해 말했다.

"그러니 저들이 목숨까지 버리면서 시간을 벌어주고 있는 동안, 너는 목숨을 부지해서 나중에 다시 은씨 세가를 지금처럼 일으켜 세워야 한다. 그것이 세가의 핏줄을 이은 네 사명이자 저들이 지금 잃어버릴 목숨에 대한 보답이다. 너를 위하여 목숨까지도 아끼지 않는 저들의 모습을 확실하게 기억해 두거라. 자, 이제는 갈 시간이다."

할아버지는 이제 조금 더 강하게 나를 잡아당겼다. 하지만 나는 오히려 그의 손을 뿌리쳤다.

"소용없어요. 세가는 이미 강시들로 인해 포위되어 있는걸요. 할아버지의 부하들이 대단하다고 해도 1갑자 이상의 일류고수들이 100명이 안 되는 이상, 설불리 그들의 포위망을 뚫으려 하면 오히려 잡혀 버릴 거예요."

그러면서 나는 되려 싸움이 한창 벌어지고 있는 본관 앞뜰 쪽으로 몇 걸음 내디뎠다. 그러자 사서 할아버지가 놀라서 날 막으려고 했다.

"진아, 뭐 하는 거냐? 네가 나서봤자 해결될 일이 아니다! 너는 어서 몸을 피하는 것이 도와주는 것이야."

그런 할아버지를 향해 나는 피식 웃으며 고개를 저었다.

"훗, 아뇨. 제가 나선다면 해결될 일입니다. 그런데도 내가 이곳 일을 해결하지 못하고 여기서 도망친다면 나중에 민이 녀석에게 두고두고 원망을 들을 거예요. 그럴 바에는 나중에 어떻게 되더라도 지금 제 뜻대로 할 겁니다."

'게다가 엄마와 아빠를 이대로 두고 나만 갈 수는 없지.'

나는 그렇게 말한 다음 할아버지의 몸을 슬쩍 옆으로 피해 앞으로 달려나가 뜰로 내려섰다. 그러자 세가의 무사들이 놀라서 날 보호하려고 나에게 달려왔고, 강시들은 그 틈을 타서 더욱더 본관 쪽으로 다가섰다.

"진아!!"

뒤에서 사서 할아버지가 놀라 외치는 목소리를 들으며 나는 내 마나를 풀어 세가 안과 세가 주변까지 감싸 안았다. 그리고는 곧바로 외쳤다.

"홀리 라이트!"

이 마법은 신성 마법이었기에 보통 마법사들 사이에서는 잘 알려지지 않은 마법이었다. 하지만 다행인지 소르드 왕국에서 류미르, 세이몬과 여행을 떠나기 전 일상 생활에서 편리하게 사용되는 마법들 중에 이 마법이 들어 있어서 나는 익힐 수 있었던 것이다.

이 마법은 신성하지 못한 것들, 즉 언데드나 유령, 귀신, 괴물, 더 나아가서는 마물들에게도 큰 타격을 주는 마법이었다.

원래는 언데드나 마물들을 퇴치하는 데 사용되는 마법이었지만, 여행을 하다 보면 유령 같은 것도 가끔 만날 수 있는 법이고 묘지 같은 곳에도 지날 수 있을 테니 그럴 때 사용하면 두려움을 이기는 데 효과 만점이다. 더불어 유령도 쫓을 수 있고 말이다. 물론 그럴 때는 적은 마나로 약하게 사용하지만.

하지만 나는 세가 안으로 들어온 강시들은 물론 바깥에서 세가를 둘러싸고 있을 강시들에게도 큰 타격을 주기 위하여 좀 강하게 5클래스의 마나를 사용했다. 이곳 내공의 양으로 따지자면 2갑자에 해당하는 양이었다.

내 시동어가 끝나기가 무섭게 하늘에서 마치 태양 빛과도 같은 찬란한 빛이 세가를 비추었고, 그 빛을 보거나 쐬인 강시들은 울부짖으면서 괴로워했다.

"크에에엑~!"

"키아아아~!"

물론 그 비명이 정말 아파서 그러는 건지, 아니면 공격하기 전에 내뱉는 기합인지는 헷갈렸지만, 그 후에 괴로워서 몸을 비트는 걸 보니 비명임이 분명한 것 같았다.

"오우, 예! 효과 좋고. 그럼 이제 해결사 진이가 나가신다. 버스트 프레아!"

나를 보호하기 위해 내 곁을 둘러싼 세가의 무사들이 마법으로 형성된 강렬한 빛에 놀라 당황하고 있는 사이, 그들이 형성한 방어벽을 벗어나 강시들만 모여 있는 곳으로 몸을 던지며 마법을 날리자 아까 그 노란도사가 날린 불덩어리들의 숫자와는 비교도 안 될 정도로 많은 수십 개의 불덩어리들이 강시들을 직격하여 폭발했다.

쿠아앙~!

그 불덩어리들을 직격으로 맞은 강시들은 물론 그 여파에 휩쓸린 주위에 있던 강시들까지 순식간에 불에 휩싸여 타 들어갔다. 하지만 폭발에 의해 산산조각 난 강시들을 빼고는 단지 불만 옮겨 붙은 강시들은 온몸이 타 들어감에도 불구하고 그 몸을 움직여 사람들에게 덤벼드는 거였다.

그렇지 않아도 힘만 센 녀석들이었는데 불에 휩싸인 채로 덤벼들자 더욱더 위력적이었다. 덕분에 세가 쪽 사람들은 그 강시들을 막을 생각도 못하고 몸을 피하기에 급급했다.

그 모습에 내 실수를 깨달은 나는 재빨리 경공을 사용하여 그 강시와 세가 쪽 사람들 사이에 끼어들면서 강시들을 향해 손을 뻗었다.

"에고, 잘못했다. 다른 마법을 썼어야 했는데… 그럼 이거나 먹어라. 바리코!"

시동어가 끝나기가 무섭게 매서운 바람이 내 주위에서부터 형성되더니 곧 사람의 눈에는 안 보이는 날카로운 바람의 칼날이 불에 타는 채로 움직이는 강시들을 향해 날아갔다. 그러자 그 강시들은 곧 바람의 칼날에 의해 몇 등분이 되어 바닥으로 떨어졌다.

"오우, 나이스!"

그 모습에 자리에서 폴짝폴짝 뛰며 신나 하다가 곧 주위 사람들의 놀라움이 가득 담긴 시선을 잔뜩 받는 바람에 나는 슬그머니 팔을 내린 채 배시시 웃어 보였다.

하지만 그러는 것도 잠시, '홀리 라이트'의 효력이 다 떨어져 빛이 사라지자 괴로움에 몸부림치던 강시들이 다시 정신을 차려 사람들을 공격해 왔고, 그러자 세가 쪽 사람들도 더 이상 나만 바라보지 않고 얼른 전투 체제로 들어갔다.

다행히 강시들의 위력이 예전보다 훨씬 약해져 있어 세가 사람들이 전보다는 쉽게 강시들을 상대할 수 있을 것 같았다.

이 정도면 나는 뒤로 물러나 사태를 주시하고 있어도 될 듯싶었고 마나도 아껴야 한다는 생각에 그냥 슬그머니 물러나려고 했는데, 그런 내 시선에 나를 보호하기 위해 아까 잔뜩 몰려들었던 세가의 무사들이 한 떼의 강시들에게 집중 공격을 받는 것이 보였다.

세가의 무사들이 잘 버티고 있기는 했지만 어째 위태위태해 보이는 데다 그들이 있는 곳으로 강시 몇몇이 더 달려가는 것이 보여 나는 더 이상 지체하지 않고 그쪽으로 달려가며 외쳤다.

"에잇, 이렇게 된 거 이판사판이닷! 그냥 마음껏 쓸란다. 매직 애로우!!"

시동어를 외치자 5개의 마법 화살이 만들어지며 각각 세가의 무사들을 둘러싸고 있는 5개의 강시들 등판에 틀어박혀 폭발하며 그 강시들을 산산조각 냈다.

"아자! 다섯 보냈고, 이번에는 파이어 에로우닷!"

내 시동어에 이번에는 불로 이루어진 화살 다섯 개가 또다시 생성되어 강시에게로 날아갔다.

"풍!"

하지만 미처 화살들이 강시에게 틀어박히기도 전에 어디서 매서운 바람이 날아와 다섯 개의 화살들을 서로 부딪치게 만들고는 공중에서 폭발하게 만들었다.

소리가 난 곳으로 고개를 돌려보니 그곳에는 왼손에는 부적을 들고 오른손으로는 검지와 중지를 세워 코앞에 댄 형세를 취한 채 서 있는 노란도사가 날 째려보고 있었다.

"아직 나이도 어려 보이는데 대단하구나. 벌써부터 주술의 수준이 그 정도라니… 충분히 내 상대가 되겠구나. 어디 한번 막아보아라. 수!"

그가 왼손으로 부적을 허공에 띄우며 다시 한 번 오른손의 손가락 두 개를 세운 형태를 취한 채 외치자, 그 부적이 굵은 물줄기가 되어 소용돌이를 치면서 나에게 달려드는 거였다.

"흥, 윈디 실드!"

하지만 그것이 그렇게 대단한 위력을 가지지 않았다는 것을 알아챈 나는 몸을 피하는 대신 그 자리에서 서서 시동어를 외쳤다. 그러자 바람으로 형성된 방어막이 내 주위를 감싸 그 물줄기를 사방으로 분산시켰다.

"이번에는 제 차례군요. 윈디 위더 피스트!"

내 전공인 마법 싸움이 되자 나는 자신감에 넘쳐 속으로 회심의 미소를 지으며, 그리고 이 세계의 마법이 어떤지에 대한 기대감으로 두근두근거리는 가슴을 느끼며 그에게 공격을 감행했다.

바람으로 형성된 거대한 주먹이 그를 향해 돌진하자 그가 얼른 소매 속에서 다른 부적을 꺼내 허공에 던졌다.

"풍방!"

내가 시전한 윈디 실드처럼 바람이 그의 주변에서 휘몰아치며 방어막을 형성했고, 내가 만들어낸 바람의 주먹은 그 방어막 위를 강하게 가격했다.

"크윽!!"

그러나 내 마법의 힘이 그의 주술의 힘에 비해 월등했던 모양이었다. 방어막을 강타한 충격이 노란도사에게도 전달되었는지 그는 직접 맞지 않았음에도 불구하고 신음을 흘리며 비틀거렸다. 그리고 그와 함께 그가 만들어낸 바람의 방어막은 씻은 듯이 사라졌다. 그 틈을 놓치지 않은 나는 얼른 다시 시동어를 외쳤다.

"프리즈 애로우!"

내 주변에서 형성된 얼음의 화살들이 그를 얼리기 위해서 날아가자 그 노란도사는 비틀거리는 몸을 재빨리 바로잡은 후에 침착하게 부적을 공중에 던지면서 외쳤다.

"수!"

그러자 아까 내게 달려들었던 그 굵은 물줄기가 이번에는 소용돌이를 치면서 내가 만들어낸 얼음 화살들을 감싸더니 그대로 얼어버린 채 커다란 몇 개의 덩어리로 조각이 나면서 바닥으로 떨어졌다. 그런데 그 커다란 얼음덩어리들이 하필이면 강시들과 주작단원들이 싸우는 머리 위였다.

"얼른 피해요!"

다행히도 그 싸움을 보고 있던 세가의 무사들이 외쳐 준 덕에 주작단원들은 얼른 얼음덩어리가 떨어지기 전에 경공으로써 그 자리를 피할 수 있었다. 하지만 그들보다 한 템포 느린 강시들은 그대로 머리에 얼음덩어리를 맞고 고꾸라질 수밖에 없었다.

"쳇!!"

그 모습에 노란도사가 심히 안타깝다는 표정을 지으며 혀를 찼지만, 곧 이어 이어진 나의 공격으로 인하여 허둥지둥 그 자리를 피할 수밖에 없었다.

"다그 웨이브!"

내가 그가 서 있던 발 밑을 폭파시켜 버렸던 것이다. 하지만 노란도사의 실력 또한 만만치 않았기에 그는 발 밑이 채 폭발하기 전에 이상한 기미를 눈치 채고 경공으로 그 자리를 벗어났다. 그 덕분에 그는 단지 흙먼지만 뒤집어썼을 뿐 별 피해 없이 다른 곳에 무사히 내려설 수 있었다.

그런 그에게 다시 한 번 마법을 날리려던 나는 순간적으로 멈칫거렸다.

아까 홀리 라이트를 너무 강렬하게 쓴 데다가 노란도사와 마법 대결을 하느라 마법을 좀 많이 써버렸더니 마나가 내가 평소 가지고 있던 마나의 절반밖에 남지 않은 거였다.

그렇지 않아도 이 세계에서는 내가 소모한 마나가 빠른 시간에 채워지지 않아 조심하고 있던 터였기에 나는 마나를 고갈시키더라도 그 노란도사를 아예 제압을 해버릴 것인지, 아니면 지금 잠시 물러나 마나를 아껴 나중을 대비할 것인지 되게 고민이 되었다.

만약 저 노란 옷의 도사를 제압해 버린다면 세가 사람들을 공격하는 강시들이 공격을 멈출지도 몰랐다.

하지만 그 고민은 곧 주위에서 열심히 강시들을 맞서 싸우는 세가 쪽 사람들을 보자 금방 해결되었다.

이제 겨우 양쪽 전력이 비슷하게 되어 싸움이 동등해졌기에 지금 내가 무리해서 노란도사를 잡지 않더라도 충분히 버틸 수 있을 것 같았다. 게다가 혹시라도 모산파의 도사가 그 말고 또 있을 수도 있으니 마나를 아낄 수 있을 때 아껴야 한다는 생각이 들었던 것이다.

그래서 나는 아쉬운 마음을 뒤로한 채 어쩔 수 없이 뒤로 물러나 다시 본관의 현관 앞, 그러니까 싸움에 끼어들지 않은 사람들이 옹기종기 모여 있는 곳까지 후퇴했다.

그러자 그곳에서 제갈준희의 곁을 지킨 채 싸움을 지켜보고만 있던 도서관 사서 할아버지가 날 의아하게 쳐다봤다.

"아니, 잘 싸우다 말고 왜 돌아온 거냐?"

그래서 그를 향해 배시시 웃어주며 대꾸했다.

"그게요… 내력을 거의 다 써버려서요."

"허참… 너란 녀석은… 아니, 그런데 그런 주술은 언제 배운 거냐?"

"예전에요."

내 말에 도서관 사서 할아버지가 뭔가 생각났다는 듯 나를 바라보았다.

"혹시 전에 네가 아무에게도 들키지 않고 지하 감옥까지 갈 수 있었던 것은 그 주술 덕인 게냐?"

이제는 감출 이유가 없었기에 나는 선선히 고개를 끄덕이며 웃어 보였다.

"홋홋홋, 예."

"흐음… 그랬었군. 어쩐지 놀랍다 했다. 아, 그러고 보니 그 주술 실력을 믿고 검술 수련에 그렇게 게으름을 피웠던 거로구먼?"

도서관 사서 할아버지가 이번에는 눈을 가늘게 뜬 채 날 바라 보며 장난스럽게 말을 건네왔다.

"아.하.하.하… 할아버지는… 왜 지금 그 이야기를 하시는 건데 요?"

이게 다 세가 쪽 사람들이 강시들을 상대로 점점 우세해지고 있었기에 나오는 여유였다. 이제는 지켜보고 있는 사람들의 얼굴 에 안도감이 돌면서 세가 쪽 사람들이 저 강시들을 빨리 처리해 주길 기다리고 있었다.

나와 상대하던 그 노란 옷의 도사는 내가 갑자기 물러나자 무 척이나 의아한 모양이었지만, 내가 지친 것처럼 보이지는 않았기 때문인지 감히 더 덤빌 생각은 못하고 강시들 뒤편으로 물러나 상황을 지켜보고 있었다.

그러나 잠시 후, 채 30분이 지나기도 전에 노란도사는 뭐 씹은 표정으로 강시들을 불러들였다. 하지만 그의 명을 받고 그에게로 몰려든 강시의 수는 채 100구도 되지 못했다. 처음에 300구의 강시 들이 온 것에 비하면 이번 대결에서 겨우 1/3의 수만 살아—강시 인데 살았다고 할 수 있을런지—남은 거였다.

이게 다 내 신성 마법 때문에 강시들이 큰 타격을 받고 위력이 현저히 줄어든 덕이었다.

위력이 많이 줄어든 강시들은 비록 여전히 보통 무기로는 상처 를 낼 수도 없었지만 일반 세가 무사들이 충분히 막아낼 수 있었다. 검기를 마음껏은 아니지만 그래도 그나마 다룰 수 있었던 주작단원들이나 32대 제자들, 그리고 아빠와 엄마, 배 숙부, 예 총관 앞에서는 속수무책으로 쓰러져 갔기에 노란도사도 어쩔 수 없었을 거였다.

노란도사가 강시들을 자신의 뒤로 불러들이자 세가 쪽 사람들도 얼른 본관 앞으로 모여들어 전열을 가다듬고 다시 다가올 공격에 대비했다.

약간 지친 것도 같았지만 강시들을 물리칠 수 있다는 자신감에 차 있는 덕인지 부서진 세가의 대문으로 또 한 무리의 강시들이 들어올 때도 그렇게 큰 동요를 보이지 않았다.

'음… 역시 저 노란도사가 여기 있는 강시들을 조종하고 있었군. 근데 지금 들어오는 강시들은 세가를 포위하고 있던 강시들 같은데… 그들도 저 노란도사가 조종하고 있었던 걸까?'

그랬으면 얼마나 좋았겠는가마는, 아쉽게도 그건 아니었다. 세가를 포위하고 있었던 강시들이 부서진 대문으로 다 들어오고 나자 그 뒤로 노란도사와 똑같은 복장을 하고 있지만 조금 더 나이가 많은 도사가 천천히 걸어 들어왔던 것이다.

"흠, 2차전인가?"

좀 더 늙은 노란도사가 세가 안으로 들어와서도 걸음을 멈추지 않고 계속 오다가 강시들 앞에 서 있는 노란도사의 옆까지 와서 멈춰 서자 세가 사람들은 모두 긴장한 채 그만을 바라보았다.

하지만 그 늙은 노란도사는 세가 사람들의 긴장 어린 시선이 부담스럽지도 않은지 담담한 표정으로 사람들을 한번 쓰윽 훑어보더니, 본관 바로 앞에서 은영들에게 보호받고 있던 나에게서 눈길을 멈추고는 기분 나쁘게 씨익 웃으며 입을 열었다.

"호오… 이거 참… 오래 살다 보니 이런 상황도 볼 수 있고… 참 세상은 오래 살고 볼 일이로구만. 우리 문파가 사파라고 몰리게 만든 빌미를 주던 것이 바로 강시 제조술과 주술이었는데 정파의 기둥 중 하나인 은씨 세가의 핏줄이 주술에 뛰어난 실력을 가지고 있다니 말이야. 이런 걸 모순이라고 할 수 있으려나?"

고의적으로 모든 사람들이 다 들을 수 있도록 큰 소리로 말하는 그 늙은 노란도사의 말에 모든 이들의 시선이 다 나에게로 쏠렸다.

"에… 이런 건 익히면 안 되는 거였어요?"

사람들의 시선에 난처해진 내가 도서관 사서 할아버지에게 시선을 돌려 묻자 그는 담담한 표정으로 어깨만 살짝 으쓱해 보였다.

"흠, 약간 곤란하긴 하지."

울 세가에서 약간 곤란한 거라면 보통 중소 문파나 세가였으면 사파로 몰릴 수도 있을 정도의 일이었다.

"헤에… 그 정도인가요? 그럼 저 큰일 났군요."

비록 그렇다고 해도 크게 걱정되는 건 아니었지만 나 때문에 은씨 세가나 부모님이 곤란해지는 거는 쬐께 걱정되었다. 하지만 도서관 사서 할아버지는 오히려 피식 웃으며 걱정 말라는 듯 날 바라보았다.

"주술은 사파에서 사용하는 걸로 알려져 있긴 하지만 도가에서도 도술이라고 해서 주술과 비슷한 능력이 있긴 하지. 요즘은 무공을 너무 앞세우다 보니 사용하는 걸 거의 보기 힘들긴 하지만 말야. 게다가 설사 그렇지 않다 해도 은씨 세가의 핏줄을 감히 누가 건드린단 말이냐? 좀 난처한 입장이 되긴 하겠지만 괜찮을 거다."

 너무 자신만만한 도서관 사서 할아버지를 바라보자니 나는 문득 또 다른 의문이 떠올랐다.

 "에… 할아버지, 혹시 이런 의문 안 들었어요? 내가 가짜 진이가 아닐까 하는. 사파의 어떤 사람이 제 모습으로 분장하고 있을 수도 있잖아요. 이런 배우지도 않은 주술 능력까지 사용하는데도 의심 같은 거 안 하세요?"

 그러자 도서관 사서 할아버지가 실실 웃으며 물었다.

 "너, 가짜냐?"

 그래서 나도 웃으면서 대꾸했다.

 "훗, 그럴지도 모르죠."

 도서관 할아버지의 웃음이 더욱 깊어졌다.

 "그럼 가짜가 아냐. 가짜라면 자신이 진짜라고 박박 우기지. 하지만 진짜라면 그렇게 우기지 않거든."

 "에게, 겨우 그런 거 가지고 단정짓는 거예요? 이거이거, 할아버지가 이렇게 무르실 줄이야……"

 할아버지와 내가 이렇게 농담을 주고받으며 노는 동안 주작단 단원들 사이에서는 상당한 동요가 일어났고, 그걸 바로 옆에서 보는 세가 사람들도 약간은 불안한 표정이었다.

 그걸 잠시 지켜보고 있던 약간 늙은 노란도사가 만족스러운 표정으로 고개를 끄덕이더니 다시 천천히 입을 열었다.

 "은씨 세가에게 한 가지 제안할 것이 있는데……"

 그가 말을 꺼내자 세가 쪽은 일제히 입을 다물고 늙은 노란도사에게 시선을 집중했다. 그 늙은 노란도사는 자신에게 시선이 집중되는 것 또한 무지 만족스러운 표정으로 씨익 웃더니 품에서 뭔가를 꺼내 들었다.

"이게 무엇인지 아시오?"

그가 허공으로 들어 올려 흔들고 있는 것은 이 시대에서는 꽤 고급 신발로 분류되는 가죽 신발 한 짝이었는데, 어디선가 꽤나 많이 본 신발이었다.

'으음, 저걸 어디서 봤더라……'

그런데 내가 미처 알아내기도 전에 먼저 엄마가 그게 뭔지 알아채고 당황한 목소리로 소리쳤다.

"민이… 신발?"

'에, 저게? 어쩐지 꽤 많이 본 거 같다 했다. 그런데 왜 하고 많은 민이의 소지품 중에 하필이면 신발을 가지고 온 거지? 그렇게 가지고 올 게 없었나?'

내가 이렇게 쓸데없는 생각을 하고 있는 동안 엄마의 놀라움과 당황스러운 모습을 본 그 늙은 노란도사는 더욱더 큰 미소를 지으며 입을 열었다.

"허허허, 역시 어머니란 다르군. 맞소. 이건 은민이 신고 있던 신발이오."

그러자 아빠가 굳은 목소리로 입을 열었다.

"민이가 당신들의 손안에 있다는 것이오?"

"그렇소이다. 당신의 아드님은 우리가 잘 보호하고 있지. 아들이 없어져서 걱정이 많으셨겠소."

능글맞은 늙은 노란도사의 말이 끝나자 떨리는 엄마의 목소리가 흘러나왔다.

"뭘 원하는 거죠?"

"훗훗, 내 사질이 아까 말하지 않았나 보군. 우리는 제갈준희라는 계집을 원하오."
 늙은 노란도사의 말에 세가의 모든 이들의 시선이 내 옆에 같이 서 있던 제갈준희에게 쏠렸다가 다시 늙은 노란도사에게 돌아갔다.
 그는 자신에게 시선이 쏠리기를 기다렸다는 듯 민이의 신발 한 짝을 흔들어 보이면서 입을 열었다.
 "훗훗훗, 생각할 시간이 필요하겠지? 일주일의 시간을 드리겠소. 만약 은민과 제갈준희를 교환할 마음이 있다면 우리가 제시하는 곳으로 오시오."
 그러자 아빠가 굳은 목소리로 입을 열었다.
 "당신들이 정말 민이를 데리고 있는지 어떻게 확신하지? 게다가 민이가 무사하다는 보장은 어디 있단 말인가?"
 "아아, 그건 본 문의 명예에 걸고 보장하리다. 아무리 사파로 몰려 거의 멸문 직전까지 간 문파라고 해도 본 문의 명예를 건다는 것이 어떤 의미인지 잘 아시겠지? 은민이라는 소년은 우리가 데리고 있고 다친 곳은 한곳도 없소. 자, 그럼 우리는 볼일이 끝났으니 이만 가보겠소이다. 만약 교환을 원한다면 일주일 후 낙양성에 있는 초월향이라는 청루에서 명월이라는 기녀를 찾으시오. 그럼 그녀가 안내를 해줄 것이오."
 늙은 노란도사는 우리의 대답을 기대하지도 않았는지 자신이 할 말을 다 한 뒤 지체없이 몸을 돌리며 한 손을 들어 보였다.
 "자, 그럼 다음에 보십시다."
 그와 그의 사질이라는 노란도사가 세가를 빠져나가자 세가를 침입했던 강시들도 마치 썰물 빠져나가듯이 모조리 나가 버렸다.
 하지만 남은 세가 쪽 사람들은 누구 하나 움직이지도, 입을 열지도 않은 채 그 자리에 서 있었다. 누구라도 움직이면 큰 혼란이 일어날 것이란 걸 그곳에 있는 모든 사람들이 알고 있었기 때문이다.

하지만 그렇다고 해서 마냥 그러고 있을 수만은 없을 터, 그 상황을 타개하기 위하여 예 총관이 나섰다.

"큰도련님, 피곤하실 테니 우선 들어가서 쉬시지요. 뒷정리는 제가 알아서 하겠습니다. 주작단 여러분들께서도 지금은 지친 몸을 누이시는 게 좋겠습니다. 이야기는 내일 다시 모여서 하시지요."

그러자 아빠와 주작단 단장이 서로 마주 보며 의향을 물었다.

"그러는 게 좋을 것 같습니다만, 단장의 생각은 어떠신지?"

"예, 저도 같은 생각입니다. 이야기는 내일 하도록 하지요."

그 둘이 합의를 하자 주작단 단원들과 세가의 무사들은 지금까지 꺼내 들고 있던 자신들의 무기를 집어넣고는 각자 자신들의 갈 길로 움직이기 시작했다.

물론 주작단 단원들은 그들에게 배정해 준 처소로 움직였지만, 세가의 무사들은 식솔들과 함께 남아서 뒷정리를 해야만 할 것이었다.

하지만 지금 들어가도 그렇게 오래 쉴 수는 없을 것 같았다. 벌써 밤하늘의 별들이 하나둘 모습을 감추고 있는 시각이었기 때문이다.

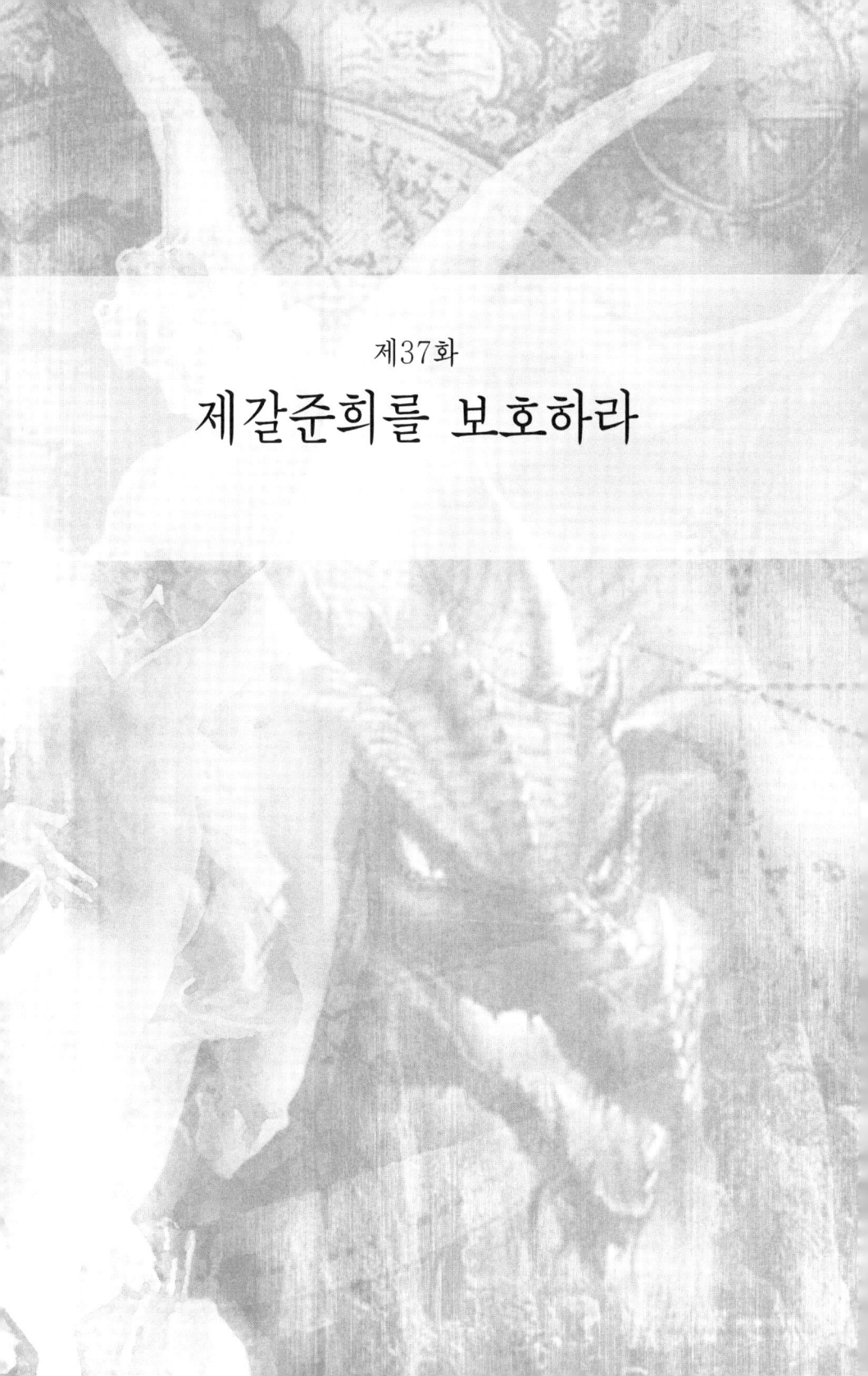

제37화
제갈준희를 보호하라

제갈준희를 보호하라

"소녀의 생각으로는 그들이 소녀를 원하는 이유는
제 할아버님을 협박할인질로 사용하기 위함이라고 여겨집니다. 그러니 그를 생각해 볼때
제가 그들의 손으로 넘어간다면 그들의 목적은 달성되는 것입니다."

    그 다음날, 평소와 같은 시각에 피곤한 눈을 비비며 일어난 나는 제일 먼저 도서관으로 달려갔다. 밤에 자기 전 곰곰이 생각해 보니, 도서관 사서 할아버지는 내가 주술을 사용했음에도 불구하고 크게 놀라지 않은 눈치였기 때문이다. 물론 처음엔 놀란 것처럼 보였지만 그 다음에는 금방 받아들이고 나랑 농담까지 나누었는데다, 내가 사파로 몰릴지도 모르는데 나를 보호해 주겠다는 굳은 의지까지 내비쳤던 것이다.
    물론 난 내가 마법을 사용할 수 있다는 것이 사파로 몰려 곤란해진다는 것은 꿈에도 생각지 못했다. 단지 내가 부모님과 처음 만났을 때에 사람으로서의 내 나이가 고작 7살에 불과했기에 마법을 그렇게 잘 사용한다는 것이 이상해 보일까 생각해서 숨긴 것뿐이다. 그리고 이왕 무공을 배우게 된 거, 마법은 사용하지 말고 무공만 열심히 배워 고수가 되고자 될 수 있는 한 마법은 사용

하지 않으려고 해왔었다. 물론 마법에 너무 의존하다 보니 무공 수련에 최선을 다하지 않고 게으름도 많이 부리긴 했었지만.

결과적으로는 내가 마법을 사용한다는 건 이곳에서 민이를 제외한 아무도 모르고 있을 거라고 생각했었다. 도서관 사서 할아버지가 쉽게 받아들여 줘서 그때 당시에는 은씨 세가의 핏줄이기 때문에 그러려니 생각했었는데, 나중에 생각해 보니 그렇다고 해도 너무나 쉽게 받아들인 것 같았다.

그래서 그 의문을 해결하고자 조금 더 잘 수 있었는데도 불구하고 아침 일찍부터 도서관으로 향하는 거다.

은씨의 핏줄과 허락된 몇몇의 소수만이 갈 수 있는 위층 도서관으로 올라가자 도서관 사서 할아버지는 어제 아무 일도 없었다는 듯한 멀쩡한 모습으로 도서관 안을 돌아다니며 흐트러진 곳은 없는지 살펴보고 있다가 내가 들어서자 놀랍다는 눈으로 나를 바라보았다.

"저런, 진아, 일찍 일어났구나? 그런데 네가 언제부터 아침 일찍부터 도서관을 찾는 독서광이 된 거지?"

"안녕히 주무셨어요, 할아버지? 정말 주무셨는지 모르겠지만, 어쨌든 피로해 보이지는 않으신 것 같아서 다행이네요."

"훗, 날 뭘로 보는 게냐? 난 아직 정정하단다. 그런데 정말 웬일로 아침부터 여길 찾아온 게냐? 설마… 정말 책을 고르려고 온 거냐? 그렇다면 난 정말 기쁠 텐데 말이다."

"에헤헤… 죄송하지만 그건 아니구여, 궁금한 것이 있어서 찾아왔어요."

"그래? 나에게 궁금한 게 뭔데 그러느냐?"

"저기요, 할아버지… 처음부터 제가 마법… 에… 그러니까 주술을 사용할 줄 안다는 걸 알고 계셨었요?"

"호오? 아니, 왜 그렇게 생각한 거냐?"

도서관 사서 할아버지는 내가 묻는 말에는 대답을 안 한 채 오히려 싱긋 웃는 얼굴로 나에게 되물었다.

"아뇨… 그게… 제가 생각하기에는 그렇게 많이 놀라시는 것 같지도 않구요, 게다가 너무나 쉽게 받아들이시는 것 같아서… 혹시 알고 계셨던 건 아닌가 싶어서요. 정말 그러신 거예요?"

"허허허, 그냥 은근슬쩍 넘어가려고 했더니만, 내가 너무 연기 실력이 없었나 보지?"

도서관 사서 할아버지의 그 말에 나는 놀라움으로 두 눈을 휘둥그레 떴다.

"에? 그럼 알고 계셨어요? 언제요? 아니, 어떻게 아신 거예요?"

도서관 사서 할아버지는 그렇게 대단한 일이 아니라고 생각했는지 순순히 대답해 줬다.

"허허허, 그렇게 놀라운 일도 아니란다. 민이와 네가 처음 은씨 세가로 들어온 날을 기억하느냐? 그때 가주, 그러니까 네 할아버지가 너희와 너희 부모를 떼어놓으려고 했지 않았던? 그때 부모에게 가려는 너희들을 가로막은 세가의 무사들을 쓰러뜨리기 위해 네가 주술을 사용하지 않았더냐?"

그랬다. 그때 당시 할아버지가 민이와 나만 따로 건물에 데려다 놓은 뒤 엄마, 아빠에게 가지 못하게 세가 무사들을 시켜 막게 했었다. 단호하게 우리의 앞을 막아서는 그들을 쓰러뜨려야 부모님께 갈 수 있기는 하지만, 그렇다고 해서 그들에게 큰 해를 가하고 싶지 않았던 나는 무기를 들이대는 대신 편하게 해결하려고 그들 발 밑을 폭발시키는 마법을 사용했었다. 아, 물론 그전에 주의를 흩뜨리려고 얼음 조각들을 날리는 마법을 사용하긴 했지만, 그 두 마법 다 그렇게 크게 다치게 하지는 않았다.

그 뒤로 일이 원만하게 해결되어 마법을 사용했던 것을 까맣게 잊고 있었지만, 지금 생각해 보니 그때 민이와 나를 막아섰던 세가의 무사들은 내가 마법을 사용한다는 것을 알고 있을 터였다.

"아아… 그랬구나. 에, 그럼 혹시 할아버지도 알고 계세요?"

"당연하지."

'아하, 그래서 내가 할아버지와 대결할 때 마법을 사용했음에도 불구하고 침착하게 그 사태를 해결하셨었구나.'

솔직히 그때는 할아버지가 내가 마법을 사용한 걸 몰랐을 거라 생각해서 그 상태에서 마법을 깨뜨린 할아버지를 엄청 대단하게 봤었는데, 지금 보니 할아버지는 이미 그게 주술이라는 것을 눈치 채고 있던 탓에 침착하게 대응하실 수 있었던 거였다.

'에잇, 난 그런 줄도 모르고 할아버지를 우러러봤잖아? 이거 왠지 속은 듯한 느낌이 드는걸?'

속으로 피식피식 웃으며 그렇게 넘어가려고 하던 나는 순간 또 다른 의문이 생기는 것을 느끼고 다시 도서관 사서 할아버지를 바라보았다.

"에… 그럼 말이죠, 지금이야 주술 사용하는 걸 이미 알고 계셔서 제가 진짜 진이라 확신하고 계신다지만, 처음 주술을 사용한다는 걸 아셨을 때는 제가 가짜라고 의심하지 않으셨어요?"

그러자 도서관 사서 할아버지는 슬그머니 내 시선을 피하며 괜히 애꿎은 천장이 뚫리지는 않았는지 살펴보고 있는 거였다. 그 모습에 '혹시…'라고 생각했던 게 '어… 정말?'이라고 생각되어 도서관 사서 할아버지를 의심스런 눈초리로 계속 바라보자, 도서관 사서 할아버지가 내 뜨거운 시선에 견딜 수가 없었는지 다시 천천히 고개를 내려 날 바라보며 미안하다는 듯이 웃어 보였다.

"헐헐헐… 뭐, 부정은 못하겠구나. 그래, 처음에는 의심도 했었단다. 네가 은씨 성을 가지는 것에 그렇게 적극적으로 하지 않았지만, 그것도 혹시 치밀한 계산 하에 하는 행동일지도 모른다고 생각해서 한동안은 계속 너와 민이를 지켜보고 있었단다."

"헤에……"

놀라움과 당혹감을 숨기지 않은 채 바라보는 내 시선에 더욱더 미안해졌는지 도서관 사서 할아버지가 슬그머니 날 살펴보며 물었다.

"진아, 화났느냐?"

"에… 솔직히 이해가 안 되는 것도 아니지만, 애초에 저나 민이는 은씨든 아니든 그런 건 별로 상관 없었는데요. 세가를 나간다면 할아버지께서 무척 서운해하실 거 같아서, 그냥 할아버지랑 같이 살 생각에 이곳에 머물러 있는 건데, 우리도 모르는 그런 일이 있었다니까 조금… 서운하기는 하네요."

뺨을 긁적이며, 땅만 쳐다보며 중얼거리듯 말하자 도서관 사서 할아버지가 부드럽게 내 머리를 쓰다듬었다.

"오해하지는 말아라. 네 할아버지는 너와 민이를 처음 보는 순간 자신의 핏줄이라는 걸 굳게 믿었으니까. 단지 우리 은영에서 완벽을 기하기 위해 지켜본 것뿐이란다. 은씨 세가의 세력은 그만큼 큰 것이라서 누구나 탐낼 만한 것이니까."

"예에, 이해는 가요."

"훗, 하지만 조금은 서운하지? 그래도 진이는 현명하니까 모두 이해해 주리라 믿는다."

"예."

은씨 세가 사람들과 주작단 단원들, 그리고 제갈준희가 모인 것은 정오가 조금 지난 시각이었다. 제갈준희는 아마도 이 사건에 제일 큰 관련이 있는 사람이다 보니 이 자리에 끼인 듯했다.

우리 은씨 세가 쪽 사람으로는 아빠랑 엄마, 배 숙부, 예 총관, 예헌, 예철, 그리고 나도 꼼사리 낄 수 있었다. 그런데 엄마는 주작단원들이 날 바라보는 시선이 맘에 걸렸는지 나를 자신의 옆에 앉히고는 계속 손을 잡고 놔주질 않아서 나는 속으로 엄마에게 되게 미안했다.

모산파 출신의 그 늙은 도사의 제의를 의논하기 위해 모였지만 모두 굳은 얼굴로 쉽게 입을 열려고 하지 않아 분위기는 무거웠고 시간만 자꾸 흘러갔다.

서로 상대방의 눈치만 살피며 입을 열지 못하고 초조해만 하는 사이, 이런 분위기를 한번쯤은 타개하고 말꼬리를 틔워줄 예 총관이 조용히 입만 다물고 서 있자 나는 의아해져서 그의 얼굴을 살펴보았다.

그랬더니 그는 덤덤한 얼굴로 가만히 앉아 있었지만, 뭔가 기다리는 것이라도 있는지 가끔 가다 대청의 출입문 쪽으로 시선을 던지곤 하는 거였다. 그의 모습에 내가 잘못 오해하는 것일까 봐 다시금 확인하려는 차원에서 예 총관만 자꾸 바라보고 있다가 내 시선을 느꼈는지 내 쪽으로 고개를 돌리는 그와 눈이 마주쳤다. 그러자 그가 걱정하지 말라는 듯한 미소를 씨익 지어 보이는 게 아닌가?

'음… 역시 뭔가 있나 보네.'

하지만 그게 뭔지는 다른 세가 사람들은 모르는 모양이었다. 그렇지 않으면 저렇게 굳은 얼굴로 앉아 있지는 않을 테니까.

'아, 혹시 기다리는 게 빨리 오지 않아서 초조해하고 있는 건가?'

그 상태에서 약 15분쯤이 더 흘렀을 때 드디어 예 총관이 기다리고 있었던 것이 온 모양이다. 대청 문밖에서 예성구의 목소리가 들리자 예 총관의 얼굴이 화악 펴졌던 것이다.

"큰도련님, 저 예성구입니다."

"무슨 일인가?"

아빠의 말이 떨어지자 예성구가 문을 열고 조심스럽지만, 그러나 빠른 걸음으로 걸어 들어와 아빠의 앞에 부복했다.

"가주님께서 폐관 수련을 끝마치고 나오셨습니다."

"아버님께서?"

든든한 아군이 나타났다고 느낌인지 아빠는 안색을 활짝 펴면서 자리에서 일어났다. 그러자 뒤에서 그동안 조용히 서 있던 예 총관이 기다렸다는 듯 입을 열었다.

"어서 가보셔야 하지 않겠습니까?"

"아, 그래야지. 주작단장, 미안하지만 실례해야 하겠소이다. 이 자리는 잠시 후에 다시 계속하는 것이 어떻겠소?"

아빠가 주작단장을 보며 말하자 그는 더욱더 굳은 얼굴로 고개를 끄덕였다.

"그러셔야지요. 그럼 저희는 숙소로 돌아가 있을 테니 다시 시간이 된다면 전갈을 주십시오."

"이해해 줘서 고맙소. 그럼."

아빠가 주작단장에게 인사를 하고 그곳을 빠져나가자 은씨 세가 사람들도 아빠의 뒤를 따라 우르르 그곳을 빠져나왔다.

예성구의 안내로 찾아간 할아버지의 방에서는 마악 목욕을 끝냈는지 머리가 다 젖은 상태로 옷을 걸치고 있는 할아버지가 보였다.

"폐관 수련 끝내신 것을 축하드립니다."

아빠가 제일 먼저 할아버지를 향해 축하 인사를 하자 나머지 사람들도 우르르 고개를 숙였다.

"축하드립니다."

"축하드립니다, 가주님."

…….

그런 그들을 향해 가볍게 고개를 끄덕여 답례를 하는 할아버지는 예전보다 약간 야위긴 했지만, 눈빛만은 더욱더 날카로워진 느낌이었다. 게다가 마나의 양도 전보다 조금 더 많아져 있었다.

"내가 없는 동안 수고들했네."

할아버지가 그곳에 모인 이들을 치하하자 배 숙부가 한시름 놨다는 표정으로 입을 열었다.

"스승님께서 제때 나와주셔서 정말 다행입니다. 스승님께서 건재하시는 한 무림맹에서도 자신들 마음대로 하지는 못할 겁니다."

"허허허, 도대체 무슨 일이길래 우리 세가와 무림맹 사이가 벌어졌단 말인가?"

그러자 예 총관이 담담한 어투로 하나하나 설명하기 시작했다. 내가 주술(마법)을 사용하여 강시들을 물리칠 수 있었다는 이야기를 할 때 내 양손을 한쪽씩 잡고 있던 아빠와 엄마가 무지 긴장했는데, 그런 부모님의 심정을 알았음인지 할아버지가 슬쩍 아빠와 엄마 쪽으로 시선을 돌리더니 씨익 웃어주고는 다시 예 총관에게 고개를 돌렸다.

그런 할아버지의 행동이 무슨 뜻인지 몰라 어리둥절한 표정을 교환하는 부모님에게 나는 작게 속삭여 줬다.

"할아버지는 제가 주술을 사용할 수 있다는 걸 알고 계셨대요."

그러자 엄마가 황당하다는 표정으로 내게 속삭였다.

"도대체 그런 주술은 어디서 배운 거니?"

이 질문은 아마 도서관 사서 할아버지도 나에게 묻고 싶었을 것이다. 하지만 내 기분이 저하되는 바람에 묻지 않고 속으로만 그 의문을 묻어두었을 것이다.

"그건 말이죠… 스스로 책 보고 익힌 거예요."

그건 사실이었다. 울 엄마는 나에게 마법을 가르쳐 주지 않았고, 스스로 마법책을 보고 독학하는 나를 보고 피식피식 웃었었다. 나중에 자연스레 다 할 줄 알게 되는데 괜히 성격이 급해 그 세월을 기다리지 못하고 미리부터 머리 싸매고 주문을 외우는 내가 우스웠던 것이다(해츨링 때는 주문까지 외워야 마법이 구현되었었다).

'어쨌든 독학한 건 사실이니까.'

그러자 엄마의 눈이 더욱더 똥그레졌다.

"아니, 그런 주술이 적힌 책은 또 어디서 난 건데?"

그런 엄마를 향해 나는 피식 웃어 보였다.

"호홋, 그건 비밀이에요."

내 대답에 엄마의 미간이 살짝 찡그려졌지만 어쩔 수 없었다. 사실대로 말할 수는 없었고, 그렇다고 거짓말을 하고 싶지도 않았으니까.

엄마가 뭐라고 한마디 더 하려고 했지만, 다행히 그보다도 먼저 아빠가 엄마를 제지하며 입을 열었다.

"아마도 기연을 얻은 모양이니 더 이상은 묻지 맙시다."

우연한 일로 인하여 무공비급을 얻거나 아니면 고수를 만나 한 수 배우거나, 운 좋게 뛰어난 영약을 얻게 되는 걸 기연이라고 한다. 그리고 그런 건 대답해 주기 어려운 경우가 많아서—당신 같으면 산삼을 어디서 발견했는지 말하겠는가? 나 같으면 나 혼자만 알고 있겠다—강호에서도 묻는 건 실례였다.

아빠는 내가 말하고 싶어하지 않는 걸 배려해서 그렇게 엄마의 입을 다물게 했던 것이다.

"호호, 역시 아빠가 최고예요."

우리 세 식구가 그러고 있는 동안 어느덧 예 총관의 설명은 거의 끝나가고 있었다.

"흐음… 제갈 소저와 우리 민이를 맞교환하자 그랬다고?"

"그렇습니다. 하지만 무림맹에서 나온 주작단에서는 그 제의를 받아들이지 않기를 바라고 있는 것 같습니다."

"그렇겠지. 그들에게는 우리 민이보다는 제갈 소저가 더욱 가치 있을 테니… 아, 주작단장과 이야기는 나누어봤는가?"

"아직 제대로 된 이야기는 나누어보지 못했습니다만, 잠시 후에 만나기로 했으니 그때 자세한 이야기를 나누게 될 것 같습니다."

"그래? 그렇다면 서둘러 이야기를 해보는 것이 좋겠군. 이런 일은 가급적 빨리 해결하는 것이 좋으니까."

"그럼 지금 주작단에게 만나자고 전할까요?"

"그러도록 하지. 나도 준비를 하고 나가겠네."

"알겠습니다."

그리하여 주작단원들은 숙소로 간 지 얼마 되지 않아 또다시 불려와야 했다. 그런 걸 보면 남의 집에서 머문다는 건 참으로 불편한 일이 아닐 수 없었다.
 이번에도 주작단원들은 굳은 얼굴로 들어와 할아버지에게 예를 갖추어 인사를 했지만, 그들과는 반대로 은씨 세가의 사람들은 조금이나마 얼굴이 펴진 상태였다.
 "이번에 우리 세가를 도와 불온한 무리들을 막아냈다고 들었소. 그대들의 도움 감사하게 생각하는 바이오."
 "별말씀을… 당연히 해야만 할 일을 했을 뿐입니다."
 할아버지의 의례적인 인사에 주작단장도 예의로 맞받았다.
 "그건 그렇고… 그 불온한 무리들이 물러가기 전에 우리 세가에 제안을 하나 해왔다고 들었소이다."
 주작단장 헌준은 올 것이 왔다는 표정이었다.
 "그렇습니다. 그들이 은민 군을 데리고 있다며, 제갈 소저와 교환하기를 원했습니다."
 "그 제안을 주작단장은 어떻게 생각하시오?"
 "저보다는 본인의 생각을 우선 들어봐야 한다고 생각합니다."
 그러면서 헌준이 가리킨 것은 내 옆에 얌전히 앉아 있던 제갈준희였다.
 "옳은 말인 것 같군. 그래, 제갈 소저는 이 제의를 어떻게 생각하는가? 더불어 자네의 의견을 듣고 싶네만……."
 그러자 제갈준희는 크게 심호흡을 한번 하더니만 담담한 목소리로 말을 해 나갔다.
 "소녀의 생각으로는 그들이 소녀를 원하는 이유는 제 할아버님을 협박할 인질로 사용하기 위함이라고 여겨집니다. 그러니 그를 생각해 볼 때 제가 그들의 손으로 넘어간다면 그들의 목적은 달성되는 것입니다. 하나, 그들이 지금까지 한 행동으로 볼 때 그 목적은 결코 옳은 것이 아니겠지요."

그녀는 거기까지 말한 후 주위를 둘러보더니 침을 한번 꿀꺽 삼키고 다시 입을 열었다.

"달리 생각해 볼 때 제 할아버님을 협박할 인질은 저 말고도 또 있으며, 다른 조건으로 협박이 가능합니다. 그러나 그런 그들의 목적이 달성되더라도 그걸 저지할 수 있는 은씨 세가로서는 은민 소협이 그들 손에 있음으로 인하여 세력이 저지될 수밖에 없지요."

그리고는 다시 한 번 심호흡을 한 후 눈을 질끈 감으며 나머지 말을 내뱉었다.

"그러므로 저는 모든 상황을 보아 그들의 제의를 받아들이는 것이 옳다고 생각합니다."

그녀의 말이 끝나자 주작단장이 자리에서 벌떡 일어나 다급한 표정으로 외쳤다.

"미안하지만, 제갈 소저의 말 중에 하나는 틀렸습니다. 그들이 제갈세가의 전 가주님을 협박할 수 있는 인질은 제갈 소저를 제외하고는 없다는 것입니다. 제갈세가는 현재 무림맹의 엄중한 경비 아래 보호받고 있으므로 제갈 소저만 그들의 손에 넘어가지 않으면 그들은 제갈세가의 전 가주님을 협박할 방법이 없습니다."

그러자 이번에는 배 숙부가 일어나 날카롭게 말했다.

"주작단장이 지금 말하고자 하는 건 그들의 제의를 거절하란 것이오?"

배 숙부의 기세에 눌렸는지, 아니면 이곳이 은씨 세가라서 그런 건지 헌준은 자신의 본심을 직설적으로 이야기하지는 못한 채 약간 어물거리듯 말했다.

"물론… 그런 건 아닙니다. 하지만 은민 소협과 제갈 소저 모두를 구할 수 있는 방법이 없지 않습니까? 아무래도… 한쪽은……."

헌준은 채 말을 끝맺지 못하고 흐리면서 할아버지의 눈치를 살폈다. 그러자 이번에는 아빠가 나섰다.

"어느 한쪽을 지레 포기하는 것보다는 둘 모두 구하기 위해 작전을 짜는 게 어떻겠소?"

헌준은 아빠의 말에 어림도 없는 소리라는 듯 한숨을 내쉬며 입을 열었다.

"하아, 그런 방법이 있다면 제가 이렇게 고민하지도 않습니다. 혹시 은 대협께 좋은 묘안이 있다면 말씀해 주시지요."

"그들의 제안을 일단 수락한 뒤 민이와 제갈 소저를 교환하는 장소를 덮치는 것이 어떻겠소?"

그러자 헌준은 한심하다는 얼굴로 아빠를 쳐다보았다.

"저도 그 생각을 안 해본 것은 아닙니다. 하지만 은 대협도 그들의 전력을 보시지 않았습니까? 일류고수 못지 않은 강시들이 수백 명이었습니다. 그들 또한 만약을 대비하여 그 강시들을 포진시킬 텐데, 현재 우리의 전력으로는 그때 남은 강시만 상대한다고 해도 버겁습니다. 그런 강시들이 더 없다고 어찌 장담할 수 있겠습니까?"

그의 말에 아빠가 뭐라 반박하려 했지만 그보다도 먼저 그동안 조용히 서서 대화만 듣고 있던 희여송이 나섰다.

"아룁니다. 이건 제 생각입니다만, 저희 세가에 침입해 왔던 강시들 외에 더 이상의 강시는 없을 것입니다. 만약 있다면 그들보다 위력이 현저이 떨어지는 강시들일 겁니다."

갑작스런 그의 말에 모든 이들의 시선이 그에게로 쏠렸다. 할아버지 또한 약간의 놀라움이 담긴 표정으로 그를 바라보며 의문을 던졌다.

"허어, 그렇다면 그나마 다행이겠지만… 여송이 네가 그걸 어찌 알고 장담하느냐?"

"그날 저희 세가에 침입해 온 이들 중에 낯익은 복장을 입고 있는 강시들을 발견한 적이 있었습니다. 너무 옷이 해어져 있고 그때 상황도 다급했던 터라 금방 깨닫지는 못했지만, 그 옷은 분명 무림맹 낙양 지사 소속 무사들 복장이었습니다."

"희 사질, 그게 강시들이 더 있지 않다는 것과 무슨 상관이 있다는 건가요?"

엄마의 질문에 희여송은 자신있는 미소를 지어 보이더니 할아버지와 배 숙부를 번갈아 바라보며 입을 열었다.

"제가 정각 대사님의 생일을 위하여 가주님이 소림사로 가실 때 동행했을 적의 일입니다만, 그때 낙양에서 작지 않은 소동이 있었습니다. 가주님과 스승님은 그게 뭔지 아실 겁니다."

그러자 가만 듣고 있던 헌준이 아는 척하며 나섰다.

"은민 소협이 얻었다던 청명검 때문에 일어난 소동을 말씀하시는 것이오?"

"그렇습니다. 청명검이 낙양 근처에 있는 야산에서 발견되었다는 소리 때문에 수많은 무사들이 그 야산으로 올라갔었지만, 단 한 사람도 살아서 내려오지 못하는 일이 벌어졌지요. 그리하여 낙양 지부장의 부탁을 받고 가주님을 비롯한 저희 세가의 사람들도 그 사건을 조사하기 위하여 야산으로 올라갔습니다. 다행히 사건은 무사히 해결되었지만, 야산으로 올라갔던 수많은 무사들은 몇

십 구의 시체를 제외하고는 발견하지 못했지요."

희여송의 말에 배 숙부가 놀라움을 드러내며 끼어들었다.

"그러니까, 그때 사라진 무사들이 우리 세가를 침입했던 바로 그 강시들이라 말하고 싶은 것이냐?"

"그렇습니다. 저희 세가에 침입했던 강시들은 행동이 약간 부자연스러웠긴 하지만 우리에게 덤벼들 때 분명 무공의 초식을 사용했었습니다. 그렇지 않습니까?"

희여송이 말끝에 던진 질문에 좌중의 사람들은 저도 모르게 고개를 끄덕여 긍정을 표했다.

그 모습을 만족스레 바라본 희여송은 설명을 계속해 나갔다.

"얼마 전에 감쪽같이 사라진 수백 명의 무사들, 그리고 전에 사라졌던 무림맹 낙양 지부 소속 무사가 이번에 나타난 강시들 사이에 있다는 건 확실한 증거가 아니겠습니까?"

"흐음… 일리있는 말이군요. 하지만 그렇다고 치더라도 일류고수급 강시가 300명이나 됩니다. 거기에다 모산파의 사람이 더 있는지도 모르는 일! 우리 쪽이 너무 열세입니다."

헌준은 희여송의 말에 일단 수긍하긴 했지만, 아빠의 의견에는 여전히 회의적이었다. 그때 조용히 생각에 잠겨 있는 듯 보였던 예 총관이 무거운 음성으로 입을 열었다.

"그런데 말입니다. 우리가 제갈 소저와 민이 도련님을 모두 구하려고 노력하듯이, 저들 또한 민이 도련님과 제갈 소저 모두를 노리려고 하지 않을까요?"

그의 말에 좌중이 순간적으로 씻은 듯이 조용해졌다. 그리고 한참 후에 배 숙부가 입을 열었다.

"그렇군요. 민이를 구해야 한다는 생각만 했지, 미처 거기까지는 생각을 못하고 있었습니다."

그 뒤를 희여송이 이었다.

"그들이 지금까지 해온 행동을 봤을 때, 저희가 제갈 소저를 데리고 간다 해도 약속을 지키지 않을 수도 있습니다."

분위기가 제의 자체를 불신하는 쪽으로 흘러가자 헌준이 은근히 반기는 얼굴로 얼른 입을 열었다.

"그렇다면 역시 그 제의를 받아들이지 않는 것이……"

하지만 그는 은씨 세가 쪽 사람들의 눈초리 때문에 말을 끝까지 잇지 못했다.

잠시 침묵이 흐르자 제갈준희가 다시 한 번 조심스레 입을 열었다.

"소녀의 생각으로는 그들과의 접촉을 계속 해 나가는 것이 좋을 것 같습니다. 비록 그들에 대한 믿음이 없긴 하지만, 이번 접촉이야말로 그 조직에 대해 뭔가 알아낼 수 있는 기회라고 생각합니다. 이 기회를 놓친다면 언제 또 다른 기회를 잡을지는 장담할 수 없지 않습니까?"

"그렇다면 제갈 소저는 그들의 제의를 받아들여야 한다고 생각하는가?"

할아버지가 묻자 제갈준희는 단호히 고개를 끄덕였다.

"예. 하나, 예 총관께서도 말씀하셨듯이 그들이 어떤 비열한 술수를 쓸지 모르니 그에 대한 대비는 해야 한다고 생각합니다."

"제갈 소저의 말이 옳긴 합니다만, 우리가 제안을 거절한다면 모르되 받아들이려 한다면 칼자루는 저쪽이 쥐게 됩니다. 은 소협을 보기 위해서라도 저들이 시키는 대로 따를 수밖에 없는데 어떻게 대비를 할 수 있겠습니까?"

헌준이 다시 한 번 기운 빠지는 소리를 했지만 그게 사실이었기에 아무도 뭐라 할 수도, 그리고 그에 맞는 좋은 묘안을 내놓을 수도 없었기에 좌중은 다시 한 번 조용해졌고, 누군가가 중얼거린 목소리에 암묵적으로 긍정하는 듯한 태도를 보였다.

"역시… 제안을 거절하는 수밖에 방법은 없는 건가?"

하지만 나는 내심 그 제안을 받아들이길 바라고 있었기에—물론 제갈준희를 그쪽으로 넘기려고 하는 건 아니다—제안을 거절할 것처럼 보이는 분위기를 참지 못하고 입을 열었다.

"저기요, 뭐 좀 여쭤어봐도 될까요?"

사람들의 시선이 내게로 쏠렸고, 할아버지도 흥미롭다는 시선으로 나를 바라보며 입을 열었다.

"뭔데 그러는 거냐?"

할아버지의 허락이 떨어지자 나는 감사하다는 뜻으로 할아버지에게 생긋 웃어주고는 내 생각을 말하기 시작했다.

"생각해 보니까요, 민이는 그들 쪽에서 보면 무척 가치있는 인질이잖아요. 그런데 그 인질을 포기한다고 하는 거 보니까 준희 언니는 민이보다도 더욱 중요하단 소리겠죠?"

"그렇지."

"그런데요, 그렇게 중요한 준희 언니를 우리가 제의를 거절한다고 해서 포기할까요? 제 생각에는 우리가 제의를 거절한다면 언니가 무림맹으로 가는 걸 노릴 거 같은데요? 하지만 지금 준희 언니를 호위할 분들은 겨우 주작단원 20명뿐이잖아요. 그것도 어제 강시들이 침입한 덕분에 다친 분들이 많은 걸로 알고 있는데요?"

내 말에 주작단장인 헌준이 대답했다.

"그건 걱정 마시오. 무림맹에 지원을 요청할 생각이오."

그런 그에게 나는 미안하다는 뜻에서 생긋 웃어 보이며 계속 말을 이었다.

"하지만 무림맹에 전서구를 보내고 지원이 올 때까지는 최소로 잡는다고 해도 일주일이 넘는 시간 아닌가요? 그 시간이면 그쪽에서는 우리가 제의를 거절한 걸로 알고, 준희 언니를 무림맹으로 데려갈 지원이 오기 전에 우리 세가를 다시 한 번 침입하기에 충분할 거 같은데요? 게다가 우리는 그쪽의 전체 전력을 모르는 데 비해, 그들은 어제의 침입으로 인하여 우리의 전력을 대충 꿰뚫고 있겠지요."

처음에는 별 시답잖다는 듯이 내 말을 듣고 있던 헌준의 얼굴이 하얗게 질렸다. 그 모습을 보니 쪼끔은 고소하기도 하고, 다른 한편으로는 아주 쪼오오오~그으음~ 미안해졌지만 이왕 시작한 거 끝까지 말을 이었다.

"제 말이 맞다면, 우리는 어쨌든 그 제의를 받아들여야 하지 않을까요?"

그러자 예 총관이 장하다는 듯 빙그레 웃으면서 나에게 물었다.

"그런데 친하게 지내시는 제갈 소저를 보내야 할 거라는 이야기를 하시면서 아가씨의 얼굴은 그렇게 슬퍼 보이지 않으시는군요. 그렇다는 건 아가씨께 뭔가 생각이 있으시다는 거겠지요?"

"에… 괜찮은 생각인지는 모르겠지만요, 우선 우리가 제의를 받아들인다고 낙양으로 간다면요, 무림맹에서 시간에 맞춰 우리에게 지원을 보내줄 수 있지 않겠어요? 우리 세가보다는 낙양이 무림맹과 훨씬 가까우니까요. 게다가 제의를 받아들인다면 그곳에서 다시 만날 장소를 정하고 만날 방법을 정하느라 며칠은 시간을 더 끌 수 있지 않을까요?"

거기까지 들은 희여송이 내 계획에서 허점을 지적했다.

"하지만 사매, 그들은 아마도 무림맹에서 지원을 보내지 않을까 주시하고 있을지도 몰라요. 그러니 지원을 받는다 하더라도 그쪽에서도 제갈 소저와 민이 사제를 교환하는 장소에 그에 대한 대비도 다 하고 나올 텐데요."

"아니에요, 사형. 내가 말하고자 하는 건 민이와 준희 언니를 교환하는 장소를 덮치자는 것이 아니에요."

"설마… 그냥 제갈 소저와 민이를 교환하자고 하는 건 아니겠지요?"

되게 의심스럽다는 듯 날 바라보는 헌준에게 나는 자신에 찬 미소를 보이며 고개를 끄덕였다.

"맞아요."

그러자 헌준이 허탈하다는 표정으로 고개를 저었다.

"허… 이거야 원……"

그러는 헌준이 되게 맘에 안 들었지만, 내 계획을 다 말하는 것이 우선이었다.

"하지만 그게 다는 아니에요. 그렇게만 한다면 무림맹에서 지원을 받을 필요가 없으니까요. 그들이 원하는 대로 교환을 하는 건 미끼일 뿐이죠. 그들이 순순히 민이와 언니를 교환해 주든 아니면 우리를 속여서 민이와 준희 언니를 다 차지하든 상관은 없어요. 그 다음 계획이 성공한다면 말이죠."

그런데 헌준은 내 말이 끝나지 않았는데도 노골적으로 한심하다는 표정을 드러내며 입을 열었다.

"그 다음에 그들을 미행해 본거지를 덮치자고 할 거라면 나는 너무 무모하다고 말해 주고 싶군요. 미행이 성공한다면 모를까 까

딱 잘못해서 성공하지 못한다면 모든 것이 끝나지 않나요?"

그런 그에게 나도 되게 한심하다는 표정을 지어 보이면서 대꾸했다.

"미행을 하자고 할 생각은 조금도 없었어요. 오랜 기간 동안 은밀하게 움직여 왔을 조직인데 그렇게 쉽게 미행당해 줄까요? 아마 모르긴 몰라도 우리가 미행할 걸 대비하여 뭔가 꾸며놨을 거예요."

그러자 헌준이 미간을 살짝 찌푸리며 날 바라보았다.

"그렇다면 도대체 어떤 방법을 사용할 생각인가요? 지금 은 소저의 계획은 그들의 본거지를 치려고 하는 것이 아닌가요?"

"헌 대협께서 제 말을 자꾸 가로막지만 않으셨다면 벌써 다 말씀드렸을 거예요. 물론 제 계획은 그들의 본거지를 치는 겁니다. 하지만 미행 같은 불안한 방법보다는 그들의 본거지를 찾는 확실한 방법이 있어요."

내 말에 헌준이 불만스런 표정으로 입을 다물었고, 오히려 배 숙부가 흥미로운 표정으로 날 바라보았다.

"그게 어떤 방법이지?"

"바로 제 주술이오."

내 대답에 좌중의 사람들은 이해하기가 어려운지 고개를 갸웃거렸다. 그래서 나는 조금 더 자세한 설명을 해줘야 했다.

"제가 할 수 있는 주술 가운데 추적 주술이라고 하는 것이 있어요. 그 주술을 준희 언니에게 걸어둔다면 나는 언니가 어디에 있는지 항상 알아낼 수 있죠."

그러자 할아버지가 감탄을 표했다.

"허어, 그런 주술도 있단 말이냐? 그런 게 있다면 그들의 본거지를 충분히 찾아갈 수 있겠구나."

"예. 추적할 수 있는 거리도 같은 지방 내에 있거나 옆의 지방에 있는 정도라면 충분히 찾아갈 수 있으니까 그들에게 들키지 않고 여유있게 쫓아갈 수 있을 거예요."

할아버지가 내 말에 고개를 끄덕이더니 주작단장 헌준을 바라보며 물었다.

"그래, 주작단장은 이 아이의 의견을 어찌 생각하시는가?"

그러자 그는 여전히 못마땅하다는 듯한 표정으로 대답했다.

"물론 은 소저의 생각대로 된다면야 훌륭한 계획이지만, 그쪽에는 주술에 능한 모산파 사람들이 있지 않습니까? 그들이 은 소저의 주술을 눈치 채고 뭔가 조치를 취한다면 소용없는 일 아니겠습니까?"

"괜찮습니다. 그들이 제 주술을 눈치 챌 수 있을 리도 없겠지만, 눈치 채서 어떠한 조치를 취하더라도 또 다른 방법이 있으니 상관없습니다."

추적 마법에는 추적할 인물이나 물건에 직접 마법을 걸어 멀리서 위치를 알아내는 것만 있는 건 아니었다. 직접 마법을 걸지 않아도 찾을 대상만 정확히 알고 있다면 찾아낼 수 있는 마법도 있었던 것이다.

내 자신있는 대답에 헌준이 어쩔 수 없다는 듯 고개를 끄덕였다.

"그렇다면야 저는 좋습니다."

"그대까지 허락하면 결론은 난 거군. 우리는 진이의 계획에 따라 우선 제갈 소저와 민이를 교환한 후 진이의 주술로 그들의 본거지를 알아내어 그곳을 칠 것이오. 제갈 소저, 괜찮겠는가?"

할아버지의 말에 제갈준희는 순순히 고개를 끄덕였다.

"예, 저는 괜찮습니다."

그리하여 내 계획에 따르는 것으로 결정이 날 것 같았다. 하지만 나는 방금 생각난 것 때문에 황급히 입을 열었다.

"에… 그런데 여기에는 문제가 한 가지 있어요."

그러면서 내가 제갈준희를 바라보자 제갈준희가 의아한 표정으로 나를 바라보았다.

"왜 그러는데?"

"에에… 그게… 내 주술은 언니가 어디에 있든 확실히 알아낼 수 있긴 하지만, 언니가 그 조직에 붙잡혀 있는 동안 언니를 보호해 주지는 못해. 그러니까 그 조직의 손으로 넘어가는 즉시 언니의 몸은 언니 스스로가 지켜야 한다는 거지. 본거지만 알아내면 최대한 빨리 그곳을 습격하겠지만, 그전에 언니에게 뭔 일이 생긴다면……"

내가 난처한 표정으로 손가락을 이마에 비벼대자 제갈준희가 별거 아니라는 듯한 표정으로 환히 웃어 보였다.

"걱정하지 마. 이래 봬도 난 그렇게 쉽게 당하지만은 않을 거야. 그리고 그들의 본거지를 알아내는 건데 그 정도의 위험은 충분히 감수해야 하지 않아?"

"에… 그래도 언니 혼자 그곳으로 보낸다는 건 조금 걱정되네. 차라리 그들이 비열하게 사기를 쳐서 언니와 민이를 다 데리고 간다면 민이 녀석이 있으니까 그나마 안심이 되지만… 아, 그래."

나는 또 다른 괜찮은 생각이 나서 손뼉을 치며 좌중을 둘러보았다. 그러자 사람들은 또 뭔 이야기를 하려는가 하고 날 바라보았다. 그런 그들에게 씨익 웃어 보이며 나는 내 생각을 말했다.

"제가 준희 언니로 변장하고 교환되면 안 될까요? 그게 훨씬 나을 거 같은데."

그러자 엄마의 눈이 왕방울만하게 커졌고, 예 총관의 입은 따악 벌어졌다. 하지만 주작단원 쪽은 얼굴들이 활짝 펴졌다. 그리고 대표로 헌준이 기쁜 음성으로 입을 열어 환영한다는 뜻을 내비쳤다.

"은 소저가 그렇게 해주시겠습니까? 하기야, 은 소저는 무공 실력도 뛰어나시고 주술까지 하실 수 있으니 제갈 소저보다야 훨씬 안전하지요."

그러나 그는 그 뒤에 들려온 할아버지의 말에 의하여 딱 굳어져 버렸다.

"그런데 진아, 네가 없으면 그들 조직의 본거지는 어떻게 찾으란 말이냐?"

그 말에 엄마와 예 총관은 안도의 한숨을 내쉬었다.

"아아… 그렇군요. 그건 미처 생각하지 못했네요. 어쩔 수 없지. 언니, 잘 견디고 있어. 내가 금방 또 구해줄게."

그러자 제갈준희는 방긋 웃으며 고개를 끄덕였다.

"그래, 그래. 진이만 믿고 있을게."

그리하여 우리 세가 사람들과 제갈준희, 신기수, 그리고 주작단원들은 다음날 낙양을 향하여 출발했다. 아무리 같은 지역 내에 있는 성이라고는 하지만 천천히 갔다가는 일주일 내에 못 도착할 수 있기 때문에 조금 서두르는 것이었다.

신기수는 제갈준희가 민이와 교환될 거라는 소리를 듣고 엄청나게 반발했지만—무뚝뚝한 사람이 이럴 때는 열혈 기질을 발휘했다—제갈준희의 설득에 의하여 겨우 입을 다물 수 있었다. 하지만 그 계획이 되게 불안한지 아직 전력이 되지도 않는 주제에 따라 나서겠다고 우겨서 어쩔 수 없이 데려가는 것이었다.
 처음에는 하도 같이 가겠다고 나서는 바람에 기절을 시키거나 수면제를 먹여 재워놓고 우리끼리 출발하려고 했지만, 제갈준희가 같이 가게 해달라고 요청하는 바람에 동행이 허락된 것이다.
 그런 거 보면 제갈준희가 아무리 담담하게 있는다 하더라도 속으로는 꽤나 떨리고 걱정되는 모양이었다. 하기사, 그것이 당연한 거겠지만…
 '음, 그러니까 역시 내가 변장하고 가는 것이 좋지 않을라나? 하지만 그 안으로 들어갈 때 바깥에서 대기하고 있는 우리 편이랑 연락이 되지 않으면 역시 무리겠군. 나 혼자 난리칠 수도 없고 말야.'

 낙양 지부장은 갑자기 들이닥친 우리 일행을 보고 반색을 하며 맞아들이긴 했지만, 주작단장을 소개받자 마치 '전에는 청룡단원이 오더니 이번에는 주작단원들에 단장까지 왔냐?' 라는 표정이었다. 그런데 그 뒤에 무림맹에서 또 다른 인원들이 내려온다 그러자 아예 울상이 되어 한숨만 푹푹 내뱉었다.
 '헐… 저번에 청룡단원들에게 어지간히 학을 뗀 모양이네.'
 낙양을 관할하는 지부장에게는 미안한 일이지만, 무림맹에서는 그에게 자세한 설명을 하지 말라고 지시가 내려온 모양이었다. 주작단장이 그에게 설명하는 걸 대충 들어보니 은씨 세가를 침입한 불온한 무리들을 쫓아오다 보니 낙양에서 그들의 움직임이 포착되어 온 것이니 협조해 달라고만 하는 거였다.
 낙양 지부장은 그들 일에 관여하고 싶지 않았는지 더 이상 묻지 않고는 필요한 것이 있으면 말하라는 식으로 협조할 의사만 내비치고는 물러갔다.

모산파의 사람들이 강시를 이끌고 우리 세가에 쳐들어온 지 딱 일주일이 되는 날 아빠와 배 숙부, 희여송, 그리고 주작단장과 두 명의 주작단원들은 그들이 말한 '초월향'이라는 청루로 향했다.

나도 그곳에 가고 싶었지만, 남장하고 같이 가면 안 되냐고 한 번 말했다가 세가 사람들의 뚱그레진 눈들을 보고는 다시 조르려는 마음이 쑥 들어가 버렸다.

'에잇, 내가 뭘 어쩌겠다는 것도 아니고 단지 구경 좀 해보겠다는데 그렇게 볼 건 또 뭐야? 쳇, 나중에 나 혼자 가볼 거다. 아아, 아니다. 민이랑 같이 가보면 되겠구나.'

초월향으로 갔던 일행들은 한 시간쯤 지나자 곧바로 돌아왔다. 이왕 청루라는 곳에 간 김에 다른 사람들의 눈을 의식해서라도 쬐끔은 놀고 올 거라고 생각했는데, 그건 내 생각일 뿐 그곳에 간 일행들은 놀고 싶은 마음이 아예 없었던 모양이다.

"어떻게 되었어요?"

제일 마음 졸이고 있었던 엄마가 아빠를 비롯한 일행이 돌아왔다는 소리를 듣자마자 제일 먼저 뛰어나가 아빠를 맞아들이면서 물었다.

"별건없었다오. 단지 내일 아침에 성문 앞에서 만나기로 했소."

"거기서 민이와 교환한대요?"

"설마… 그건 아니고, 안내자가 나온다고 하더군. 우리는 단지 제갈 소저를 데리고 내일 아침에 성문 앞으로 나가 있다가 안내자를 따라간다면 교환 장소로 갈 수 있다고 했소."

제갈준희를 보호하라

"아아……."

엄마는 그 말에 더욱더 근심이 쌓이는지 가슴을 부여잡고 한숨을 내쉬었다. 그런 엄마 뒤를 이어 나도 아빠에게 질문을 던졌다.

"그래요? 혹시… 몇 명만 나오라던가, 아니면 누구 한 사람만 지목하여 그가 준희 언니를 데리고 오라던가 그런 말은 없었어요?"

내 말에 배 숙부가 허허 웃으며 대답했다.

"허허허, 그런 이야기는 또 어디서 들었는지 모르겠지만 다행히 그런 말은 없었단다. 그래서 이곳에 온 모든 사람들이 다 같이 갈 거란다."

"몇 명만 오라고 하지 않은 걸 보면 그쪽에서도 전력을 다 데리고 올 생각인가 보군."

할아버지의 중얼거림에 희여송도 고개를 끄덕이며 긍정했다.

"그런 거 같습니다."

그러자 주작단장 헌준이 걱정스럽다는 어조로 말했다.

"아직 무림맹에서 지원이 도착하지 않았는데 저희만으로 가도 되겠습니까? 혹시 우리에 비해 그쪽이 전력이 훨씬 월등하면 그곳에서 은 소협을 저희 쪽으로 보내지 않고 공격해 오지 않겠습니까?"

그래서 내가 그의 걱정을 해소시켜 줬다.

"괜찮아요. 준희 언니에게 해를 가하지는 않을 테니까 나머지 분들만 자신의 몸을 지키시면 돼요."

거기에 할아버지가 부연 설명을 덧붙였다.

"허허, 아마 너와 민이를 오히려 잡아들이려 할 테니 너는 다치는 것을 조심하는 것보다는 그들에게 잡히지 않도록 조심하거라."

네가 없으면 그들의 본거지를 찾지 못할 테니까."

"홋홋홋, 제 걱정은 하지 마세요. 제 경공 실력 아시잖아요. 절대 잡힐 일 없어요. 아, 준희 언니? 혹시 혼자 그들의 소굴에 들어가는 게 걱정되면 민이보고 다시 잡히라고 해서 같이 있게 해줄까요?"

내가 그렇게 말하자 엄마는 날 흘겨보았다. 그걸 제갈준희가 눈치 챘는지 배시시 웃으면서 고개를 저었다.

"아냐, 생각해 주는 건 고맙지만 진이는 민이와 정말 오랜만에 만나는 거잖아. 그 만남이 나 때문에 더 미뤄진다면 내가 진이에게 너무 미안할 거야. 그렇지 않아도 내가 진이에게 받은 도움이 얼마나 많은데… 게다가 이번에 나는 가만히 그들이 하라는 대로만 하면 될 뿐인데 뭐… 그렇게까지 해줄 필요는 없어."

"에혀, 할 수만 있다면 내가 대신 가주고 싶지만… 언니, 그곳에 가서도 너무 걱정하지 말아요. 내가 꼭 구해줄 테니까."

"그래, 그래. 진이만 믿을게."

그 다음날 아침 일찍 나는 세가의 어른들을 따라 낙양 성문으로 나갔다. 엄마는 내가 뭔 일을 당하거나 아니면 엉뚱한 일을 저지를까 봐 그냥 낙양 지부에 머물러 있기를 은근히 바라는 눈치였다. 하지만 이렇게 흥미로운 구경거리에 내가 빠지려 하겠는가? 그래서 엄마의 은근한 눈총을 싸악 무시하고 따라나선 거였다.

아직 좀 이른 시각이라서 그런지 성문을 지키는 관병들 외에는 성문을 지나다니는 사람이 그렇게 많지 않았다. 그런 이들 중에서 누가 안내인인지 모르는 우리들은 성문 바로 밖에 옹기종기 모여서 성문을 지나다니는 사람들을 뚫어지게 바라보고 있어야 했다.

하지만 그러한 낯뜨거운 일을 세가의 어른들이나 주작단원들이 어디 하려고 하겠는가? 그래서 성문 바로 밖에는 세가의 몇몇 무사들과 낙양 지부 소속 무사들을 세워두고 우리는 성문에서 가장 가까운 객점에 모여 앉아서 간단한 요리를 즐기며 성문으로 보낸 무사들이 안내인을 데리고 오길 기다리고 있었다.

한 30분쯤이 지났을 때였다. 이제 슬슬 안내인이 올 때가 됐으려니 하고 있는데 객점의 열린 문으로 세가의 무사가 당황한 표정으로 뛰어 들어와 할아버지 앞에 부복했다.

"아, 아룁니다."

"안내인이 왔느냐?"

"예, 그… 그런데… 그것이… 저기……"

안내인이 왔다는데 왜 저렇게 난처한 얼굴로 말을 못하고 우물거리는지 이해를 못해 그 무사가 제대로 말하기만을 기다리고 있는데, 그 객점 안으로 성문으로 갔던 나머지 무사들과 한 여성이 들어섰다.

세가의 무사들과 같이 있어서 그녀가 안내자인가 보다… 하고 바라보던 나는 너무 놀라 입이 떡 벌어질 지경이었다.

그녀는 바로 예전에 은재영의 부인으로 세가 안에 들어왔었던 그 여자, 은주였던 것이다.

"어라라라?"

나와 눈이 마주친 그녀는 마치 아무 일도 없었다는 듯이 생긋 웃어 보이더니 척척 걸어와 할아버지 앞에서 멈춰 공손히 인사를 올렸다.

"처음 뵙겠습니다, 아버님. 전에는 폐관 수련을 하시느라 미처 뵙지 못했네요."

그러자 웬만한 일에도 놀라는 표정을 짓지 않고 덤덤하던 할아버지가 나와 만난 뒤 처음으로 너무 놀라 입을 쩍 벌리는 모습을 보였다.

"아, 아버님?"

옆에 있던 배 숙부가 그녀를 보더니 분노를 얼굴에 드러내며 자리를 박차고 일어나 검까지 빼어 들어 그녀에게 겨누며 외쳤다.

"이 발칙한 것! 감히 여기가 어디라고!!"

하지만 놀랍게도 그녀는 자신에게 검이 겨누어짐에도 불구하고 전혀 놀라지 않은 채 마치 짐작이라도 하고 있었던 듯 유연하게 한 걸음 뒤로 물러남과 동시에 자신이 들고 있던 부채를 들어 배 숙부가 내지르는 검의 끝에다 정확하게 가져다 대는 것이 아닌가?

"아아… 너무 흥분하지 마시지요, 아주버님. 오랜만에 만난 제수에게 너무 무례하신 게 아닌가요?"

"제수는 무슨 제수!! 도대체 네가 무슨 낯짝으로 여기에 나타난 게냐?"

"어머나, 그렇게 말씀하시면 서운하지요. 제가 삐쳐서 그냥 가 버리면 무척 곤란하실 텐데요? 이래 봬도 전 안내역으로 온 거랍니다."

그녀는 배 숙부의 검끝을 자신의 부채로 부드럽게 밀어낸 뒤 그 부채를 펴 살랑살랑 부치면서 방긋방긋 웃어 보였다.

그녀의 태연함에 배 숙부는 기가 막혀하며 검을 거두어들였다.

"뭣이라? 네가 안내자라고? 허… 참……."

배 숙부와 그녀가 티격태격하는 동안 평정심을 되찾은 듯 담담한 표정으로 돌아온 할아버지가 자리에서 일어서며 그녀에게 말했다.

"그래, 네가 재영이의 안사람으로 우리 세가 안으로 들어와 음모를 꾸몄다던 그 아이로구나. 어쨌든 지금은 안내역으로 왔다니 네 역할에 충실하는 것이 어떻겠느냐?"

"호호호, 아버님의 명이시니 당연히 따라야지요. 아, 아주버님과 형님도 그동안 안녕하셨는지요?"

아빠는 예의 무뚝뚝한 표정으로 고개만 까딱해 보였고, 우리의 호프 엄마는 그녀 못지 않은 화사한 미소를 보이면서 그녀의 인사를 받았다.

"호호호, 우리야 잘 있었지. 자네야말로 별 탈 없어 보이는군?"

"형님이 걱정해 주신 덕분에 저도 잘 있었답니다."

"그래, 우리 민이를 자네가 데리고 있어준 건가?"

"아, 물론 제가 직접 데리고 있었던 건 아니지만 결과적으로 그런 셈이네요."

"호오, 그래? 우리 민이를 잘 보살펴 줬다니 정말 고맙군. 물론 민이에게 어떠한 상처라도 있을 시 그건 자네의 목숨으로 갚을 준비는 되었겠지?"

여자는 약하여도 어머니는 강하다고 했던가? 은주에게 말하는 엄마의 눈빛은 끝에 가서는 나조차도 놀랄 정도로 엄청 무서운 살기를 뿜어냈다. 하지만 그것은 정말 잠시뿐이고 엄마는 다시 평소의 부드러운 여자로 돌아왔다.

하지만 그럼에도 불구하고 엄마의 살기를 정면으로 맞은 은주는 두려움을 느꼈는지 잠시간 얼어 있다가 겨우 미소를 지으며 고개를 끄덕였지만, 미소를 짓는 볼이 억지로 움직여진 것이라 푸들푸들 떨렸다.

"명심하죠."

은주라는 여자가 더 이상 열받게 굴지 않고 자신의 본연의 의무를 이행하려는 듯 몸을 돌려 객점 밖으로 향하자 세가의 사람들은 엄마에게 '무지 잘하셨어요'란 시선을 한번씩 보내주고는 그녀의 뒤를 따랐다.

그녀가 우리를 데리고 간 곳은 성문 밖을 한참 벗어난 곳에 있는 동정호의 주변이었는데 농지로 개간이 안 되어서 풀이 무성한 널따란 들판이었다.

근처에 갈대밭이 있긴 하지만 조금 멀리 떨어져 있는 곳이었고, 주변에는 숲도 나무도 바위도 없어서 누가 숨어 있기에는 어려운 곳이었다. 물론 땅 파고 숨어 있는 것은 제외하고 말이다.

그리고 그 넓은 들판에는 한 무리의 사람들이 서서 우리가 오길 기다리고 있었다.

우리가 그들과 좀 떨어진 곳에 멈춰 서자 은주가 우리에게서 벗어나 그들 쪽으로 합류했다.

그들의 무리를 바라보니 얼마 전에 우리 세가를 침입했던 모산파의 도사 두 명과 그들을 호위하듯 뒤에 버티고 서 있는 대충 300명으로 보이는 강시들, 그리고 은주와 그 옆에 서 있는 검은 경장 차림을 한 두 남자가 꾀죄죄한 몰골로 서 있는 민이를 제압하고 있는 게 우리를 상대하고 있는 인물들의 전부였다.

"헤이, 민아? 너 맞냐?"

내가 메시지를 보내자 금방 답이 왔다. 역시 저들은 진짜 민이를 데려온 것이었다.

"아아, 누나… 잘 지냈어?"

"으이그, 너 때문에 집안 분위기가 우중충해서 질식하는 줄 알았다.

집안을 그렇게 만들어놓고 그래, 너는 어느 정도 소득이 있었냐?"

"후후후, 축하해 줘, 누나. 나 생각보다 조금 더 높은 경지에 들어선 거 같아. 아빠의 빙검오식은 이제 4개를 완전히 터득했고, 은하검법도 3개나 완벽하게 터득한 거 있지?"

"오옷, 그러냐? 축하한다. 하지만 또다시 붙잡혀서 연마한다고 하면 너, 가만 안 둘 거다. 알겠냐?"

"알았어, 알았어. 그냥 이번 한 번만 해본 것뿐이야. 내가 얼마나 할 수 있는지 알아보고 싶어서 말야."

"글쎄, 나는 지금도 이해가 안 가는 것이, 집에서 폐관 수련을 하면 될 걸 가지고 왜, 뭐 하러 그쪽에 붙잡혀 가서 수련을 해야 하는 거냐구우?"

"에이… 그건 전에도 계속 잔소리한 거였잖아. 그러니 그냥 넘어가자구."

민이와 내가 그렇게 잡담을 하는 동안 양쪽 진영(?)은 자리를 잡고 서서 한동안 눈빛만으로 서로를 제압하려 했다. 그러니까 쉽게 말해 서로 째려보고 가만히 서 있었단 이야기다. 그러다가 어느 한순간 모산파의 두 도사 중 더 늙은 노란 도사복의 도사가 한 걸음 앞으로 나섰다.

"허허허, 우리의 제안을 받아들이셨구려."

그러자 우리 쪽에서는 배 숙부가 앞으로 나섰다.

"자, 어떻게 교환할 거요?"

"방법은 간단하오. 그냥 양쪽의 아이들이 천천히 걸어 상대편으로 가는 것이오. 절대로 달리지 않고 천천히 걸어야 하오. 그럼 시작하겠소?"

"그전에, 우선 저 아이가 민이라는 것과 아무런 해를 입지 않았다는 것을 어떻게 증명할 것이오?"

"그건 내 본 문의 명예에 걸고 장담하겠소. 우리는 그대들이 속임수를 사용하지 않고 진짜 제갈준희를 데리고 왔다고 순순히 믿어줬는데, 그대들은 너무 의심이 많군."

그가 은근히 비꼬았지만 배 숙부도 만만치 않게 맞받아쳤다.

"훗, 그대들이 지금까지 해온 일은 생각지도 않고 그냥 믿어달라고 하다니, 너무 어려운 요구가 아니오?"

그러자 그 모산파의 늙은 노란도사가 인상을 팍 구기더니 기분 나쁘다는 것을 그대로 드러내며 거칠게 말했다.

"교환합시다. 셋을 세면 아이들이 걷기 시작하게 합시다. 내가 셋을 세겠소."

"좋소."

배 숙부는 그렇게 말하면서 뒤로 물러나 나에게 전음을 보냈다.

[진아, 네 주술은 어찌 되었느냐?]

그래서 나는 자신에 찬 미소로 대답해 줬다.

[걱정 마세요. 벌써 걸어놨습니다. 언제든지 말씀만 하시면 위치를 파악할 수 있어요.]

[잘했다.]

그 다음 배 숙부는 제갈준희에게도 전음으로 몇 마디 보낸 것 같았다. 신기수는 그때까지도 무척이나 안타까운 표정으로 제갈준희의 손을 꼬옥 잡고 있다가 늙은 노란도사가 숫자를 세기 시작하자 어쩔 수 없이 그 손을 놨다.

"하나, 두울……."

그러자 저쪽 진영에서는 민이가 앞으로 나섰고, 이쪽 진영에서도 제갈준희가 나서서 걸어갈 준비를 했다.

"세엣!!"

늙은 노란도사가 마지막 숫자를 세자 민이와 제갈준희는 천천히 앞으로 걸어가기 시작했다.

우리 쪽 진영은 여차하면 뛰어나갈 수 있도록 온몸을 긴장시킨 채 제갈준희가 가고 민이가 오는 모습을 뚫어져라 바라보았다.

민이와 제갈준희가 점점 가까워지다가 드디어 마주친 순간 둘은 눈짓으로 짧은 인사를 건네고는 곧 스쳐 지나갔다.

그리고 곧 제갈준희는 저쪽 진영에, 민이는 우리 쪽 진영에 거의 다 왔을 무렵, 엄마는 더 이상 참지 못하겠는지 뛰어나가서 민이를 부둥켜안았다.

"민아~!!"

"죄송해요, 어머니. 많이 걱정하셨지요?"

"죄송한 건 아니? 이 녀석, 그동안 한번도 마음 고생 안 시킨다고 은근히 장하다 생각하고 있었는데, 그거 다 취소다!"

"하하하, 정말 죄송해요."

"그래, 어디 다친 데는 없고?"

"예. 전 멀쩡해요."

우리 쪽 진영 사람들이 감격스러운 모자 상봉을 지켜보고 있는데 갑자기 기분 나쁜 목소리가 우리들의 잔잔한 감동을 깨뜨려 버렸다.

"저기요오오~ 소중한 시간을 방해해서 정말 죄송한데요오오~ 제가 꼭 알려드릴 말씀이 있거든요오오? 그러니 저 좀 봐주시겠어요오오?"

은주였다. 그녀의 말에 혹시나 하는 생각에 엄마와 아빠는 재빨리 민이의 온몸을 샅샅이 살펴보기 시작했고, 나머지 사람들은 설마… 하는 생각에 저쪽 진영을 의심과 긴장이 가득 찬 눈길로 노려보았다.

은주는 우리 쪽 진영의 시선을 아주 담담히 받아넘기며 생글생글 웃는 얼굴로 계속 말을 이었다.

"아이, 그렇게 뜨거운 눈길로 바라보시면 제가 부끄럽잖아요."

그러자 배 숙부가 심히 기분 나쁘다는 감정을 노골적으로 드러내며 말을 내뱉었다.

"무슨 용건이 더 있다는 거냐? 남아 있으면 빨리 말해라."

하지만 은주는 뭘 가지고 있는지 아주 기대감 넘치는 얼굴로 웃었다.

"호호호, 성급도 하셔라. 그렇게 재촉하지 않으셔도 제가 뭘 말하려는지 잠시 후면 은민 군이 알려줄 거예요."

그러자 주작단의 의심스럽다는 시선이 민이에게로 향했다. 그 시선은 마치 '너, 가짜지?' 라고 말하고 있는 듯했다.

민이는 첨에 어리둥절한 시선으로 주위를 바라보다 주작단원들의 집중적인(?) 시선에 볼멘소리로 항변했다.

"저 가짜 아니에요. 진짜라구요. 누나, 뭐라고 말좀 해봐."

그래서 나도 민이를 위해 한마디 해줬다.

"쟤 진짜 맞아요."

그리고 은주도 민이를 편들어줬다.

"홋홋홋, 저 민이 군은 진짜 민이 군이 맞답니다. 여기 계신 도사님께서 본 문의 명예를 걸고 장담하셨잖아요."

"그러면 도대체 뭘 은 소협이 알려준다는 거지?"

헌준이 민이를 보며 말했지만 민이 자신도 모르는 일인지 고개만 설레설레 저어 보였다.

"그렇다면 저 여자의 말대로 잠시 기다려 보지요."

희여송의 말에 모두들 찬성하고는 입을 다물고 민이만을 주시한 채 기다리기 시작했다.

그런데 이게 웬일? 10분이 지나고 15분이 지나도 민이 녀석은 멀뚱멀뚱하게 자신을 바라보는 사람들만 마주 보면서 가만히 있고 뭔 말을 하려는 것도, 뭔 변화를 일으키는 것도 아니었다.

"아, 정말… 도대체 언제까지 기다려야 한다는 거예요?"

우리 진영에서 제일 참을성이 없는 사람은 바로 나였나 보다. 다른 사람들은 그래도 계속 기다리는데 나는 참지 못하고 은주를 향해서 소리쳤다.

그런데 정말 의외로 그녀 또한 뭔가 잘못됐는지 당황해하면서 민이만 계속 쳐다보고 있는 거였다.

"이상하네… 분명 나타날 때가 됐는데… 이게 도대체… 약이 잘못됐나? 아님 내가 시간을 잘못 알았나?"

그녀의 중얼거림은 그렇게 크지 않았지만 무공 고수들은 다 알아들을 수 있었다. 그리고 그중에는 민이와 나도 있었다.

"약? 무슨 약이라고 한 거 같은데?"

내가 중얼거리면서 뭔가 아는 거 없냐는 시선으로 민이를 쳐다보자 민이가 고개를 갸웃하다가 드디어 뭔가 깨달았는지 감탄사를 내뱉었다.

"아아, 이거 말하는 건가?"

그러면서 입 안에 손가락을 넣더니 곧 이어 뭔가를 꺼내 들었다.

"그게 뭐냐?"

어금니만한 검은 알약이었다. 그런데 그게 좋은 건지 나쁜 건지는 알아볼 수가 없었다.

내 질문에 민이도 어깨를 으쓱해 보이며 말했다.

"나도 몰라. 그냥 내가 갇혀 있던 곳에서 나올 때 저들이 먹이려고 하길래 먹는 척하면서 어금니 뒤쪽에다 넣어놓고 있었지. 확실하게 넘기려고 혈도까지 누르더라고. 하마터면 먹을 뻔했지."

"저 여자가 먹이려고 한 거 보면 안 좋은 것만은 분명해."

내가 은주를 손가락으로 가리키며 말한 뒤 그녀를 바라보자, 그녀는 민이가 입 안에서 꺼내 든 것을 보더니 인상을 팍 찡그리면서 들고 있던 부채를 바닥에다 패대기쳤다. 어지간히 화가 난 모양이었다.

"이런 제기랄!!"

그 모습에 그게 뭔지 모르는 눈치인 모산파의 젊은 도사가 그녀를 향해 물었다.

"아니, 저게 뭔데 그러는 거요?"

그러자 그녀는 무지 짜증스러운 어조로 내뱉었다.

"뭐긴 뭐예요? 독약이지. 저걸로 은씨 세가를 확실히 묶어둘 수 있을 거라 생각했는데… 저 어린 녀석이 저걸 안 먹고 버텼을 줄이야!!"

그녀의 말을 들은 나는 민이의 어깨를 툭 치며 방긋 웃었다.

"야, 너 안 먹길 잘했다 야."

그러자 민이도 덩달아 웃으면서 날 바라보았다.

"뭘, 먹었어도 누나가 치유해 줬을 거 아냐?"

"훗훗, 하긴… 저 여자 괜히 힘 빼고 약만 낭비해 버렸군."

그러고 있는 우리에게 배 숙부가 다가와 민이의 손에서 그 독약을 가져가 버렸다.

"이리 주거라. 이건 사천에 있는 당씨 세가에 보내어 성분을 알아보도록 하는 것이 좋겠다. 그럼 저들이 나중에 이런 독약을 사용하더라도 우리가 방어할 수 있겠지."

'하긴, 사천당가는 독약 전문가라고 하니까……'

은주는 다시 한 번 우리를 씹어버릴 듯이 바라보다가 홱 소리가 날 정도로 세게 몸을 돌리고는 걸어가 버렸다.

그리고 그때를 맞춰 모산파의 노란도사가 우리를 향해 크게 팔을 휘저어 보이면서 외쳤다.

"발!!"

그러자 갑자기 우리 진영 주위의 땅이 작게 폭발하더니 거기에서 노란 연기가 마구 피어 올라 우리의 시야를 감싸는 것이었다. 되게 매캐하고 냄새도 고약한 것이, 최루탄이 바로 이런가… 하는 생각이 들 정도였다.

견디지 못한 나는 재빨리 소매로 내 코와 입을 틀어막아 준 누군가의 손기를 뿌리치고 허공을 향해 외쳤다.

"윈디!!"

그러자 내 주위에서 강한 바람이 휘몰아치더니 그 노란 연기를 우리 진영에서 멀리 날려줬다.

그러고 앞을 보니, 거기 있어야 할 은주를 비롯한 모산파 팀들은 어디론가 사라지고 없었다. 아마 우리의 시야에서 사라지려고 연막탄을 사용한 듯했다.

그러나 내가 마법을 사용하여 금방 연기를 흩어버리는 바람에 그들이 저~ 멀리 달아나고 있는 모습이 우리의 눈에 뜨이고 말았다.

그들은 동정호에 미리 배를 준비하고 있었는지, 우리가 볼 때에는 배를 막 동정호의 중앙을 향해 저어 나가고 있는 중이었다.

하지만 우리 진영들 중 누구도 그들 뒤를 쫓지 않았다. 어차피 그들이 멀리 달아나 봤자 내 손바닥 안이었기 때문이다.

단지 배 숙부가 확인차 나에게 물어왔을 뿐이다.

"진아, 제갈 소저가 저 안에 있느냐?"

그래서 나는 손바닥 위에 마법으로 자그마한 판을 만들어 보여줬다. 그 판 위에는 배가 있는 방향에서 제갈준희를 가리키는 점이 자그맣게 깜빡거리고 있었다.

"이게 바로 준희 언니가 있다는 표시예요. 바로 저 배인 것 같은데요?"

내가 보여주는 판을 바라보던 배 숙부가 만족한 얼굴로 고개를 끄덕였다.

"그래, 네 말이 맞는 것 같구나."

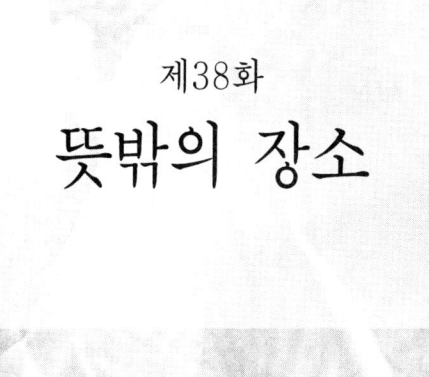

제38화
뜻밖의 장소

뜻밖의 장소

"설마… 설마 무림맹옆에 저들의 본거지가 있는 건 아니겠지?"
'설마가 사람 잡는다.'
"허, 허, 허… 세상에 이런 일이 있을 수가 있나?
무림맹 바로 옆에 불온한 무리들의 거점이 있었다니……."

   우리 일행은 우선 낙양 지부로 돌아가서 지원을 기다리기로 했다. 아직 무림맹에서 보냈다던 지원병이 도착하지 않았기 때문이다. 게다가 은주와 모산파 일당이 배를 탔으니 본거지에 도착하려면 좀 더 시간이 필요할 거라 여겨졌기 때문이다.
   신기수는 제갈준희가 그들 손으로 들어간 후 한시도 가만히 있지 못하고 안절부절못하더니만 나에게 시시때때로 제갈준희가 어디쯤에 있는지 물어왔다.
   처음 몇 번이야 이해를 해주겠지만 그 뒤로는 너무 그가 귀찮아져서 나는 낙양 지부 내에서 그를 피해 도망까지 다녀야 했다. 내가 이렇게 하면 그쯤에서 날 이해해 주고 스스로 자제해 줬으면 좋았으련만, 그는 나보다 제갈준희가 더욱 소중했는지—물론 당연한 거겠지만—피해 다니는 날 물어물어 쫓아다니는 거였다.
   그래서 낙양 지부 안에서는 때아닌 쫓고 쫓기는 추격전이 벌어졌었다.

 이럴 때 민이 녀석이 날 도와줬으면 좋으련만 민이는 자신의 실력이 얼마나 향상됐는지 알고 싶어 안달하더니만 지부에 도착하자마자 희여송을 이끌고 지부장 연무장으로 달려가 버렸다.
 "치사한 놈 같으니라구……."
 그래서 나는 그날 하루, 날이 저물도록 혼자의 힘으로 신기수를 피해 도망 다녀야만 했었다.
 무림맹에서의 지원은 그 다음에 도착했다. 그런데 그 지원이라는 것이 청룡단장을 비롯한 청룡단원 20여 명이었다. 그리고 그들 중에는 저번에 청명검 사건으로 낙양 지부에 왔던 그 5명도 끼어 있었다.
 그들은 날 다시 만나자마자 예전의 그 안 좋은 감정을 여전히 가지고 있었는지 날 대하는 태도가 되게 무례했다.
 "호오, 은 소저, 정말 오랜만이군요. 그동안 사파가 되기 위하여 사악한 주술을 열심히 배우셨다면서요?"
 처음부터 빈정 모드로 나가는 목우령이 되게 맘에 안 들었던 나는 그대로 맞받아쳐 줬다.
 "훗, 당신을 배추벌레로 바꿔 버리는 주술을 배우려고 노력했지요. 다행히 제 능력이 따라줘서 거기까지는 가능하답니다. 한번 제 실력을 보시겠어요?"
 그러면서 그에게서 한 발짝 물러나 손을 들어 올리면서 마법을 시행하려는 척하자 목우령의 얼굴이 헬쑥해지면서 얼른 옆으로 피했다. 그리고 그 대신 화예검 혁진아가 정색을 한 표정으로 날 바라보며 질책하듯 말했다.
 "설마, 정말 사파인처럼 사악한 주술을 배우신 건 아니겠지요?

당신은 정파의 기둥 중 하나인 은씨 세가의 사람입니다!"

"제가 사용하는 능력을 보고 말씀하셨으면 좋겠는데요? 도대체 사악하고 안 하고의 기준이 뭔가요? 그냥 불덩어리를 날리고 물을 날리면 모두 다 사악한 건가요? 그럼 당신들의 동료인 주작단원들은 사악한 주술의 도움을 받았다는 소리군요?"

그러자 철마협 상관초가 불쑥 끼어들었다.

"그들은 자신들의 실력이 모자랐기에 당신의 도움을 받은 것입니다. 우리 청룡단이라면 그러한 도움은 받지 않았을 테지요."

그런데 그 말을 근처에 있던 주작단원 한 명이 들었다. 그는 곧바로 내 곁으로 다가와 비웃는 표정으로 그를 바라보며 말했다.

"홋… 정말 아직 위험한 일을 겪지 못한 철부지들이 하는 말이란… 나도 은 소저처럼 직접 겪어보고 말하라고 하고 싶군."

그러자 목우령이 발끈하며 나섰다.

"누구보고 철부지라고 하는 것인가? 우리도 자네 못지 않게 많은 사건을 해결했어!"

"오~ 그런가? 아, 그러고 보니 은 소저와 아는 사이라면……."

그 주작단원은 뭔가가 갑자기 떠올랐는지 고개를 끄덕끄덕하고 있더니만 갑자기 득의양양한 표정으로 씨익 웃으면서 그 청룡단원을 바라보며 입을 열었다.

"훗, 자네들도 그 소문을 들었나 모르겠군. 낙양 근처의 야산에서 사건이 벌어져 5개 단 중 어느어느 단의 단원이 파견되었는데 자신들보다 훨씬 나이 어린 이들보다 실력이 낮다는 것만 만천하에 공개하고 돌아왔다고 하더군. 혹시 그들이 누구인지 아나?"

무지 빈정대고 비비 꼬는 그의 말에 목우령이 다시 한 번 발끈했다.

"우리는 그래도 자네들처럼 주술의 도움을 받지는 않았네!"

그걸 기다리고 있었던 듯 주작단원은 싱긋 웃으며 입을 열었다.

"훗, 그들이 바로 자네들이었나 보지? 이거 몰라봐서 정말 미안허이."

"이익……!"

화예검 혁진아가 분을 참지 못하겠는지 자신의 허리에 찬 검에 손을 가져갔다. 그런데 그때 이곳의 험악한 분위기를 알아챘음인지 청룡단장이 이를 빠득빠득 갈고 있는 5명의 청룡단원들을 불렀다.

"거기, 지금 뭐 하는 건가!"

각 단원들 간의 시비가 알려지면 좋을 것이 없었는지 청룡단장의 말에 화예검 혁진아는 자신의 검으로 가져갔던 손을 후닥닥 떼었다. 그리고 주작단원은 그런 그들에게 비웃음을 한 번 더 던지고는 자신과 같은 단원들이 있는 곳으로 가버렸다.

그래서 나도 그들에게 '꼴 좋다'란 표정으로 비웃어주고는 그 자리를 떴다. 아, 그전에 그들에게 비웃음을 날리면서 가운뎃손가락을 들어 보이는 것도 잊지 않았다. 아마도 그들은 그게 뭔지는 모를 테지만, 어쨌든 좋은 뜻이 아니라는 것은 눈치 챘을 것이다.

낙양 지부장은 지원이 5개의 단 중 또 다른 단의 단원들과 단장까지 포함될 정도로 대단할 줄은 예상치 못하고 있다가 청룡단이 떡하니 도착하자 머리 싸매고 드러눕고 싶다는 표정을 지어 보였다.

하지만 이곳을 관리하는 장의 입장에 정말 머리 싸매고 드러누울 수는 없었던 터라 손님들 접대를 하긴 했지만 울 할아버지 옆에서 떠나지 않으려는 데다 주작단장과 청룡단장과는 될 수 있는 한 눈길도 마주치지 않으려 하는데… 그의 노력이 정말 눈물겹게 보일 정도였다.

그런 그의 노력이 하늘을 감동시켰으면 정말 좋았으련만.

무림맹에서 지원이 도착하자 바로 그 다음날 우리는 제갈준희를 추격하려 했다. 하지만 이게 웬걸, 그들이 제갈준희를 데려간지 3일째였음에도 불구하고 얼마 이동하지 않고 있었던 거였다.

"그게… 무슨 뜻이죠?"

마법으로 만들어낸 판 위의 모양을 보여주며 그들이 별로 이동하지 않았다고 말하자 헌준이 불안한 시선으로 날 바라보며 물었다.

"그러니까 말 그대로 그들이 별로 이동하지 않았다는 소리예요. 위치로 보아하니 여전히 동정호 위에 있군요."

그러자 추적 작전을 짜기 위해 모였던 사람들은 서로 이해하기 힘들다는 듯한 시선을 교환했다.

"왜 본거지로 움직이지 않을까요?"

주작단장의 말을 처음으로 사람들은 서로 자신의 생각을 말하기 시작했다.

희여송 왈,

"혹시 동정호 위에 띄워놓은 커다란 배가 본거지일까요?"

청룡단장 왈,

"은 소저의 주술이 잘못된 거 아닙니까? 혹시 모산파에서 소저의 주술을 알아차리고 손을 쓴 것일지도 모르지 않습니까?"

그래서 내가 대꾸했다.

"그건 절대 아니에요. 만약 모산파가 제 주술에 무슨 술수를 썼다면 제가 못 알아차릴 리 없습니다. 게다가 이건 다른 주술도 써서 알아본 결과니까 확실해요."

배 숙부 왈.

"그렇다면 정말 동정호에 띄워놓은 배가 본거지? 아니야, 그러려면 배가 무척 커야 할 텐데 그렇다면 눈에 너무 띄지. 흐음… 무슨 속셈이지?"

그러자 묵묵히 있던 아빠가 입을 열었다.

"혹시 미행이 있는지 없는지 알아보기 위하여 시간을 끄는 게 아닐까요?"

아빠의 말에 의외로 주작단장이 수긍하는 모습을 보였다.

"아, 정말 그럴지도 모르겠군요."

'헤에… 저 사람이 웬일이래? 맨날 우리 세가에 반하는 의견만 내놓더니만.'

내가 속으로 그렇게 의아해할 때 배 숙부도 아빠와 비슷한 생각을 내놓았다.

"어쩌면 낙양에 우리가 아직 버티고 있는 데다 무림맹에서 지원까지 와서 머물러 있다는 걸 알고 우리가 가버리길 기다리고 있는 건 아닐까요?"

그러자 이번에는 청룡단원이 고개를 끄덕이며 수긍했다.

"어쩌면 그럴 수도 있겠군요."

"이거 참… 그럼 어찌해야 할까요? 그냥 동정호 위에 있을 배를 덮칠까요?"

주작단장이 그렇게 말하자 배 숙부가 고개를 저었다.

"잠시 기다려 보는 건 어떻겠습니까? 우리가 제갈 소저를 그들에게 넘어가도 그냥 있었던 건 그들의 본거지를 알아내기 위함이 아니었습니까? 어차피 제갈 소저에게 해를 가하지도 못할 테니 좀 더 기다리는 게 좋을 것 같습니다."

"하지만 우리가 계속 이곳에 머물러 있는다면 저들이 절대로 움직이지 않을지도 모르잖습니까?"

청룡단장이 말하자 희여송이 그에게 물었다.

"무슨 좋은 생각이 있으신 겁니까?"

그러자 청룡단장이 나를 한번 힐끔 쳐다보더니 대답했다.

"은 소저의 능력으로는 옆 지역에 있어도 어디에 있는지 알아낼 수 있다고 했습니다. 그러니 우리가 돌아가는 척 무림맹으로 천천히 향하면서 그들의 움직임을 알아보는 것이 어떻겠습니까?"

하지만 주작단장이 그의 의견에 딴지를 걸었다.

"그러나 만약 그들의 본거지가 낙양에 있는 것이라면 어떻게 하겠습니까? 우리가 낙양에서 벗어난 사이 그들이 본거지로 돌아가 제갈 소저를 이용하여 제갈세가 전 가주를 협박한다면… 우리가 제 시간에 맞춰 그들의 본거지를 탈환할 수 있겠습니까?"

"아뇨아뇨, 그러니까 우리는 천천히 가는 척만 하는 거라고 하지 않았습니까? 우리는 낙양에서 그렇게 멀리 떨어지지 말아야 하지요."

주작단장에게 밀리기 싫다는 듯 다시 청룡단장이 자신의 주장을 밀어붙였지만 반박하는 주작단장도 만만치 않았다.

"하지만 그들이 우리를 주시하고 있는 거라면, 우리가 충분히 멀어질 때까지 기다렸다가 움직이지 않겠습니까? 그렇다면 우리가 아무리 천천히 되돌아간다고 해도 그들은 며칠 더 동정호에 머물게 될 뿐 시간을 맞출 수 있을지는 미지수 아닙니까? 차라리 그럴 바에야 그냥 여기서 더 지켜보다가 그들이 정 움직이지 않는다면 동정호 위의 배를 덮쳐 제갈 소저라도 구해내는 것이 좋을 듯합니다."

좌중은 조용히 입을 다문 채 흥미로운 시선으로 그 둘의 치열한 접전을 지켜보고만 있었다. 아무리 같은 무림맹 소속단이라고 해도 서로 경쟁 관계에라도 있는지 사이가 좋지 않은 것 같았다. 하긴 아까 내가 청룡단 녀석들과 상대하고 있을 때 청룡단 녀석의 말에 주작단에 대해 비웃는 투의 말이 나오는 것과 그 말을 들은 주작단이 금방 발끈해서 쫓아와 내 편을 들어 청룡단 녀석들의 코를 납작하게 해주는 것만 봐도 알 수 있었다.

'오오, 어쩐지 주작단장이 이길 것 같은데?'

이번에는 청룡단장이 말할 차례였다.

"자꾸 시간을 맞출 수 없다고 말씀하시는데, 그렇게 불가능한 건 아닙니다. 우리가 하루에 갈 거리를 이틀이나 사흘에 걸쳐 간다면 충분히 시간을 맞출 수 있다고 봅니다. 게다가 그들이 움직일 때 우리도 같이 움직인다면 괜찮지 않을까요?"

청룡단장의 말에 주작단장은 납득이 갔는지 아무 말도 하지 못하고 입만 꾸욱 다물었다. 그러자 청룡단장이 그걸 기회로 삼았는지 재차 입을 열었다.

"좋은 계획을 가지고 기회도 잡았는데 잠시 기다리지 못해서 놓친다면 정말 아깝지 않습니까? 우리 청룡단의 지원까지 받았는데 저들의 꼬리만 잡게 된다면 이건 돼지 잡는 칼로 닭을 잡는 것과 마찬가지일 것입니다."

그의 말에 주작단장이 눈썹을 치켜뜨며 기분 나쁘다는 듯이 내뱉었다.

"그들을 얕보지 마시지요. 일류고수 못지 않은 능력의 강시들의 수가 300입니다. 직접 상대해 보지도 않았으면서 그렇게 얕보는 것은 청룡단장께서 하실 일이 아닌 것 같습니다만."

"험……."

주작단장의 매서운 말이 청룡단장의 정곡을 찔렀는지 청룡단장은 주작단장의 말에 반박할 생각은 못하고 한번의 헛기침으로 그 상황을 얼버무리려 했다.

그렇게 두 단장의 대결이 마무리되는 것 같자 배 숙부가 상황 정리에 나섰다.

"하지만 우리가 제갈 소저의 위험까지 무릅쓰면서 얻고자 한 것이 그들 조직에 대한 정보 아니겠습니까? 물론 주작단장의 말씀이 타당하기는 하지만, 그렇다고 호수 위에 있는 그들의 배를 덮치는 건 조금 무모하다고 생각합니다."

그러자 주작단장의 미간이 살짝 찌푸려졌다.

"그 이유가 무엇입니까?"

그런 그를 달래려는 듯 배 숙부가 그 특유의 트레이드마크인 인자한 미소를 지어 보이며 입을 열었다.

"주작단장, 그대도 알고 있다시피 지금 배 위에 있는 적들 중에서 살아 있는 사람이 과연 몇이나 되겠소? 모산파의 두 도사와 은주라는 여자, 제갈 소저와 그녀를 제압하고 있는 무사 두 명을 제외한다면 모두 강시뿐입니다. 강시는 살아 있는 생명체가 아니니 물속에 있더라도 호흡 곤란을 일으키지 않겠지요. 하지만 우리는 어떻습니까? 모두 살아 있는 사람들뿐입니다. 그러니 물 위에서 싸움이 벌어진다면 우리 쪽이 불리하지 않겠습니까?"

"아… 그렇군요. 제가 미처 그 생각을 하지 못했습니다."

배 숙부의 조용조용하고 부드러운 말에 주작단장이 순순히 자신의 실책을 인정했다.

'훗, 역시… 배 숙부는 외유내빙 서생이라니까.'

'외유내빙 서생'은 세가의 제자들 사이에서 불려지는 배 숙부의 별명이었다. 그는 얼굴도 단아하게 생긴 데다 거기에 그의 특유 트레이드마크라고 할 수 있는 부드럽게 살짝 짓는 미소를 시종일관 달고 있어서 처음 그를 만나는 사람들은 모두 그가 되게 착하고 부드러운 사람인 줄 오해한다.

하지만 그건 천만의 말씀. 그는 자신의 그런 부드러운 미소에 속아 말 잘 듣지 않는 제자들을 웃으면서 반 죽여놓는 무서운 사람이었다. 지금 있는 제자들도 처음 세가에 들어왔을 때 그의 미소에 속아 50%는 당했다고 한다. 물론 교관을 만만하게 여겨 말 안 들은 그들이 잘못한 거긴 하지만.

그러나 그걸 잘 알고 있는 사람들도 배 숙부의 저런 부드러운 미소와 조용조용하고 차근차근하는 말발에는 누구나 할 것 없이 마음이 사르르 녹아 넘어가 버린다.

"그럼, 배 대협께선 어찌했으면 좋겠습니까?"

'저봐저봐, 주작단장도 배 숙부에게 넘어갔군. 그동안 세가에 자꾸 반박하던 사람이 저리 사르르 녹아서 배 숙부의 의견을 묻네?'

배 숙부는 다시 한 번 싱긋 웃어준 다음 자신의 생각을 말하기 시작했다.

"나도 청룡단장의 생각과 같습니다. 이대로라면 그들도 우리도 움직이지 않은 채 계속 대치 상태만 되겠지요. 그러니 저들이 움직이지 않으려 한다면 우리가 움직여 저들까지 움직이게 만드는 게 좋을 것 같습니다."

그러자 주작단장이 시무룩해졌다.

"아… 그렇게 생각하십니까?"

배 숙부는 그런 그에게 다시 한 번 싱긋 웃어준 뒤 할아버지를 바라보았다.

"스승님께서는 어찌 생각하십니까?"

그동안 가만히 듣고 있던 할아버지도 배 숙부의 말에 순순히 고개를 끄덕였다.

"우리가 움직여 보는 것도 좋겠지. 해볼 만하겠어."

"그럼 내일 무림맹 쪽으로 출발할까요?"

청룡단장이 애써 아무렇지도 않은 척했지만 활짝 펴진 얼굴은 감추지 못한 채 할아버지를 향해 물었다.

"아니야, 그건 너무 서두르는 감이 있군. 내일까지만 더 지켜보고 그래도 전혀 움직이지 않고 있다면 그 다음날 무림맹으로 가도록 하세."

"알겠습니다."

그러나 그날 저녁이 되어도, 그리고 그 다음날이 밝아왔어도 청룡단장의 말대로 우리가 낙양에 버티고 있어서 그런지 그들은 동정호 위를 떠다니기만 했을 뿐 어디론가 움직이려는 기미는 조금도 보이지 않았다.

"좋아, 그럼 슬슬 움직여 볼까?"

그리하여 할아버지가 말했던 그 다음날 아침 주작단과 청룡단은 불온한 무리들을 놓쳐 버렸다는 핑계 하에 무림맹으로 돌아갈 채비를 했다. 그리고 우리 은씨 세가 사람들은 무림맹에 가서 은씨 세가에서 일어났던 일들에 대하여 의논하러 간다고 하며 주작단, 청룡단과 합류했다.

낙양 지부장은 드디어 우리가 간다고 하니까 너무 기뻐하면서 낙양 성문을 벗어나 저 멀리까지 배웅을 할 태세였다. 하지만 우리의 만류로 인하여 성문까지만 배웅을 했는데, 그것만으로는 성이 차지 않았는지 우리가 성문을 지나 한참 동안 갈 때까지, 그러니까 그의 모습이 점점 작아져 나중에는 보이지 않게 될 때까지 성문 앞에서 손을 흔들며 서 있는 거였다.

그게 우리랑 헤어지는 게 아쉬워서 그러는 게 아니라 너무 기뻐서 그리 오랫동안 배웅하며 서 있다는 걸 아는 민이와 나는 그의 모습을 자꾸 뒤돌아보며 키득댔다.

"엄청 기뻤나 보다."

"그러게. 그의 인생에 이렇게 기쁜 날이 또 있었을까?"

"아마 없었을걸?"

그렇게 우리는 낙양성을 떠났다. 물론 다른 사람들에게 보여지기에만 그랬을 뿐이었지만, 우리는 평소 여행을 하는 것보다 더욱 더 천천히 휴식 시간도 자주 가졌고 식사 시간도 평소의 두 배는 주어지는 등, 가기는 가는데 무지 천천히 가려고 노력하면서 무림맹으로 향했다.

그런데 하루가 지났음에도 불구하고 모산파와 은주 일당은 동정호 위에서 조금도 움직이지 않고 그대로 있는 거였다.

"왜 움직이지 않는 걸까요?"

"혹시 정말 그 배 위가 본거지였던 걸까요?"

"그럼 당장 낙양으로 돌아가야 하지 않겠습니까?"

희여송과 청룡단장, 주작단장이 무지 걱정스러운 어조로 저마다 입을 열었다. 아빠와 엄마조차도 걱정스러운지 조금 초조한 얼굴로 할아버지의 얼굴만 바라보았다. 하지만 할아버지는 담담한 얼굴로 피식 웃을 뿐 아무런 말도 하지 않았다. 대신 배 숙부가 특유의 부드러운 미소를 보이며 차분한 목소리로 입을 열었다.

"우리는 아직 낙양에서 그렇게 멀리 떨어지지 않았습니다. 벌써부터 그렇게 초조해할 필요는 없다고 봅니다. 게다가 그들 또한 오랜 세월 동안 사람들의 이목을 피해 은밀하게 움직였던 조직입니다. 우리가 낙양을 떠났다고 금방 움직일 정도로 성급하진 않을 테지요. 아마도 그들은 우리가 정말 떠났는가 알아보는 중일 겁니다. 지금까지 기다렸는데 하루 이틀 더 기다린다고 크게 손해날 건 없을 테니까요."

그러자 주작단장이 배 숙부의 말에 납득하는 표정을 보이면서도 걱정스러운 어조로 입을 열었다.

"그러면… 우리는 계속 무림맹으로 향해야 합니까? 그러면 낙양에서 점점 멀어질 텐데요. 그래도 괜찮을까요?"

"아직 그렇게 멀리 떨어지지 않았으니 벌써부터 걱정할 필요는 없다고 생각합니다. 대신 내일까지 그들이 움직임을 보이지 않는다면 그때 다시 생각하지요. 우리가 지금 여기서 되돌아간다는 것도 우습지 않습니까?"

"그거야 그렇지만……"

주작단장은 납득은 하면서도 여전히 불안한 표정이었지만, 다른 사람들은 배 숙부의 말에 모두 찬성한 표정이었다.

"배 대협의 말씀이 옳습니다. 그럼 내일 다시 의논하기로 하지요."

청룡단장의 말을 끝으로 그날 저녁의 의논은 끝을 맺었다.

하지만 그 다음날 우리가 늦게 아침을 먹고 출발할 때에도 그들은 움직이지 않았고, 정오에도 그리고 그날 저녁이 되어도 움직이지 않았다.

"이젠 어떻게 합니까? 하루 더 기다려야 할까요?"

주작단장이 말을 했지만 그에 답하는 이는 아무도 없었다. 그러자 주작단장이 계속 말을 이었다.

"우리가 잘못한 것 같습니다. 그냥 낙양에서 살펴보다가 정 움직임이 없다면 제갈 소저라도 구하려고 작전을 세워야 했어요. 너무 그들의 본거지만 생각하다가 실수한 건지도 모릅니다."

그러자 아빠가 조용히 입을 열었다.

"글쎄요… 어쩌면 우리가 무림맹에 도착할 때까지 기다리는 건지도 모르죠."

아빠의 뒤를 이어 청룡단장도 입을 열었다.

"흐음… 정말 그럴지도 모릅니다. 하지만 정말 난처하군요. 더이상 움직인다면 정말 제 시간에 낙양에 도착하기 힘들 겁니다. 지금 거리도 최대한 빨리 달려야 반나절을 넘기고 낙양에 도착할 수 있습니다. 이대로 그냥 돌아가야 할까요?"

"만약 우리가 낙양으로 돌아간다면 그대로 제갈 소저를 구하기 위해 뛰어 들어야 할 겁니다. 하지만 그들은 지금 동정호 위에 있단 말입니다. 할 수 있겠습니까?"

희여송이 걱정스런 어조로 누구에게랄 것도 없이 묻자 좌중은 침묵을 지켰다. 하지만 곧 이어 배 숙부가 그 침묵을 깨뜨렸다.

"만약 그렇게 된다면 그들 일파를 제압하는 건 포기하고 제갈 소저를 구출하는 것을 최우선으로 삼아야 할 것입니다."

"사형의 말은 전면전을 피하고 몇몇의 소수 정예를 투입해 제갈 소저만 구출하자는 겁니까?"

아빠의 말에 배 숙부가 고개를 끄덕였다.

"그렇지. 물 위에서라면 우리가 절대적으로 불리해. 배만 부서진다면 우리는 끝장이니까. 하지만 그쪽은 그렇지가 않거든."

"결국은 그들의 본거지를 찾는 건 포기해야 하는 걸까요?"

청룡단장이 서운하다는 감정이 담긴 어조로 말했다.

"어쩔 수가 없지요. 그들이 본거지로 움직일 때까지 우리가 취할 수 있는 행동이 없으니까요. 낙양으로 돌아갈 수도, 이곳에 야영을 한 채 머물 수도, 그렇다고 무림맹으로 계속 향할 수도 없는 일 아닙니까?"

처음부터 그들의 본거지를 알아내는 것보다는 제갈준희를 구하는 데에 더 마음이 기울어 있는 주작단장이 청룡단장이 또 뭔 소리를 할까 싶은지 딱 못을 박아버렸다.

"그럼 이렇게 하지요. 수중전에도 능한 대원을 뽑아서 내일 아침 일찍 낙양으로 출발시켜 제갈 소저를 구출하게 하는 것입니다. 물론 그곳에는 은 소저도 포함되어야 할 것입니다. 은 소저 외에 제갈 소저가 어디 있는지는 아는 사람이 없으니까 말입니다."

청룡단장이 본거지를 찾아내려는 마음을 완전히 포기한 모양이었다. 역시 불가능한 일에는 미련을 두지 않고 나머지 가능성을 찾아가는 모습이 지도자답다고나 할까? 그는 주작단장의 못 박는 말에 어떤 반박을 하는 대신 앞으로 우리가 할 수 있는 일을 구체적으로 짜내기 시작했다.

나까지 포함시킨다는 말에 세가의 어른들이 움찔거렸지만 그의 말이 맞기에 아무도 뭐라 하지 않았다. 대신 아침 일찍 출발하는 일행에 세가의 어른들이 다 참여하겠다고 나섰다.

그래서 내일 아침 은씨 세가 사람들이 중요한 전갈을 받아 급히 세가로 돌아가는 것으로 하여 낙양으로 돌아가 배를 타는 척

하며 동정호 위에 있을 제갈준희를 제압하는 모산파와 은주 일당을 치기로 했다. 그리고 청룡단과 주작단에서 뽑힌 정예들은 세가의 무사들로 변장해 우리와 함께 낙양으로 돌아갔다가 세가의 어른들이 정면에서 그들을 침입해 시간을 끌어주는 동안 나와 뒤로 침입하여 제갈준희를 구출하기로 했다.

그렇게 계획을 짜고 사람들은 내일 있을 일을 대비하여 준비하며 밤을 보냈다.

그런데 정말 어이없게도 그 다음날 아침 확인차 다시 살펴보니 그들이 막 배에서 내려 낙양으로 들어가는 것이 아닌가!

"할아버지, 그들이 움직였어요!"

그걸 알아차린 내가 할아버지께 달려가며 외치자 세가의 무사들을 지휘해 돌아갈 채비를 하고 있던 세가의 어른들이 재빨리 할아버지가 있는 쪽으로 달려왔다.

"움직였단 말입니까?"

청룡단장과 주작단장 또한 그 이야기를 들었는지 재빨리 달려왔다.

"그들이 준희 언니를 데리고 지금 막 낙양으로 들어갔어요."

그러자 청룡단장이 다급한 얼굴로 할아버지를 바라보며 물었다.

"은 가주님, 저희도 빨리 낙양으로 돌아가야 하지 않겠습니까?"

할아버지는 잠시 생각하는 듯하더니 입을 열었다.

"그렇게 서둘러 모두 우르르 몰려간다면 그들이 놀라서 다시 숨어버릴지 모르네. 그러니 일단은 계획한 대로 우리 세가 사람들만 빨리 출발하고 자네들은 천천히 이동해 오다가 밤을 틈타 낙양으로 들어오게나."

하지만 청룡단장은 할아버지의 의견이 마음에 안 드는 모양이었다.

"하나 그렇게 하다가 그들과 전면전으로 맞부딪친다면 불리하실 텐데요."

그러자 할아버지가 빙긋 웃었다.

"걱정 말게. 자네들이 도착하기 전까진 그들을 바라보고만 있을 테니."

할아버지가 그렇게까지 말하자 청룡단장은 더 이상 뭐라고 하지 않고 순순히 수긍했다.

"알겠습니다. 그렇다면 저희는 천천히 이동하다가 밤을 틈타 낙양으로 들어가겠습니다."

"밤에 성문 앞에 자네 단원들 중 한 명을 안내인으로 보내겠네. 그를 따라오면 될 걸세."

"옛!"

그리하여 우리는 원래 계획대로 빠르게 낙양으로 출발했다. 올 때와는 달리 휴식 시간도 거의 없이 냅다 달려야만 했지만 누구 하나 불평하는 사람은 없었다.

"누나, 신 대협이 다시 돌아온 우리를 보면 깜짝 놀라겠다. 그지?"

"그러게. 게다가 드디어 준희 언니를 구한다는 소리를 들으면 좋아하겠지."

"훗, 혹시 자기도 간다고 나서지 않을까?"

"아, 맞다. 분명 그러고도 남아. 그냥 신기수는 만나지 말아야겠다."

신기수는 아직 완전히 부상이 낫지 않았기에 낙양 지부에다 맡겨놓고 왔던 것이다. 낙양 지부장은 청룡단과 주작단이 간다는 소리에 너무 좋아하며 기꺼이 신기수를 돌봐주겠다고 호언장담을 했었다.

"그런데 낙양 지부장 말이야… 조금 있다가 다시 청룡단과 주작단이 온다는 소리를 들으면 어떻게 될까?"

민이의 메시지에 나는 직접 보지 않아도 그의 얼굴이 어떻게 변할지 훤히 떠올려 볼 수 있었다.

"푸히히히, 이번에는 정말 머리 싸매고 드러누울지도 몰라."

"그 사람도 정말 안됐다니까. 쿠쿠쿠."

"맞아, 맞아."

잠시 후, 먼 거리를 달려온 사람들을 잠시 쉬게 할 겸 점심을 먹을 겸 우리는 적당한 곳에 멈춰 섰다. 그리고 그사이에 나는 다시 한 번 제갈준희의 위치를 확인했다. 그런데 이게 웬일, 제갈준희가 지금 있는 곳이 물 위에 떠 있는 배 안이었다.

"할아버지, 할아버지, 이상해요. 언니가 다시 배 안에 있어요!"

"뭐라고?"

"그럼 다시 첫 번째 작전—우리도 배 타고 가서 제갈준희를 구한다는 작전—으로 돌아가야 하는 건가?"

희여송과 배 숙부가 내 외침에 달려와 걱정스런 어조로 말했다.

"잠깐만요, 조금 위치가 바뀌어 있네요. 전에는 동정호 한가운데에 있었는데 지금은 어디론가 향하는 것 같아요."

지도를 꺼내 들어 내 마법으로 나타난 제갈준희의 위치와 비교해 보던 나는 또 한 번 다급하게 외쳤다.

"장강을 따라가고 있어요! 무창으로 향하는 배 위에 있군요!"

"무창?"

엄마가 황당하다는 어조로 외치며 아빠를 바라보았다.

"흐음, 그들의 본거지가 무창에 있었던 건가? 이거 참, 난처하군."

할아버지는 그냥 보기에는 덤덤한 표정을 하고 있으면서도 그렇게 말하며 턱을 쓰다듬더니 자리에서 일어났다.

"백리야(배 숙부), 지금 당장 무림맹 무사들 중 경공이 가장 빠른 자를 골라서 천천히 오고 있을 주작단과 청룡단에게 무창으로 신속히 이동하라고 전하여라. 그리고 우리 중에서도 경공이 빠른 자를 선별하여 낙양 지부장에게 보내서 무창으로 향하는 배편을 구해달라고 부탁하여라."

"알겠습니다."

원래 낙양에서 무림맹이 있는 하남 지역으로 가려면 동정호에서 배를 타고 가든가, 아니면 육로로 가더라도 장강을 건너야만 했다. 하지만 우리는 가는 시늉만 하는 거였기에 낙양성을 벗어나 장강을 건너지 않고 그와는 반대 편으로 천천히 이동하고 있었던 거였다.

이 모든 것이 낙양에 그들의 본거지가 있을 거라 생각하여 최대한 빨리 낙양으로 돌아갈 수 있게끔 하기 위한 거였다.

하지만 이제는 그것 때문에 잘못하다간 그들의 본거지에 시간에 맞춰 침입하지 못할까 봐 할아버지가 이렇게 급히 서두르는 거였다.

배 숙부에게 지적당한 이들은 아미 점심도 못 먹고 발바닥에 땀나도록 뛰어야 할 것이었다. 그러나 우리도 별로 상황이 다르지 않아 밥을 먹고 한 10여 분 쉬자마자 또다시 경공을 발휘하여 달리기 시작하였다.

우리가 낙양에 도착한 때는 거의 저녁이 다 된 시간이었다. 하지만 아직 노을이 만들어지기 전의 시간이라 무창으로 갈 배를 쉽게 구할 수 있을 것 같았다.

다행히도 배 숙부가 먼저 낙양으로 보낸 이가 벌써 도착하여 낙양 지부장에게 부탁을 한 뒤였기에 우리가 낙양에 도착했을 때에는 낙양 지부 소속 무사의 안내로 곧바로 배 선착장으로 갈 수 있었다.

그리고 거기에는 마악 거래를 끝내고 배를 구해놓은 지부장이 칭찬을 기다리는 듯한 표정으로 싱글벙글 웃으며 우리를 맞았다.

"다행히도 금방 구했습니다. 정기적으로 출항하는 배는 시간이 맞지 않았기에 배를 한 채 전세를 냈답니다. 괜찮으시겠지요?"

"물론입니다. 바쁘실 텐데 도와주셔서 정말 감사합니다."

울 세가에서 배 숙부가 대표로 나서서 지부장에게 감사의 인사를 하자 지부장이 두 손을 휘휘 저으며 말했다.

"천만의 말씀입니다. 제가 여러분께 입은 은혜에 비한다면 이 정도쯤이야 얼마든지 해드릴 수 있지요."

그러자 할아버지도 나서서 그에게 감사의 인사를 했다.

"정말 고맙네. 이번 일이 끝나면 여기에 한번 들를 테니 술이나 한잔하세나."

"아이고, 그러시다면 저로서야 얼마든지 환영입니다."

서로 인사하는 건 그 정도로 하고 우리는 시간이 없었으므로 재빨리 배에 올랐다. 다행히도 낙양 지부장이 우리가 급하다는 걸 알고 신경 써줬는지 배 안에는 푸짐한 저녁이 마련되어 있었다.

"헤에, 이 지부장 맘에 드는데?"

그 모습에 나는 너무 기분이 좋아져서 민이에게 메시지를 보내자 민이 또한 기분이 좋은지 고개를 끄덕였다.

"그러게. 정말 푸짐하게도 준비해 줬네. 이거 금방 준비하려면 좀 힘들었을 텐데."

"훗훗, 어쨌든 지부장으로서도 다행한 일이지 뭐. 그들이 무창으로 가주는 바람에 이곳에 올 뻔했던 청룡단과 주작단이 다시 무창으로 향했잖아. 그들은 지금 건량이나 씹으면서 발바닥에 땀나도록 달리고 있겠지?"

속으로 고소한 생각이 들어 웃고 있는데 민이가 내가 미처 생각하지 못한 점을 꼬집어주었다.

"그런데 누나, 이거 알아? 그들 중에는 우리 세가의 무사들이 있다고."

"아, 맞다. 우리 세가의 무사들하고 청룡단원이랑 주작단원이랑 바꿔치기 했지? 에고, 어쩌냐? 그들은 신나게 고생하고 있을 텐데……."

"뭐, 그들의 운명이려니 해야지. 그나저나 그쪽이나 우리나 제 시간에 무창에 도착할 수 있으려나 모르겠네."

그러나 우리가 아무리 빨리 서둘렀다 해도 모산파와 은주 일당 또한 무척 서두르고 있었기에 우리가 무창에 도착했을 때에는 그들이 또다시 강을 타고 양양으로 향하고 있었다.

"양양 쪽으로?"

"예, 강을 타고 그쪽으로 가고 있는데요?"

무창에서 주작단, 청룡단과 합세한 우리는 다시 한 번 의논을 하기 위해 모였고, 그 자리에서 나는 제갈준희의 위치를 확인하고 말해 주었다.

내 말에 주작단장이 무척 어리둥절한 얼굴로 입을 열었다.

"이상하군. 낙양이나 무창이야 큰 도시이니 얼마든지 본거지가 있다고 생각할 수도 있지만 양양이라니? 그곳은 작은 도시잖아?

왜 그리로 가는 거지?"

그러자 희여송이 잠시 생각해 보더니 입을 열었다.

"어쩌면 진짜 본거지로 이동하기 위해 그동안 계속 움직였던 것인지도 모릅니다. 생각해 보십시오. 그들의 대부분은 강시로 이루어져 있습니다. 그러니 어디 대낮에 길거리를 지나다닐 수 있겠습니까? 저희 세가를 침입했을 때에도 아마 배로 장강을 타고 내려와 밤을 이용해 장서 내로 들어온 것일 겁니다. 그리고 이제는 배를 타고 본거지로 향하는 거겠지요."

그의 말에 청룡단장이 고개를 갸웃거렸다.

"그렇다면 본거지가 정말 양양에 있다는 겁니까? 양양 이후에는 더 이상 배를 타고 갈 수 없습니다만······."

하지만 그의 질문에 속 시원히 대답해 줄 수 있는 이는 아무도 없었다.

"자자, 우리가 여기서 머리 싸매고 고민해 봐도 답은 나오지 않습니다. 우선은 그들 뒤를 계속 쫓는 것이 좋겠지요."

배 숙부의 말대로 결론이라고는 단지 그들 뒤를 어서 빨리 쫓아가야 한다는 것뿐이었으므로 우리는 그 선에서 의논을 끝내고 또다시 그들 뒤를 쫓기 위해 분주하게 움직였다.

그들은 양양까지 가더니 강시를 비롯한 모산파 사람들과 제갈준희 제압을 책임지고 있는 은주를 비롯한 두어 명의 무사가 갈라져서 모산파 사람들은 다시 배를 타고 무창으로 내려갔고 은주 일행은 마차를 타고 어디론가 이동하기 시작했다.

우리는 당연히 제갈준희가 중요했기에 모산파 사람들은 포기하고 은주 일행의 뒤를 쫓아갔다.

그런데 정말 황당하게도 그들은 호광(그러니까 호북 지역)을 벗어나 하남으로 향하는 것이 아닌가?
 "허… 정말 황당하군. 도대체 어디까지 갈 셈이지? 설마 무림맹이 있는 남양으로 가는 건 아니겠지?"
 나의 보고에 주작단장이 어이없다는 듯이 내뱉었다. 하지만 말이 씨가 된다는 소리가 있듯이 은주는 하남 지방으로 들어가자마자 정말로 남양으로 향하는 것이었다.
 "설마… 설마 무림맹 옆에 저들의 본거지가 있는 건 아니겠지?"
 너무 놀란 탓에 두 눈이 둥그렇게 되어 중얼거리는 주작단장을 청룡단장이 가엽게 여겼는지 위로하는 어조로 말했다.
 "그 말대로 설마일 걸세. 간이 붓지 않은 이상 그런 불온한 무리가 무림맹 바로 옆에다 본거지를 만들 수 있겠는가? 그냥 남양을 지나쳐 가려는 걸 게야."
 그러나 청룡단장의 말은 합리적이지 못했다. 단지 지나쳐 갈 거라면 뭐 하러 무림맹이 있는 남양을 가로질러 가겠는가? 조금 더 시간이 걸리더라도 만약의 위험에 대비하여 돌아서 갈 터였다. 그리고 주작단장과 청룡단장은 이런 말도 못 들어본 모양이었다.
 '설마가 사람 잡는다.'
 그들은 정말 남양으로 들어가 우리가 남양에 도착할 때까지 움직이지 않고 가만히 있었던 것이다.
 "허, 허, 허… 세상에 이런 일이 있을 수가 있나? 무림맹 바로 옆에 불온한 무리들의 거점이 있었다니……."
 내가 남양에서 아직까지 안 움직이고 있다고 하자 주작단장은 입이 떡 벌어졌고 청룡단장은 어이가 없다는 듯이 중얼거렸다.

"허… 정말 간이 큰 놈들이로군."

아빠가 고개를 설레설레 젓자 배 숙부도 한마디 했다.

"흐음, 아마 들켜도 조직 자체에는 큰 지장이 없는 지점 같은 건가 보지. 설마 무림맹 옆에 중심이 되는 본거지를 만들어놓지는 않았을 테니까."

"하지만 이곳에 제갈 소저를 데리고 온 것으로 봐서는 여기에 제갈세가의 전 가주님이 계시다는 소리가 아닐까요?"

희여송의 말에 배 숙부는 어깨만 으쓱해 보였다.

"모르지. 네 말대로 제갈세가의 전 가주님이 계시는지, 아니면 제갈 소저를 다른 이유로 데리고 온 건지. 우선 우리가 할 일은 제갈 소저가 어디에 있는지 알아낸 다음 그녀를 구출할 계획을 짜는 거다."

"뭐, 한 가지 좋은 점은 무림맹의 지원을 전폭적으로 받을 수 있다는 거군요. 무림맹 바로 옆이니까."

엄마의 말에 모두의 이들이 동감이라는 듯 고개를 끄덕였다.

〈 14권에 계속 〉

김남훈 판타지 장편 소설
베이컨트 Vacant

신념에 건다! 운명까지도!

오랜만에 선보이는
무게감있는 남성적 판타지!
베이컨트(VACANT)

광폭한 마수의 위협, 섬뜩한 사투의 연속.
진지한 삶에의 희구, 호쾌한 우정의 열정.

찾았다! 판타지를 판타지답게 하는 모든 것!

과거 모든 것이 무(無)였던 시대가 있었다.
인간은 그 시대를 가리켜 베이컨트라고 명명했다.
아무것도 존재하지 않는 외로운 공간.
신과 인간은 그 베이컨트의 시대를 지나서 태어났으니...

● 베이컨트 / 김남훈 著 / ①~③권 발매 / 7,500원

고선영 판타지 장편소설
체인지 Change

뒤바뀐 것은 육체만이 아니다.
달라진 것은 영혼만이 아니다.
점점... 점점...
내가 아닌 라비스가 되어간다.

될 대로 되라지!!

영혼만은 소년인 귀족 소녀 라비스의
좌충우돌 새로운 세계로의 모험담

● 체인지 / 고선영 著 / ①~④권 발매 / 7,500원

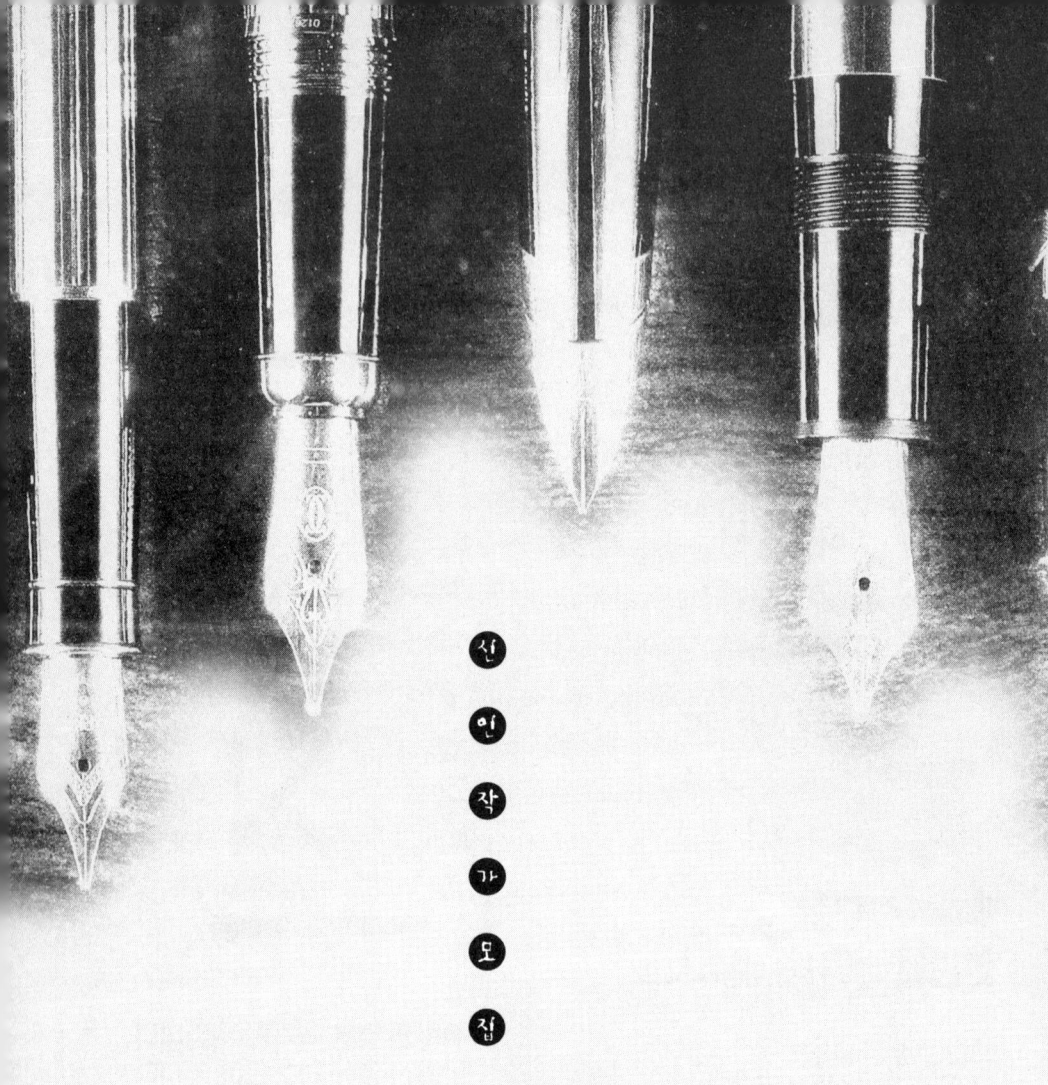

야스크 산 소사막

테아킨 왕국

아르카스 해

켈튼 연합

마틸 산

레스틴 왕국

타이백 산맥